el
MULTIMILLONARIO
PROHIBIDO

el MULTIMILLONARIO PROHIBIDO

J.S. Scott

traducción de Roberto Falcó

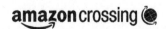

Título original: *The Forbidden Billionaire*
Publicado originalmente por Montlake Romance, Estados Unidos, 2015

Edición en español publicada por:
AmazonCrossing, Amazon Media EU Sàrl
5 rue Plaetis, L-2338, Luxembourg
Febrero, 2018

Producción editorial: Wider Words
Diseño de cubierta por Laura Addari / studio pym, Milano
Imagen de cubierta © Rosemary Calvert/Getty Images

Impreso por: Ver última página
Primera edición digital 2018

ISBN: 9781503901735

www.apub.com

SOBRE LA AUTORA

J. S. Scott, prolífica autora de novelas románticas eróticas, es una de las escritoras con más éxito del género y ha ocupado los primeros puestos en las listas de libros más vendidos de *The New York Times* y *USA Today*. Aunque disfruta con la lectura de todo tipo de literatura, a la hora de escribir se inclina por su temática favorita: historias eróticas de romance, tanto contemporáneas como de ambientación paranormal. En la mayoría de sus novelas el protagonista es un macho alfa y todas tienen un final feliz, seguramente porque la autora no concibe terminarlas de otra manera. Vive en las hermosas Montañas Rocosas con su esposo y dos pastores alemanes muy mimados.

Entre sus obras destaca la serie «Los Sinclair», de la que forma parte la presente novela.

Prólogo

—¿Dónde diablos estoy? —masculló el hombre borracho que estaba tirado en el suelo de la sala de estar al experimentar un momento pasajero de lucidez. Lo último que deseaba era estar despierto, y lanzó un gruñido. Se puso en pie como buenamente pudo y se dirigió al baño a trompicones, con la vejiga a punto de explotar si no hacía algo para remediarlo.

Se miró en el espejo del baño con incomodidad después de aliviarse y entrecerró los ojos, incapaz de enfocar bien la mirada.

Ah, sí, reconocía la cara que asomaba bajo la barba, los ojos hinchados, las facciones demacradas.

Era la cara de un asesino.

Dio un puñetazo al espejo con las pocas fuerzas que le quedaban y la imagen reflejada se hizo añicos.

—¡Cabrón! —gruñó. Se había hecho un corte en la mano y la sangre empezó a correr por el puño—. Eres un cretino estúpido, ignorante e imbécil.

El alivio que le concedió el hecho de no ver su repulsiva imagen fue breve e insignificante. Se volvió y salió del baño sin molestarse en limpiar los cristales. Qué más daba. Toda su casa era un desastre y no le importaba lo más mínimo.

«¡Mierda!».

Odiaba esos momentos de lucidez. No los soportaba. Lo único que quería era no pensar en nada.

«¿Ira o sentimiento de culpa? ¿Odio o amor? ¿Furia o remordimiento?».

En su mente se agolpaba un remolino de sentimientos contradictorios tan intenso que le impedía pensar, no podía siquiera respirar debido a la angustia que lo atenazaba. Sintió una fuerte punzada de dolor en el pecho y en las entrañas al pensar en ella. Y en él.

«No pienses en ello. No pienses. No. Pienses».

Intentó no darle vueltas al asunto, no buscar ninguna explicación, pero su cerebro no se lo permitió. Así pues... ¿furia o remordimiento? Maldición, no lo sabía, pero ambos sentimientos lo estaban destrozando.

«¡Huye!».

¿Los odiaba a ellos... o a sí mismo? ¿O a ambos?

Decidió que se odiaba más a sí mismo y se fue a la cocina. Abrió el minibar y rebuscó hasta que encontró otra botella de whisky. Le arrancó el precinto y bebió directamente de ella, dando un buen trago.

Al salir de la cocina regresó a la sala de estar y se dejó caer en el sofá boca abajo. Soltó una risa amarga al reparar en la ironía de que hasta entonces apenas había probado el alcohol a lo largo de su vida. La carcajada resonó en la enorme casa vacía.

«No importa que antes no bebieses. Esa persona era un hombre distinto, un tipo tan estúpido e ingenuo que creía en el amor y en la amistad».

Pero ya no. Se había hartado, ya no le importaba nada. Preocuparse por alguien o por algo era demasiado doloroso.

Levantó la cabeza y tomó otro trago de whisky; tenía que olvidar antes de que las voces de su cabeza lo volvieran loco y el dolor del pecho lo matara. Aunque eso tampoco le importaba demasiado.

«Cobarde. Eres tú quien lo ha fastidiado todo. Asume las consecuencias».

El problema era que no podía desentrañar las confusas emociones que lo acosaban.

Cólera.

Confusión.

Desesperación.

Dolor.

Traición.

Era víctima del bombardeo de todos esos pensamientos, que lo estaban destruyendo.

Cuando empezó a sentir el consuelo que buscaba en la oscuridad, lanzó un suspiro y tomó un trago.

—Nunca volveré a preocuparme por nada más —juró, mascullando las palabras.

En el momento en que el manto de la oscuridad empezó a cubrirlo todo, una diminuta parte de su alma despertó en su interior, un vestigio de su antiguo yo que quería recomponer su vida de una maldita vez.

«Como siga así, moriré».

No sabía cuánto tiempo llevaba en aquel estado de duermevela en el que se despertaba y volvía a sucumbir de nuevo al olvido, pero a juzgar por la cara demacrada y la barba que había entrevisto fugazmente en el espejo —un momento aterrador— era obvio que llevaba mucho más de lo deseable.

«No puedes seguir así eternamente. Ponte en pie».

Tomó otro trago de whisky, ahogó la vocecita de la razón y cerró los ojos. Dejó caer la mano, inerte, al suelo y la botella rodó por la moqueta sin hacer ruido.

«He matado a dos personas que me traicionaron».

La cruda desesperanza se apoderó de él cuando el tenue vacío que buscaba lo engulló por completo, llevándose consigo todos los pensamientos, arrancando de raíz el dolor que lo atenazaba. Se abandonó a la oscuridad que tanto anhelaba, se entregó a un estado de inconsciencia y dejó que las sombras lo engulleran.

Capítulo 1

«Mara está llorando».

No debería importarle lo más mínimo.

No quería que le importara.

Pero, por desgracia, no podía evitarlo.

Jared Sinclair apoyó su musculoso hombro en la pared de ladrillos del pub Shamrock's Corner, en Main Street, y observó a Mara Ross mientras esta salía de su tienda de muñecas y cruzaba la calle rápidamente, secándose las mejillas con un gesto brusco. Jared contuvo la respiración cuando ella pasó a pocos metros en dirección al paseo marítimo y se sintió como un acosador. Mara mantenía la vista fija al frente y Jared soltó el aire de los pulmones al ver que ella seguía su camino, totalmente ajena a su presencia.

«Ni siquiera me ha visto».

Tampoco debería importarle, pero, en cierto modo, no soportaba esa fascinación que sentía por Mara, tan intensa que era capaz de dejar cualquier cosa que tuviera entre manos para observarla. Y ella ni siquiera había reparado en él.

«¿Por qué llora? Si siempre sonríe…».

Se apartó del edificio y la siguió, incapaz de resistir la tentación de ir tras ella, con la egoísta esperanza de que la tristeza no fuera consecuencia de sus acciones.

«No tendría que saberlo… Aún».

Podía deberse a cualquier motivo. Quizá era una reacción hormonal. Era algo típico de las mujeres, ¿no? O tal vez se le había muerto el perro. Sería una pena, pero los animales tenían una esperanza de vida muy corta en comparación con los humanos, y se morían. Él nunca había tenido mascota, pero imaginaba que la pérdida de un perro podía hacer llorar a Mara. El problema era que ella no tenía perro y su único familiar cercano, su madre, había muerto un año antes.

«Podría estar llorando por cualquier otro motivo».

Se maldijo a sí mismo por preocuparse tanto por ella y maldijo su curiosidad por sacar lo mejor de él mientras la seguía.

Mara abandonó el paseo marítimo y se dirigió a la playa desierta. Hacía un tiempo desapacible, había llovido todo el día. Justo en ese momento la lluvia les había dado un respiro, pero Jared miró al cielo y vio que la siguiente tormenta ya se cernía sobre Amesport. Las oscuras nubes avanzaban implacables hacia la ciudad costera, por eso la mayoría de sus habitantes con un poco de sensatez se había puesto a cubierto. Las calles y la playa estaban casi vacías.

Maldiciéndose a sí mismo por la fascinación que la curvilínea morena ejercía sobre él, tomó un sorbo del café que había comprado en el Brew Magic y se dirigió al paseo marítimo. A Jared le encantaba la luz mortecina de los días de tormenta, el estruendo de los truenos y las lluvias torrenciales, todo muy en consonancia con el estado de agitación que lo embargaba. No le importaba comportarse como un cretino. Era mejor que intentar fingir una felicidad que no existía.

«Ojalá no hubiera salido de la península para venir a la ciudad. Ojalá me hubiera quedado en casa, a resguardo de la lluvia, como hacen los turistas. Así no la habría visto y no habría sabido que está triste».

Como era uno de los peores cocineros del mundo, se había acercado al centro para comer algo. Justo en el momento en que regresaba a su vehículo, se detuvo y dirigió la mirada al otro lado de la calle, donde se encontraba el establecimiento de Mara. Cada vez que veía el monstruoso y antiguo edificio que albergaba la tienda y la casa de Mara, se apoderaban de él dos impulsos muy distintos y extraños. Por un lado, se sentía atraído por la casa porque había pertenecido a un capitán de barco antepasado suyo que formaba parte de la historia de los Sinclair en Amesport. Cuando miraba la construcción no podía evitar preguntarse el aspecto que debía de tener doscientos años antes. Qué diablos, a fin de cuentas, había estudiado arquitectura. ¿Acaso no era normal que pensara en cómo habría sido el edificio en su momento de máximo esplendor? Jared podía atribuir esos pensamientos a su formación académica y a su profesión. Le gustaban las casas antiguas en general, la historia que rezumaban sus paredes; era algo del todo comprensible. Sin embargo, lo que sí le desconcertaba era la obsesión que sentía por quien la habitaba: Mara Ross.

«Me ha ayudado unas cuantas veces. Es normal sentir cierta gratitud, ¿no?».

Pero Jared se estaba engañando a sí mismo y era consciente de ello. Había mucha gente que lo había ayudado en su proyecto de investigación de la historia de los Sinclair desde el día en que había llegado, solo unas semanas antes, para visitar su casa de veraneo. Intrigado por lo poco que sabía sobre la implicación histórica de sus antepasados con la comunidad, al principio se había dedicado a buscar información solo por curiosidad. Pero cuanto más averiguaba, más ganas tenía de encajar todas las piezas del rompecabezas de su historia familiar. Y aunque estaba agradecido a cuantos le habían echado una mano para arrojar algo de luz sobre el pasado de su familia, solo ella le inspiraba esa inexplicable atracción.

Jared cruzó el paseo marítimo y bajó a la playa sin reparar en que estaba estropeando sus zapatos italianos, de *sport* pero muy caros, al hundirlos en la arena húmeda.

«¿Dónde demonios se habrá metido?».

El corazón le latía con fuerza mientras barría la playa desierta con la mirada. La fuerza de las olas que rompían en la orilla no hacía sino aumentar su deseo de localizarla... hasta que por fin la vio, sentada sola en el escollo que había cerca del muelle, con la cabeza inclinada en actitud de derrota.

«Vete. No te metas. No es asunto tuyo que esté triste. Es obvio que necesita un poco de intimidad. Vete. Ahora».

Evitaba las escenas emotivas como las enfermedades incurables. Lo último que quería era implicarse en problemas femeninos, los de una mujer con la que solo había hablado fugazmente unas pocas veces. Apenas la conocía. Y no le gustaban las escenitas dramáticas. Para Jared era muy importante mantener el control de sus propias emociones: era la única forma que tenía de no implicarse más de la cuenta con nada ni con nadie. Y eso incluía a mujeres preciosas, tristes e incapaces de controlar el llanto, como Mara Ross.

«Me traerá problemas».

Jared intentó dar media vuelta. Lo intentó de verdad. Pero por algún motivo desconocido, se sintió atraído por el dolor de aquella mujer como si fuera un imán. La cabeza le decía que se fuera de allí antes de que ella se diera cuenta de su presencia, para dejar que se las arreglara sola. Pero, en lugar de irse, siguió andando por la arena hasta las rocas y llegó sin hacer ruido al lugar donde estaba sentada.

«Asúmelo. Estabas condenado desde el momento en que viste sus enormes ojos castaños, su sonrisa sincera y sus curvas. Se ha adueñado de tus pensamientos y eres incapaz de alejarte de su dolor, del mismo modo que no puedes dejar de respirar».

Pero, maldita sea, eso era lo que quería. Más que ninguna otra cosa en el mundo.

Obviamente, le gustaba el sexo como a cualquier otro hombre a punto de cumplir los treinta. Procuraba encontrar mujeres que quisieran algo concreto de él, nada de sentimientos. Él les daba cualquier recompensa material a cambio de una noche de sexo desenfrenado sin más compromisos. A Jared no le iban las relaciones ni los líos sentimentales. Y a las mujeres con las que se acostaba tampoco. Para él, era el mejor arreglo posible.

«Entonces, ¿qué diablos estoy haciendo aquí?».

Se detuvo detrás de Mara, preguntándose si estaba perdiendo la cabeza además del control. Las salpicaduras del mar embravecido le estaban mojando los pantalones negros y la camisa verde con cuello de botones. Mara ya tenía empapados los pantalones y la camiseta, pero cuando Jared la vio con la mirada fija en el Atlántico comprendió que no se había dado cuenta de que estaba mojada. Transmitía una desesperación tan intensa que hasta él la sintió y le dejó el corazón helado.

«Mierda. Tengo que parar de una vez. Sea cual sea su problema, la ayudaré a solucionarlo. De este modo, quizá pueda dejar atrás la inexplicable obsesión que se ha apoderado de mí. Me estoy volviendo loco y no puedo permitirme el lujo de perder el control de mi vida».

Harto de luchar consigo mismo, Jared admitió la derrota, al menos provisionalmente, se acercó hasta las rocas y se sentó junto a Mara. Le quitó las gafas e intentó secárselas con su camisa, que aún no se había mojado del todo.

—En esta vida hay pocas cosas por las que valga la pena llorar.

Había aprendido esa lección mucho tiempo atrás.

Sobresaltada, Mara volvió la cabeza para mirarlo y se asombró al verlo sentado junto a ella.

—¿Qué haces aquí? —preguntó con cautela—. Está a punto de caer otro chaparrón. —Dirigió la mirada hacia las nubes oscuras.

Jared se encogió de hombros y volvió a ponerle las gafas con cuidado. No podía decirle que precisamente era ella quien lo había arrastrado hasta allí, que lo había agarrado de las pelotas desde la primera vez que le había dirigido la palabra y que no se las había vuelto a soltar... a pesar de que era la verdad.

—Podría preguntarte lo mismo. No has venido al lugar más seguro.

Jared apretó las mandíbulas. El comentario de Mara sobre el tiempo le hizo recordar que el océano podía ser despiadado y que una tormenta se dirigía hacia ellos. La miró de arriba abajo, presa de un intenso sentimiento de posesión. Mara era menuda y vulnerable y él no lo soportaba. Sus ojos oscuros estaban cubiertos por un velo de tristeza y se abrazó a sí misma antes de responder:

—Quería pensar. Y aquí es donde vengo cuando tengo que darle vueltas a algo. Al contemplar la inmensidad del océano me doy cuenta de lo pequeños que son mis problemas. —Levantó un poco la voz para que Jared pudiera oírla a pesar del estruendo de las olas.

Él se estremeció al percibir el deje de vulnerabilidad de su voz. Le dieron ganas de llevarla a algún lado, donde fuera, para que se olvidara de sus problemas.

—¿Y funciona? —A juzgar por la mirada de angustia de Mara, no era así.

—Hoy no —admitió ella con un suspiro. Apoyó los codos en las rodillas y cerró los puños, fijando de nuevo la mirada en el mar agitado.

—¿Quieres hablar de ello?

«¿Será posible? Parezco un psicólogo».

¿Desde cuándo le preguntaba a alguien que no fueran sus hermanos o su hermana si quería hablar de cuestiones afectivas? Y ni siquiera con ellos era un tema habitual. Los Sinclair no solían hablar de sentimientos con nadie. Sus hermanos y él siempre habían tenido mucho dinero, formaban parte de la élite, de las familias más antiguas que siempre habían tenido una fortuna. Entre ellos estaba mal visto expresar sus sentimientos más allá de lo que permitían las buenas formas de la alta sociedad, algo que todos llevaban grabado a fuego desde su nacimiento. Eran muy leales, pero no exteriorizaban el afecto que sentían, a pesar de que era innegable que se querían.

Pese a ello, en el fondo deseaba que Mara le contase qué le preocupaba, aunque estaba convencido de que no sabría cómo reaccionar. Querer saber qué pensaba era un impulso muy extraño para un tipo como él.

¿Hasta dónde llegaba la influencia de Mara? ¿No tenía bastante con provocarle una erección continua? Jared apuró el café de un trago y se dio cuenta de que realmente quería saber qué le pasaba para ayudarla a solucionarlo. Quizá entonces pudiera encontrar la maldita paz que tanto anhelaba, tal vez dejaría de sentirse obligado a arrancar hasta el último detalle de aquellos labios tan sensuales.

Jared observó a Mara, que negó con la cabeza, agitando su lisa coleta.

—No me apetece hablar del tema. Somos casi desconocidos.

Jared apenas la oyó y cuando se acercó un poco más a ella, le rozó el muslo con el suyo.

—A veces es más fácil hablar con alguien a quien no conoces, alguien que te dé una opinión imparcial.

«Luego podré matar a quien te esté haciendo sufrir tanto y asunto resuelto».

Jared se revolvió incómodo, incapaz de dejar de pensar en el instinto de protección que sentía hacia aquella mujer. No soportaba ver a Mara en ese estado. El hecho de que estuviera tan triste le corroía las entrañas. Todas las veces que había acudido a su tienda en las últimas semanas, Mara había mostrado un gran entusiasmo por ayudarlo con la historia de los Sinclair en Amesport y le había recomendado otras fuentes que podían ayudarlo con su investigación. Maldita sea, la había visto el día anterior y ella le había regalado una de sus sonrisas radiantes y alegres: un gesto sincero que le permitió adivinar que se alegraba de verlo sin motivo aparente, una mirada que nunca le había dirigido otra mujer que no fuera su hermana Hope. En su mundo, casi todos querían algo de él y nadie daba nada sin esperar algo a cambio. En cambio Mara Ross desprendía una luz radiante y por un breve momento había iluminado la oscuridad que se cernía sobre él todo el día. Era una mujer muy dulce y con una inocencia embriagadora. Cuando hablaban, Jared se daba cuenta de que lo miraba como a una persona más, no como a un multimillonario. Su único objetivo era ayudarlo por el mero placer de hacerlo. En ningún momento había esperado nada a cambio. Ese comportamiento le había provocado sentimientos encontrados: por un lado, había sentido el impulso de huir corriendo y, por el otro, una atracción irresistible hacia ella. Había algo en Mara que lo fascinaba y, por primera vez desde hacía mucho tiempo, Jared había perdido el control de sí mismo y sentía el irrefrenable deseo de explorar esa insólita atracción.

Tras una larga pausa, Mara contestó:

—De acuerdo. Quizá tengas razón; a lo mejor debo hablar del tema y no tengo a nadie a quien contárselo. Van a desahuciarme. El dueño va a vender la casa. Tengo que irme. —Mantuvo la mirada fija en el mar y se frotó las manos con fuerza—. Mi abuela abrió la tienda, luego mi madre se encargó del negocio y hasta ahora lo hacía yo. Todo lo que me queda de ellas desaparecerá.

Jared se puso tenso.

—Tienes un contrato de alquiler, ¿verdad?

—No —respondió ella con brusquedad—. Era un alquiler que se renovaba mensualmente. Ha sido así desde la época de mi abuela.

No existe un contrato escrito. Los dueños vivieron en Amesport hasta hace unos veinte años y la casa empezó a pasar de un hijo a otro. El alquiler de la propiedad no corría peligro hasta que se fue el último hijo, que no soportaba vivir aquí.

—Podemos encontrarte un nuevo local. Además, la casa se ha convertido en un peligro. Necesita una reforma completa. Es como una bomba a punto de explotar. ¿Tiene goteras el tejado? —preguntó Jared con seriedad.

Mara lo miró, sorprendida.

—Sí, en varios lugares. ¿Cómo lo sabes?

—Soy arquitecto. Sé interpretar las señales. ¿Qué reparaciones han hecho los dueños?

Esperaba que fueran más de lo que sospechaba.

Mara dejó caer los hombros.

—Ninguna que yo recuerde. Sí, la casa necesita una buena reforma. Yo hago lo que puedo, pero desde que murió mi madre es más difícil y el dueño se niega a invertir en mantenimiento porque supongo que nunca ha tenido la intención de quedársela.

Gracias a los rumores que corrían por la ciudad, Jared sabía que el padre de Mara había muerto de un infarto unos años antes y que su madre había fallecido hacía poco más de un año. La tienda no daba dinero, algo que debía de ocurrir desde hacía ya tiempo y que Jared había deducido observando. Mara hacía unas muñecas preciosas, pero ¿qué salida podían tener en el mercado actual? ¿A cuánto ascendían las ventas en los meses de temporada alta, como en verano? El alquiler de una casa de la calle principal en una ciudad turística de la costa debía de ser considerable, por mucho que el edificio se encontrara en mal estado.

—Puedes encontrar otro local —gruñó Jared, que se negaba a creer que no hubiera una solución a sus problemas—. Además, no deberías quedarte allí si hay goteras. Puede ser peligroso.

Mara negó lentamente con la cabeza y esbozó una sonrisa derrotada.

—No puedo trasladarme a otro sitio. No sería lo mismo. Debo enfrentarme a la realidad: el negocio no da beneficios. Tarde o temprano habría tenido que dejarlo.

—Entonces, ¿qué harás? —preguntó Jared.

Mara se encogió de hombros.

—No lo sé. Me trasladaré a una ciudad más grande. Tendré que encontrar trabajo. Empezar de cero otra vez. Supongo que esa es la idea. Pero será muy duro irme de Amesport.

«Maldita sea, no. No puede irse. La familia de Mara Ross ha vivido en Amesport durante generaciones. Conoce la historia de la ciudad, es la cronista oficiosa. Tiene que quedarse aquí como sea. Es obvio que ama este lugar».

Un trueno descargó con fuerza antes de que Jared pudiera decir algo. Se puso en pie y le tendió la mano a Mara, preocupado por su bienestar ante la tormenta que se avecinaba. Ella la aceptó sin pensárselo dos veces y se levantó.

—Tenemos que ponernos a resguardo —ordenó Jared, que la hizo pasar delante para bajar de las rocas cuanto antes y encontrar un lugar seguro, a salvo de la tormenta inminente.

Mara se movió con rapidez sin decir nada más, como si hubiera estado en ese lugar cientos de veces, lo que probablemente era cierto. Los goterones de lluvia empezaron a caer con fuerza y ella resbaló, pero Jared la sujetó con fuerza de la cintura y la guio hasta la playa. Le agarró la mano después de lanzar el vaso de café en una papelera y la atrajo hacia sí mientras buscaban un refugio de la lluvia torrencial.

Cuando llegaron a la acera del pub Shamrock, ambos estaban sin aliento. Se quedaron bajo el toldo del bar mientras la lluvia arreciaba.

Mara dirigió una mirada a Jared y no pudo contener la risa. Fue un sonido delicioso que le provocó una erección al instante.

—Pareces casi humano —le dijo con una sonrisa maliciosa.

—Entonces, ¿qué parecía antes? —preguntó él, ofendido.

Mara se encogió de hombros.

—Perfecto. Siempre tienes un aspecto impecable y perfecto.

Jared la miró fijamente: su pelo empapado, la camiseta casi transparente que se pegaba a su cuerpo como una segunda piel. Sus ojos refulgían con un brillo muy poco habitual en él. Al final, respondió con sinceridad:

—Tú estás preciosa —dijo antes de que pudiera autocensurarse. Maldita sea. Ese era el efecto que tenía Mara en él: le hacía decir lo que le venía a la cabeza sin pensárselo dos veces.

«Es peligrosa».

Ella le lanzó una mirada de escepticismo.

—He oído que eres un donjuán, pero me parece una descripción algo exagerada, ¿no crees?

Jared se estremeció. Al ser multimillonario y estar bajo la mirada del público, su comportamiento se veía sometido al escrutinio general. De acuerdo. Sí. Nunca se dejaba ver dos veces seguidas con la misma pareja, pero no le hizo mucha gracia que Mara le echase en cara que era un mujeriego, a pesar de que era un hecho bien sabido.

—Lo digo en serio —replicó con voz ronca, devorándola con la mirada. Nunca había conocido a una mujer tan atractiva como ella.

Mara se cruzó de brazos y lo miró con desaprobación.

—Por si no te has dado cuenta... tengo mis curvas, soy bajita... Una mujer del montón.

«Tiene curvas, es bajita y me acostaría con ella aquí mismo».

Jared tuvo que contener lo que iba a decir. No le gustaba que Mara hablase tan mal de sí misma. Le sacaba de quicio, sobre todo porque nunca había sentido una atracción tan intensa por una mujer. La obligó a retroceder hasta la pared, inmovilizando su cuerpo con el suyo, lo que seguramente era un error. Olía a lluvia y a vainilla, un aroma que se la ponía aún más dura, si eso era posible. Le acarició la mejilla y deslizó el dedo por su piel húmeda y suave como la seda.

—Eres una mujer dulce, de piel tersa, el tipo exacto de mujer que un hombre desea tener desnuda bajo él —le dijo bruscamente.

Su aroma lo volvía loco y estaba empezando a perder el control de la situación. Tuvo que hacer un esfuerzo titánico para no confesarle que deseaba ponerse encima de ella para metérsela hasta el fondo y sentir su cuerpo dulce y suave.

Jared la miró fijamente y, por un momento, el mundo que los rodeaba se desvaneció y establecieron un vínculo profundo e indestructible. Maldita sea, lo único que deseaba era empotrarla contra la pared, que le rodeara la cintura con las piernas y embestirla hasta que ambos cayeran derrotados.

«He de acostarme con ella o no podré quitármela de la cabeza».

Tenía que llevársela a la cama y poseerla hasta que se aburriera de ella, algo que, por lo general, sucedía tras el primer encuentro. Su deseo desaparecía después de acostarse con una mujer, el interés se desvanecía por completo.

Mara se sonrojó al mirarlo y negó lentamente con la cabeza.

—No es necesario que intentes embelesarme —le dijo apartándose de él.

—No intento embelesarte —replicó él, enfadado, maldiciendo su reputación.

Era verdad que le gustaban las mujeres, pero nunca intentaba conquistarlas de aquel modo. Antes de acostarse con una, antes de llegar a la cama, siempre cerraban el trato. Las mujeres querían algo de él, y por lo general no tenía nada que ver con su persona. De un modo u otro siempre se trataba de algo monetario, aunque nunca había dejado insatisfecha a ninguna de sus parejas sexuales: se aseguraba de que llegaran al orgasmo.

—Creo que puedes ser encantador cuando quieres —murmuró Mara, que se acercó al borde del toldo, como si estuviera contemplando la posibilidad de cruzar la calle corriendo para llegar a su tienda—. Beatrice y Elsie me han dicho que eres un chico muy dulce, algo que solo puede considerarse un cumplido teniendo en cuenta de quién viene y que es una prueba más de tu gran carisma. Tengo la sensación de que es una cualidad innata en ti.

—Entonces no me conoces —gruñó Jared, a quien no le hacía ninguna gracia que las dos ancianas, la chismosa y la casamentera, lo hubieran definido como «chico». Elsie y Beatrice le caían bien, le gustaba escuchar sus historias y sus bromas, pero eso no era una prueba de que fuera buena persona. A decir verdad, en general era bastante antipático. Pero no podía comportarse de aquel modo con dos mujeres de edad avanzada. A fin de cuentas, aquellas dos viejecitas lo divertían y ni siquiera él era tan cretino como para ofenderlas.

Mara se volvió hacia él.

—Es verdad, no te conozco. Y no tengo derecho a dar nada por sentado. Solo quiero decirte que he disfrutado de las conversaciones que hemos tenido hasta ahora y que me caes bien. No es necesario que me colmes de falsos cumplidos. Te agradezco que te preocupes por mi casa. De verdad. Pero supongo que no estoy acostumbrada... —Vaciló antes de añadir—: No estoy acostumbrada a que se preocupe de mí un chico, vamos.

«Maldita sea. ¿Cree que le he dicho que me parece atractiva solo para adularla?».

—Pues tendrás que acostumbrarte. Voy a ayudarte, tanto si quieres como si no. Lo necesitas. —Cerró los puños para no agarrarla y sujetarla contra sí hasta que las llamas del deseo los secaran y los hicieran arder a ambos.

Su instinto le empujaba a consolarla o acostarse con ella, pero la cabeza le decía que Mara huiría si intentaba alguna de las dos opciones. Además, ¿qué sabía él de consolar a la gente? Sus experiencias con mujeres eran como acuerdos de negocios. Hacía mucho tiempo que había descubierto que era mejor así.

—¿Por qué quieres ayudarme? —Mara lo miró con los ojos muy abiertos—. No es que seamos amigos. Apenas me conoces.

—Quiero llegar a conocerte mejor —le dijo con todo el aplomo, a pesar de que ya se la estaba imaginando desnuda, debajo de él, gritando su nombre al llegar al orgasmo. Oh, sí, quería conocerla en lo más íntimo. Su obsesión por ella no iba a desaparecer hasta que lo consiguiera.

—No creo que lleguemos a eso. Tú solo estás de visita aquí.

Mara estaba en lo cierto, la casa de Jared en la península de Amesport no era su residencia habitual, pero a decir verdad no tenía un hogar propiamente dicho. Poseía casas en todo el mundo, y en algunas pasaba más tiempo que en otras, pero no eran más que propiedades inmobiliarias. Había ido a Amesport a ver a Dante, su hermano policía que había resultado herido, pero cuando este se recuperó de las heridas de bala decidió quedarse un poco más. Dante iba a casarse con una médica de Amesport y había aceptado un puesto en el cuerpo de policía de la ciudad.

—Voy a quedarme hasta que se celebre la boda de Dante.

—Eso solo son unas semanas más —le recordó ella, frunciendo el ceño en un gesto de concentración, como si estuviera preguntándose sus motivos.

«Más le valdría dejar de intentar comprenderme. Ni siquiera yo tengo una explicación para mi estúpido comportamiento en estos momentos».

—Voy a quedarme —insistió con voz inquietante.

—Agradezco la oferta, pero soy yo quien debe resolver mis problemas.

Jared lanzó un gruñido al ver el gesto terco que hizo Mara con la mandíbula y pensó en cómo iba a enfrentarse a la difícil situación ella sola.

—Gracias por la oferta, Jared, pero insisto en que es algo que tengo que hacer yo. Mi vida va a cambiar de arriba abajo y yo también.

Entonces se dio la vuelta sin mediar palabra y cruzó la calle corriendo. Subió los escalones de su casa, empujó la puerta y desapareció en su interior sin volver la vista atrás.

«No quiero que cambie. Es perfecta tal y como es».

Había estado a punto de perder el mundo de vista al oír su nombre en boca de Mara, que lo pronunció con voz ronca. Tuvo que hacer un gran esfuerzo para contenerse y no seguirla, agarrándose al poste de madera que sostenía el toldo del Shamrock's.

«Joder, me estoy convirtiendo en un acosador».

Negó con la cabeza en un gesto de contrariedad sin apartar los ojos de la puerta de su casa después de que ella hubiera desaparecido en el interior y se dirigió despacio a su todoterreno Mercedes, que por lo general descansaba en el aparcamiento de su residencia en Amesport. Se moría de ganas de ir tras ella.

«Paciencia. Debo tener paciencia con Mara. Tengo que recuperar el control».

Sin embargo, en esos momentos no andaba precisamente sobrado de control, y además disponía de poco tiempo para ayudar a Mara Ross. Tarde o temprano acabaría odiándolo. Era inevitable.

Cuando Jared se sentó en su Mercedes, agarró el volante con fuerza y cerró los ojos lanzando un gruñido mientras la lluvia azotaba el parabrisas produciendo un ruido parecido al tictac de un reloj.

«¿Cuánto tardará en descubrir la verdad?».

Jared abrió los ojos y arrancó el motor, consciente de que no tenía tiempo para lamentaciones. Mara no tardaría en descubrir que era él quien había comprado su casa y su tienda, el cabrón responsable de que estuviera a punto de perder todo lo que le importaba.

No había querido que lo averiguara tan pronto, pero era obvio que los acontecimientos se habían precipitado por culpa del irresponsable expropietario.

Cambió de sentido nada más arrancar y se puso en marcha hacia su casa de la península. Y en ese momento recordó su plan inicial de acabar con el responsable de todos los problemas de Mara.

Por irónico que pareciera, si era así como pretendía enfrentarse a la situación, no le quedaría más remedio que... suicidarse.

Capítulo 2

—Lo siento mucho, Sarah, pero el día de tu boda no puedo recorrer el pasillo de la iglesia con muletas —dijo Kristin Moore con voz lastimera ante las cuatro mujeres que había en su sala de estar.

Mara frunció el ceño mientras observaba la escayola que inmovilizaba la pierna de su mejor amiga tras el accidente de bicicleta que había sufrido durante la lluvia. Mara y Kristin, directora administrativa de la consulta de Sarah Baxter, eran amigas desde la infancia, y compadecía a la vivaz pelirroja. Sabía las ganas que tenía de ser dama de honor en la boda de Sarah. Y también sabía lo inquieta que podía ser su amiga. Iba a ser un auténtico infierno lograr que guardara reposo durante unos días.

—Seguro que Sarah lo entiende —le dijo a Kristin con firmeza, mirando a la doctora Sarah Baxter, quien asintió con la cabeza desde el otro extremo de la sala.

—Claro que sí. No es culpa tuya. No pasa nada. Tú preocúpate de la pierna y de recuperarte —dijo Sarah con voz tranquilizadora desde el sofá, sentada junto a su mejor amiga, Emily, esposa de Grady Sinclair y dama de honor principal. Randi Tyler, la atractiva maestra de pelo oscuro que estaba sentada en el suelo, sería otra de las damas de la boda.

Mara intentó disimular su preocupación porque sabía que Kristin era bien capaz de cortarse la escayola y recorrer el pasillo de la iglesia cojeando si era necesario. Su amiga de pelo rojo fuego era muy tozuda y no soportaba dejar plantado a nadie después de haber dado su palabra.

—No quiero arruinar la boda de Sarah dando la nota. Nadie quiere ver a una loca pelirroja avanzando a trancas y barrancas por el pasillo con muletas —dijo Kristin con los brazos cruzados en el pecho, tumbada en un asiento reclinable y con la pierna apoyada en un reposapiés.

—A nadie le importará —terció Randi con amabilidad.

—A mí sí —replicó Kristin, enfadada—. Es el gran día de Sarah y Dante.

Mara observó el gesto firme de Kristin desde la alfombra. El pequeño apartamento no tenía muchos muebles y los asientos escaseaban. Intentó no fruncir el ceño al ver la mirada obstinada de su mejor amiga, una expresión que había visto muchas veces a lo largo de los años.

—No puedes quitarte el yeso antes de la boda —le recordó Mara con firmeza. El accidente había ocurrido el día antes, por el amor de Dios. Pero sabía que Kristin ya estaba buscando una forma de que le quitaran la escayola—. Es imposible.

—Pero entonces alguien quedará desparejado. Grady es el padrino y Emily la dama de honor. Evan y Randi irán juntos y yo iba a acompañar a Jared. —Kristin intentó contener las lágrimas de frustración que asomaron a sus ojos—. Dante no puede dejar fuera a su propio hermano. Jared ya está aquí y no puede entrar en la iglesia solo.

—Claro que puede —replicó Sarah con firmeza—. Tú, amiga mía, tienes que descansar y no forzar el tobillo. Son órdenes de tu doctora. —Puso voz seria para hacer valer su opinión.

—¿Y Hope? —preguntó Randi—. ¿Puede acompañarlo ella?

Sarah negó lentamente con la cabeza.

—No. Acabamos de saber que está embarazada y Jason no se separa de ella, como si fuera una gallina clueca, porque por la mañana tiene náuseas que le duran casi hasta mediodía y, a veces, hasta la tarde. Irá a la boda, pero no está muy fina.

Mara hizo una mueca al oír la noticia de que la hermana de Dante Sinclair estaba embarazada y enferma. Como hermana del novio, Hope Sinclair-Sutherland habría sido la solución perfecta al dilema.

—¡Maldita sea! —exclamó Kristin—. Tiene que haber alguien...

Mara se estremeció cuando su mejor amiga calló y le lanzó una sonrisa malévola.

«Oh, Dios. No».

—Mara puede sustituirme —declaró Kristin en tono triunfal.

—Ni hablar. —Mara miró a las demás mujeres, que la observaron con curiosidad y asintieron—. Nunca he ido a una boda y Sarah y yo apenas nos conocemos. Estoy segura de que prefiere que su segunda dama de honor sea una amiga.

A decir verdad, apenas se habían tratado. No era que a Mara no le cayera bien la simpática y brillante doctora, pero no podía considerarse amiga suya. Se le había pasado por la cabeza acudir a ella desde que el médico de su familia se había jubilado, pero hacía tiempo que no se ponía enferma, de modo que su relación era casi inexistente. El único motivo por el que habían coincidido en casa de Kristin era porque había ido allí para ver a su amiga lesionada. Conocía a Randi Tyler porque se había ofrecido como voluntaria en el Centro Juvenil y durante el invierno daba clases de manualidades para principiantes. Y con Emily había hablado un poco más porque la mujer de Grady dirigía el centro y organizaba las clases.

«Apenas conozco a ninguna de estas mujeres. No puedo ir de dama de honor con ellas».

«Oh, Dios, no». Kristin la había metido en mil y un líos en el pasado, y ella siempre había seguido encantada a su amiga, pero esta vez no podía hacerlo.

—Eres la sustituta perfecta. Ya tengo el vestido y solo habrá que hacerle algunos arreglos —exclamó Kristin.

—Me parece una idea fantástica —la apoyó Emily.

—A mí también —admitió Randi, asintiendo de forma enérgica.

—Para mí sería un honor que aceptaras, Mara —dijo Sarah, intentando convencerla—. Sé que no hemos tenido oportunidad de conocernos muy bien porque hace poco tiempo que vivo en Amesport, pero me gustaría ser tu amiga. A decir verdad, no tengo muchas amistades aquí.

Mara tragó saliva al ver la mirada compasiva de Sarah. Como había dedicado gran parte de su vida adulta a cuidar de su madre y llevar la tienda de muñecas, no había tenido mucho tiempo para hacer amigas o para cultivar las amistades del instituto. Ese era precisamente uno de los motivos por el que valoraba tanto su vínculo con Kristin. Tenían una relación muy estrecha y nunca se habían distanciado a pesar de que Mara casi nunca tenía tiempo ni dinero para hacer demasiadas cosas.

—Vale, acepto.

Pronunció las palabras antes de que pudiera arrepentirse y le lanzó una mirada a Kristin como diciéndole: «Tú y yo ya hablaremos luego». Su mejor amiga la conocía muy bien: Mara era incapaz de decirle no a alguien que necesitaba algo o tenía problemas.

—Gracias, me haces muy feliz —le dijo Sarah con una sonrisa amable.

—Será fantástico —terció Randi—. Dante ha contratado a un organizador de bodas y será una buena fiesta.

—Genial —añadió Emily.

—Creo que el vestido necesitará algo más que un simple arreglo —advirtió Mara a las demás con franqueza. Aunque Kristin tenía algunas curvas, Mara era una mujer más rotunda y Kristin le sacaba dos centímetros de alto.

—No te preocupes. Pediré que hagan los cambios necesarios —dijo Sarah.

Kristin soltó una carcajada.

—Mara es una excelente costurera. Lo único que pasa es que está acostumbrada a coser tallas muy pequeñas para las muñecas.

Mara asintió. Gracias a su madre y a su abuela dominaba la aguja y el hilo a la perfección.

—Puedo encargarme yo.

Las demás mujeres se levantaron, salvo Kristin, y Mara también se puso en pie para recibir los abrazos y gestos de agradecimiento por ocupar el lugar de su mejor amiga en el último momento. Le resultaba extraño verse incluida de repente en ese círculo de chicas, pero en el fondo era un cambio agradable que le permitía dejar atrás la soledad. Aquellas mujeres le caían bien, las admiraba a todas y a medida que recibía los abrazos de cada una le invadió una sensación de enorme felicidad.

—Supongo que mi pareja será Jared, ¿no? —preguntó Mara con curiosidad.

—Sí —contestó Randi con una risita—. No creo que sea un mal trago. El mero hecho de que te emparejen con Jared Sinclair compensa cualquier otro inconveniente. Debes admitir que si tienes que asistir a una ceremonia nupcial, es mejor tener sentado a un bomboncito como él delante.

Emily dirigió una sonrisa de complicidad a Randi.

—Tampoco creo que para ti sea un suplicio mirar a Evan. Ver a los cuatro hermanos juntos impone, pero Grady es el Sinclair más guapo.

Sarah fulminó a Emily con la mirada.

—Perdona, creo que te refieres a Dante.

Randi estalló en carcajadas mientras observaba el intercambio de miradas beligerantes entre Emily y Sarah.

—Dais pena. Dejémoslo en que todos los hermanos Sinclair son guapísimos. Y vi a Evan en tu boda, Em. Es muy atractivo, salta a la vista, pero está muy obsesionado con su trabajo. Llegó cuando la ceremonia ya había empezado y se fue justo después del brindis. No llegué a conocerlo.

Emily lanzó un suspiro.

—Lo sé. Nuestra boda se organizó de un día para otro, y Evan tenía varias reuniones que no podía cancelar. Me alegro de que esta vez pueda asistir a la fiesta después del banquete. Grady tiene miedo de que le dé algo como siga llevando este ritmo.

—Dante también —admitió Sarah con un deje de tristeza—. Aunque él no es el más adecuado para hablar de adictos al trabajo. Cuando era detective de Homicidios en Los Ángeles apenas se tomaba alguna hora libre. Pero jura que Evan es peor, que nunca descansa y no tiene sentido del humor. Admito que estoy un poco nerviosa por conocerlo. Parece un tipo que intimida bastante.

Mara observó y escuchó a las mujeres, que siguieron hablando de los cuatro hermanos Sinclair. A decir verdad, no conocía demasiado bien a ninguno de ellos, aunque sin duda Grady, Dante y Jared eran tres de los hombres más atractivos que había visto jamás. Por ello no tenía ninguna duda de que el hermano mayor, Evan, debía de ser igual de guapo.

«¿Cómo es posible que una familia tenga una herencia genética tan buena?».

Tampoco conocía a la hermana, Hope Sinclair, ahora Hope Sutherland, pero estaba convencida de que sería tan atractiva como los hermanos. Teniendo en cuenta que Hope se había casado hacía poco con uno de los solteros multimillonarios más codiciados del planeta, por fuerza tenía que ser una mujer extraordinaria.

Mara intentó no darle más vueltas al extraño encuentro que había tenido con Jared Sinclair el día anterior. Por desgracia, por mucho que se esforzara en borrar el recuerdo, no lo conseguía, de modo que intentó convencerse de que Jared solo había intentado ser amable con ella y nada más. No quería pensar en el modo en que la camiseta húmeda se le pegaba a la ancha espalda y sus brazos musculosos. Ni en que por primera vez desde que lo había conocido, su sonrisa había estado a la altura de sus ojos verde jade, tan sumamente atractivos.

«No olvides que es un mujeriego».

La reputación de Jared Sinclair con las chicas era bien conocida, y se decía que nunca se dejaba ver dos veces con la misma. Mara lo sabía, pero, por algún motivo, no creía que lo hiciera con mala intención. Intuía que era un hombre inquieto y le dio la impresión de que se sentía... solo, a falta de una palabra mejor. Sin embargo, no dejaba de ser una idea absurda, porque Jared tenía cuatro hermanos y no le faltaban las candidatas dispuestas a hacerle compañía. Aun así, Mara no podía quitarse la idea de la cabeza de que era un hombre... atormentado. Al ver la tristeza que se reflejaba en sus ojos cuando sonreía muchas veces se había preguntado qué ocultaba bajo esa superficie. No obstante, las únicas mujeres con las que lo había visto acompañado desde su llegada a Amesport eran Elsie y Beatrice. Las demás veces que lo había visto en la ciudad siempre estaba solo o acompañado de sus hermanos.

Aunque a lo mejor solo veía lo que le interesaba ver, porque Jared Sinclair era tan guapo que podía hacer que cualquier mujer cayera rendida a sus pies, y ella no constituía una excepción. El día anterior su aspecto elegante había quedado totalmente arruinado: los zapatos estropeados por la arena y la lluvia, el pelo castaño alborotado y empapado. La camisa, de un verde oscuro intenso igualito al de sus ojos, le había quedado toda arrugada y húmeda. Por una vez tenía aspecto humano, casi... real.

27

Mara lanzó un suspiro e intentó concentrarse en la conversación que se desarrollaba a su alrededor y dejar de fantasear con Jared Sinclair. Estaba claro que un hombre como él no estaba a su alcance. Ella no era fea, se veía en el espejo a diario, pero no se consideraba especialmente atractiva y las palabras de Jared no habían sido más que eso: palabras. Él era rico de nacimiento y su riqueza había aumentado aún más gracias a una de las inmobiliarias más grandes del mundo. Desde luego, sabía ser encantador cuando lo necesitaba, por mucho que lo negara, aunque también era despiadado cuando los negocios lo exigían.

—Nadie sabe por qué Jared se ha quedado tanto tiempo en Amesport. Dante cree que ha conocido a alguna mujer que le ha llamado la atención.

A Mara le dio un vuelco el corazón al oír el comentario de Sarah, y se preguntó si la prometida de Dante tenía razón al sugerir que Jared se había quedado más tiempo retenido por una conquista femenina.

—¿Tú crees? —preguntó Mara sin aliento, maldiciéndose por parecer tan interesada. No se moría de ganas por saberlo, maldita sea. Claro que no. No era asunto suyo con quien se acostara Jared Sinclair.

—No lo sé —respondió Sarah, lanzando una mirada de curiosidad a Mara—. Si está interesado en alguien, lo disimula muy bien. En la ciudad solo lo he visto hablar con Elsie y Beatrice, y dudo que le haya echado el ojo a alguna de las dos.

Mara tuvo un ataque de tos por los nervios, que se convirtió en risas antes de que pudiera responder.

—Ambas lo adoran, pero creo que no se han dado cuenta de que es un hombre adulto. Lo describen como «un chico muy dulce».

—Eso no deja de ser sorprendente porque todas sabemos que es cualquier cosa menos dulce —dijo Randi con aire pensativo.

—Conmigo siempre ha sido amable —añadió Mara, que sintió la necesidad de defender a Jared. A fin de cuentas, se había sentado con ella bajo la lluvia y había escuchado sus problemas. Incluso se había ofrecido a ayudarla, un gesto de amabilidad del todo inesperado... y una oferta que no podía aceptar, claro. Jared era casi un desconocido y ella tenía que hacer cambios importantes en su vida. Sin embargo, el mero hecho de que se hubiera ofrecido a ayudarla había sido un gesto muy amable e increíblemente... dulce.

Se revolvió incómoda cuando los cuatro pares de ojos femeninos se posaron en ella.

—¿Y ha sido muy amable? —preguntó Sarah con una sonrisa maliciosa en los labios. Se cruzó de brazos y lanzó una mirada inquisitiva a Mara.

—No. Oh, no. Jared no está interesado en mí en ese sentido —se apresuró a decir ella, que sabía lo que pensaban las demás por su expresión—. Solo me ha pedido información sobre la historia de los Sinclair en Amesport.

«Eres el tipo exacto de mujer que un hombre desea tener desnuda bajo él».

Mara tuvo que reprimir un escalofrío cuando le vinieron a la cabeza las palabras que Jared había pronunciado el día antes. En realidad, no lo había dicho en serio. Estaba segura de que solo había sido una broma. El hecho de que Jared Sinclair quisiera acostarse con ella le parecía ridículo. Pertenecían a dos mundos distintos y las mujeres que él se llevaba a la cama eran guapas, ricas y malcriadas.

«No se parecen en nada a mí».

Por desgracia, se sonrojó al pensar en Jared, lo que provocó que las demás la miraran más fijamente.

—Esto... Debo irme. Tengo un montón de cosas que hacer.

Agarró el bolso y salió corriendo del apartamento de Kristin, después de darle a Sarah su dirección de correo electrónico y su número de teléfono para que se pusiera en contacto con ella y le enviara los detalles de la ceremonia.

Mara intentó recuperar el aliento al salir del edificio, con la esperanza de que nadie se hubiera fijado en el extraño modo en que había gestionado el tema de Jared.

«Se han dado cuenta. Seguro que sí».

Respiró hondo de nuevo y bajó los escalones que daban a la calle. Al llegar a la acera se dirigió a su casa, deseando que nadie descubriera lo incómoda que se sentía cuando Jared Sinclair posaba esos ojos verdes y ávidos en ella, tal y como había hecho el día antes.

«No pienses en él. No pienses otra vez en él. En estos momentos tienes cosas mucho más importantes de las que ocuparte».

Mara suspiró al acelerar el paso, impaciente por llegar a su casa. Tenía que resolver muchos asuntos antes de asistir al mercado agrícola de Amesport por la mañana. Debía ganar tanto dinero como fuera posible. No faltaba mucho para que se quedara sin casa y necesitaba una suma considerable para encontrar otro sitio donde vivir.

«Voy a ayudarte». La promesa de Jared le vino a la cabeza como salida de la nada.

—No necesito ayuda —susurró—. Estoy acostumbrada a apañármelas sola.

Parpadeó varias veces para contener las lágrimas. Llorar no le serviría de nada. Lo único que quería era no sentir que había fallado a su madre al perder la tienda y la casa en la que había vivido desde su nacimiento.

«Alegra la cara, cielo. Mañana lo verás todo mejor».

Al recordar esas palabras le pareció oír la voz de su madre. Es lo que le habría dicho si estuviera viva. Por desgracia, había fallecido hacía tiempo y no podía darle ningún consejo sobre el mejor modo de enfrentarse a sus problemas. Su vida estaba a punto de transformarse radicalmente. Tenía que cambiar de profesión y probablemente no le quedaría más remedio que dejar atrás la plácida existencia en Amesport. Se había dedicado toda la vida a hacer muñecas. ¿A qué tipo de trabajo podía aspirar?

«Encontraré algo. No me queda más remedio».

Mara nunca se había sentido tan sola en toda su vida e iba a tener que hacer un gran esfuerzo para que el profundo vacío que sentía no acabara engulléndola.

Capítulo 3

Jared se maldijo a sí mismo por haberse puesto otros zapatos de piel que quedaron empapados después de cruzar un gran campo de hierba.

—Como no me olvide de mi obsesión por verla, voy a tener que comprarlos al por mayor —susurró—. ¿Quién demonios se levanta al amanecer para asistir a un mercado agrícola?

Al parecer, Mara.

Sarah había mencionado que Mara acudía al mercado agrícola de Amesport todos los sábados a vender sus muñecas. A Jared le bastó con eso para decidir que quería ver cómo era.

De modo que ahí estaba, atravesando un campo mojado antes incluso de que la cafetería Brew Magic abriera las puertas por la mañana. Y de momento, la feria no lo había impresionado demasiado.

Necesitaba café. Necesitaba su desayuno.

Y necesitaba que alguien le examinara la cabeza. Cuanto antes.

Mientras pasaba por debajo de una cuerda que hacía las veces de valla provisional para el mercado, admitió para sí mismo que tenía que verla, tenía que saber que estaba bien después de haber recibido la noticia de que iba a perder la casa. Aún no tenía un plan claro para ayudarla, pero sabía que iba a hacerlo. Qué diablos, podía solucionarle la vida sin que sus finanzas se resintieran lo más mínimo. Sin embargo, había descartado esa idea casi de inmediato; conocía a Mara lo suficiente para saber que preferiría morirse de hambre antes que aceptar un dinero que no se hubiera ganado a pulso. Si había tomado la decisión de solucionar sus problemas por su cuenta, era imposible que aceptara su dinero.

Debía admitir que la idea de que una mujer no quisiera su dinero le resultaba... extraña.

Estaba tan desesperado por acostarse con ella que también se le había pasado por la cabeza la idea de proponerle algún tipo de acuerdo sexual, pero sabía que ella no lo aceptaría. Y, a decir verdad, a él esa opción le resultaba desagradable por algún motivo.

«Porque quiero que me desee tal y como yo la deseo a ella. Necesito que se entregue a mí solo porque quiere».

Este era un pensamiento poco habitual en él. ¿Desde cuándo le importaban los motivos por los que una mujer se acostaba con él?

—El mercado no abre hasta las siete —le dijo un hombre mayor que estaba descargando cajas de verduras de su camión.

—He venido a ayudar a una amiga —replicó Jared, molesto.

El hombre asintió con un gesto lento y una mirada de recelo después de observar a Jared de arriba abajo.

¿Tanta pinta de inútil tenía? Bueno, quizá no se había vestido con la ropa adecuada para trabajar en un mercado. Había elegido prendas cómodas, pero a lo mejor los pantalones de marca color habano y una camisa azul oscuro con el cuello abotonado no formaban parte del uniforme típico de un mercado agrícola. No era ropa elegante, pero aun así Jared destacaba de forma inconfundible entre los demás hombres vestidos con vaqueros gastados y camisetas sucias, empapados de sudor y despeinados después de montar los tenderetes para el día.

«Siempre tienes un aspecto impecable y perfecto».

Recordó las palabras de Mara y se preguntó si serían un halago o una crítica. Probablemente era verdad que destacaba entre los demás. Según los baremos del mundo en el que solía desenvolverse, en ese momento vestía de modo informal. Sin embargo, en Amesport tenía aspecto de multimillonario esnob y, por algún motivo, esa sensación lo sacaba de quicio. En el pasado le había gustado ensuciarse las manos, trabajar hasta quedar cubierto de mugre y empapado en sudor. Le proporcionaba cierta satisfacción sentir que le quemaban los músculos después de trabajar todo el día. De pronto echó de menos el bienestar que experimentaba después de haber hecho algo importante.

—¡Jareeed! ¡Yuju! ¡Aquí!

Volvió la cabeza a la derecha con un gesto brusco al oír una voz aguda y cantarina femenina que lo llamaba y sonrió al ver que Beatrice Gardener agitaba los brazos. Jared se abrió paso entre los puestos de alimentos y se dirigió hacia la anciana.

—Beatrice —la saludó con una sonrisa tras detenerse frente a su mesa—. ¿Estás segura de que es bueno para tu salud levantarte tan temprano? ¿Qué haces aquí? —Era una pregunta estúpida. A juzgar por la mesa que había ante él, cubierta de cristales, había ido a vender su mercancía. Tenía piedras pulidas y joyas, algunas de las cuales procedían de su tienda, Natural Elements. Jared la consideraba un establecimiento *new age*, pero Beatrice había puntualizado que ella se dedicaba al estudio de todas las filosofías y religiones del mundo, y que ya lo hacía cuando nadie se interesaba por ello. En las semanas que Jared llevaba en Amesport, y a juzgar por las conversaciones que habían mantenido, era obvio que se trataba de una mujer única. Se fijó en los pantalones cortos de color rosa y la camiseta con el logotipo de su tienda—. ¿Dónde está Elsie?

Allí donde iba Beatrice, iba también Elsie Renfrew. Ambas parecían inseparables.

—Ah, Elsie se niega a levantarse antes de las siete. Dice que está jubilada y que se ha ganado a pulso el derecho a dormir hasta tarde —respondió Beatrice con tristeza—. Seguramente vendrá después.

—¿Lo has montado todo tú sola? —preguntó Jared frunciendo el ceño. Beatrice era una mujer llena de vitalidad, pero no le parecía bien que hubiera descargado sola la furgoneta que había detrás de ella.

—Soy vieja, jovencito, pero puedo cargar unas cuantas cajas. Solo traigo mis cristales aquí los fines de semana para ayudar a la gente —exclamó la mujer con alegría.

Jared examinó la mesa.

—Esto pesa mucho —le dijo con tacto.

—George siempre me echa la mano con la mesa. Es un caballero. Viene a vender sus productos todos los fines de semana.

Jared le lanzó una sonrisa de complicidad y le preguntó:

—No me digas que tienes un pretendiente, Beatrice —le dijo, llevándose una mano al pecho con un gesto melodramático—. Me partirías el corazón.

La mujer de pelo entrecano lo señaló con un dedo.

—Guárdate los halagos para alguien que se los crea, jovencito. Recuerda que puedo leerte el aura. —Enarcó una ceja en un gesto de complicidad.

—Pues entonces ya sabes que digo la verdad —replicó Jared con gesto inexpresivo.

Beatrice se consideraba la mística y vidente de la ciudad. También era la casamentera oficiosa de Amesport y, al parecer, tenía el don de prever parejas antes de que estas se hicieran realidad. También se suponía que leía auras. En más de una ocasión le había dicho que él tenía un aura compleja y algo turbia, aunque Jared no acababa de entender a qué diablos se refería con ello. No cabía duda de que Beatrice era distinta, de hecho había quien la consideraba algo peculiar, pero en Amesport casi todo el mundo la adoraba porque, pese a sus rarezas, era encantadora, y Jared le había caído bien desde el momento en que la conoció. Elsie y ella eran inofensivas. Ambas tenían buen corazón, por muy entrometidas y chismosas que fueran.

—No me estás contando la verdad —replicó Beatrice, ladeando la cabeza a un lado y luego al otro, sin quitarle ojo de encima—. Pero hay algo que te está cambiando. —Siguió observándolo pensativamente.

—¿Qué es? —Empezaba a sentirse incómodo al sentirse sometido al escrutinio de la mujer. No creía que Beatrice pudiera leerle el pensamiento, pero representaba su papel de mística a la perfección.

Beatrice revolvió las piedras de la mesa y eligió una oscura y pulida.

—Podrías usar esta. —Le tendió una piedra larga sujeta a un llavero—. Llévala contigo. Puede ayudarte a aliviar la sensación de culpa y el dolor. Para ser feliz tienes que deshacerte de tu bloqueo emocional —le dijo a modo de advertencia.

Jared se dejó llevar por su instinto y tomó el llavero. No quería discutir con ella, aunque la situación había dado un giro muy raro. Se llevó la mano al bolsillo y sacó un fajo de billetes.

—¡De eso nada! —exclamó Beatrice—. El cristal es un regalo curativo. No quiero tu dinero —insistió.

Sorprendido, Jared observó el gesto afligido de la mujer y se guardó el dinero en el bolsillo trasero.

—Tienes un negocio, Beatrice. No puedes ir por ahí regalando las cosas.

A decir verdad, el gesto de la anciana lo había conmovido, a pesar de lo inquietante que había resultado la conversación. Aparte de sus hermanos, era la primera vez que alguien le hacía un regalo, aunque este lo había incomodado bastante. No creía en todas esas patrañas, pero la mirada penetrante de Beatrice lo había turbado como si fuera un niño que hubiera cometido una travesura.

«No es más que una coincidencia. En realidad, no sabe lo que pasó».

—No necesito el dinero, Jared. Mi difunto marido era riquísimo, además de ser un auténtico semental. Estoy forrada. —Le guiñó un ojo con malicia.

Jared se rio, más divertido de lo que estaba dispuesto a admitir.

—Aun así, eres una mujer de negocios —le recordó.

—Y muy buena... casi siempre. Solo hago regalos en casos especiales. Y Mara y tú lo sois. —Beatrice se puso a ordenar sus joyas con toda tranquilidad.

—¿También estás intentando ayudar a Mara? —preguntó Jared con curiosidad.

Beatrice asintió.

—Claro que sí. Además, vosotros dos nacisteis para estar juntos.

Jared negó con un gesto vehemente de la cabeza. A Beatrice le encantaba hacer de casamentera, una posibilidad que lo aterrorizaba.

—Yo no nací para estar con nadie —le dijo con rotundidad.

—Oh, ya lo creo que sí. Para mí, es indiscutible que estáis hechos el uno para el otro. Mi guía espiritual me ha transmitido la información de forma alta y clara. Quizá aún no estés preparado para creerlo, pero lo estarás —le dijo misteriosamente.

—Hm... vale —respondió él no sin cierta incomodidad, guardándose el llavero en el bolsillo.

Prefería dejar que la anciana siguiera viviendo en su mundo de fantasía. La pobre se llevaría una decepción cuando descubriera que se había equivocado, pero en ese momento no tenía ganas de discutir con ella. Francamente, en ocasiones le daba miedo. Lo cierto era que quería acostarse con Mara. Pero de todas las mujeres que había en la ciudad, ¿cómo podía saber Beatrice exactamente a quién quería llevar a su cama?

«Simple coincidencia».

Sí, había acertado por pura casualidad.

—Está en uno de los puestos detrás de mí —le comunicó Beatrice como quien no quiere la cosa, señalándola con el pulgar.

—Gracias —murmuró Jared, bastante desconcertado—. Espero que te vaya bien el día.

—Igualmente —replicó Beatrice con una sonrisa de complicidad.

Se puso en marcha en dirección al tenderete de Mara, con la mano en el bolsillo y acariciando la piedra en un gesto inconsciente.

«Solo es una maldita piedra. Y probablemente Beatrice me vio hablando con Mara en su tienda. No es adivina».

Aun así, agarró la piedra con fuerza mientras buscaba a Mara, deseando que el mineral pudiera solucionar algunos de sus problemas, tal y como le había prometido Beatrice.

***

—Pagaría lo que fuera por eso.

Mara se sobresaltó y estuvo a punto de echarse todo el café por los dedos mientras llenaba una taza desechable. Estaba inclinada hacia delante y, cuando volvió la cabeza atrás, lo primero que vio fue que Jared Sinclair no miraba el café, sino su generoso trasero en pompa.

—El café es gratis —le dijo mientras se ponía erguida rápidamente y se volvía para ofrecerle la taza—. Tiene crema de leche. Solo traigo para mí, pero hay de sobra.

«¿Qué diablos está haciendo aquí?».

Jared Sinclair parecía tan cómodo ahí, en el medio de un campo embarrado, como si estuviera realizando cualquier otra de las actividades cotidianas de los habitantes de Amesport.

Sin embargo, él pertenecía al mundo de los negocios, vestido con un traje inmaculado que no se ensuciaría, sentado en un despacho de categoría negociando un acuerdo. El único gesto informal que se había permitido ese día era arremangarse la camisa, que dejaba al descubierto unos antebrazos musculosos cubiertos por un fino vello castaño, y desabrocharse el cuello de botones, que ofrecía una visión tentadora de un torso muy masculino.

Al final Jared aceptó la taza y le lanzó una mirada tan intensa que Mara se estremeció. Tomó un sorbo de café caliente sin apartar los ojos, observándola por encima del borde de la taza antes de contestar con su atractiva voz de barítono:

—Creo que ya sabes que no me refería al café, aunque si no puedo conseguir lo que me interesa, aceptaré encantado la cafeína. Gracias.

Mara apartó la mirada, avergonzada. Decidió ignorar su insinuación y le dijo:

—Diría que este no es tu hábitat natural y me sorprende que no hayas venido con una taza en la mano. Siempre te veo con un café.

—El Brew Magic aún no ha abierto. ¿Por qué montan estos mercados tan temprano? —gruñó.

—¿Síndrome de abstinencia? Seguro que en tu casa tienes cafetera. —Como ya había preparado sus tarros y contenedores, se agachó para recuperar el termo y se levantó de nuevo dispuesta a llenarse la taza, esta vez de pie. A decir verdad, era a ella a quien más falta le hacía cafeína, porque se había despertado algo tarde y no había tenido tiempo ni de desayunar, de modo que entendía perfectamente la necesidad imperiosa de tomar una taza de café.

—El maldito trasto me odia —murmuró Jared, como si su cafetera se la tuviera jurada—. La antigua ya no daba más de sí y compré una que se supone que es de las mejores. Pero siempre acabo con la mitad de la taza llena de granos de café.

—¿Ya has leído las instrucciones?

Jared se encogió de hombros.

—¿Por qué? No puede ser tan difícil hacer café. Debe de estar estropeada.

Típico de los hombres, creía que él no necesitaba seguir instrucciones.

—Quizá te sirvan de algo —sugirió Mara. Dudaba que la cafetera estuviera enfadada con Jared. Era bastante más probable que él fuera demasiado impaciente—. Además, siempre será mejor que sufrir síndrome de abstinencia.

Mara se dio cuenta de que a Jared no le había pasado por alto que se estaba sirviendo café erguida y esbozó una sonrisa malévola.

—Ahora sí que tengo síndrome de abstinencia —gruñó—. Ese precioso trasero en pompa puede dar pie a un gran número de fantasías.

—No sabía que estabas ahí —respondió Mara a la defensiva. Su trasero no era la parte de su cuerpo que más llamaba la atención, y no lo habría lucido de aquel modo de haber sabido que había alguien detrás de ella.

Jared se cruzó de brazos, sujetando el café con la mano derecha.

—Sé que no te habías dado cuenta de que estaba detrás, pero eso ha hecho que todo resulte aún más excitante.

«Está claro que es un objetivo muy grande para todo tipo de comentarios. Mi trasero es enorme y dudo que mi vieja camiseta de los Patriots y mis *shorts* puedan subir la libido a nadie».

Era tan temprano cuando había empezado a cargar su furgoneta que no se había molestado en maquillarse y llevaba el pelo recogido con un clip por detrás.

«Oh, sí, soy toda una rompecorazones. No me extraña que me desee».

Mara puso los ojos en blanco, en un gesto que quería dejarle muy claro que no iba a flirtear con él.

—¿Alguna vez te funcionan esos cumplidos?

Jared enarcó una ceja, desconcertado.

—¿Para qué?

Mara se encogió de hombros, evitó su mirada y se puso a ordenar los frascos, a cortar pan casero y a meterlo en bolsas herméticas.

—Para conquistar a las mujeres.

—No lo sé —respondió él con cierta brusquedad—. Normalmente no me tomo tantas molestias. Lo único que quieren de mí las mujeres es dinero.

Sorprendida, Mara se volvió hacia él y lo miró boquiabierta.

—No lo dirás en serio.

Sin embargo, al ver la mirada inexpresiva de Jared, Mara supo que era así y que estaba convencido de que a las mujeres solo les interesaba su dinero.

—¿Qué otra cosa podrían querer? —Se encogió de hombros como si se hubiera resignado al hecho de que las mujeres lo persiguieran para sacar tajada de su fortuna.

«O está ciego o no se mira al espejo todas las mañanas. ¿Cómo puede ser tan inseguro este hombre, que roza la perfección masculina?».

—Hay otras cosas —murmuró ella, pensando que alguien le había hecho daño, lo había rechazado. Era el único motivo que se le ocurría para que Jared no presumiera todo el día de su porte.

—¿Qué? —preguntó él, con voz grave.

¿En serio? ¿Jared Sinclair no sabía que era tan guapo que podía hacer que una mujer mojara las bragas con solo mirarla? Desde el día anterior, cuando esos increíbles ojos verdes habían empezado a traslucir una parte de sus emociones, se había convertido en un tipo casi irresistible para ella.

—Todo —admitió ella con un susurro, incapaz de apartar esa mirada con la que lo estaba devorando—. Eres la fantasía de toda mujer. No solo eres guapísimo, sino que también sabes ser divertido cuando quieres. ¿Qué más podría desear cualquiera?

Nada. Absolutamente nada.

—Dinero —añadió él con seriedad—. Y mucho.

A Mara se le derritió el corazón. Estaba convencido de que todas las mujeres iban detrás de él solo por el dinero.

—Créeme, eres un hombre digno de elogio por muchas otras cosas, no solo por el tamaño de tu cuenta bancaria. —No soportaba que Jared se creyera lo que estaba diciendo.

—He descubierto que el tamaño de mi cuenta bancaria es su principal fuente de placer. Las demás cosas no tienen importancia —replicó, con cierta picardía.

El énfasis que puso en «tamaño» y «placer» le provocó sudores, aunque no era un día de verano especialmente cálido. No iba a picar el anzuelo. La conversación ya era lo bastante incómoda.

—¿Quieres un probar un bocado? —le preguntó Mara azorada, decidida a que la charla tomara otro derrotero.

—Me apetece algo más que un bocado —respondió Jared con voz grave—. Cuando se trata de ti, lo quiero todo.

Capítulo 4

«Cielo santo, como no pare de coquetear conmigo, saltaré por encima de la mesa y lo devoraré de pies a cabeza. Los hombres nunca intentan seducirme con palabras o actos, y mucho menos un tipo tan guapo al que le haría de todo hasta que dijera basta. Es de esos que no tienen que esforzarse para ser atractivos. Simplemente... lo son».

—Mermelada —dijo, nerviosa—. Hoy tengo de muestra la de mora silvestre de Maine. —Cortó una rodaja de pan y la untó con una generosa cucharada de mermelada.

Jared la tomó con una sonrisa de satisfacción.

«Sabe que se está saliendo con la suya. ¡Maldición!».

Mara intentó dominar los temblores de la mano cuando le dio la rebanada de pan. Tenía que controlarse ante él, pero cada vez le costaba más no hacerle caso. Su voz grave la excitaba mucho, dijera lo que dijese. Cuando le lanzaba alguna insinuación, algo que probablemente hacía de forma instintiva, ella se derretía. Y el mero hecho de pensar que pudiera degustar alguna parte de su cuerpo la hacía estremecer, presa de un anhelo que nunca había sentido hasta entonces.

«No te embales, Mara. No se siente muy atraído por ti. Es encantador y guapo, pero tienes tantas probabilidades de gustarle a Jared Sinclair como de ganar la lotería. ¿Recuerdas? Ni tan siquiera compras lotería. No cedas a esta fantasía. Eres una mujer realista y Jared Sinclair está muy por encima de tus posibilidades».

Con veintiséis años, podría decirse que Mara era prácticamente virgen. Le daba vergüenza admitirlo, pero era cierto. Se había entregado por primera vez con dieciocho años a su único novio formal, al que había conocido en el primer y único año de universidad. Cuando tuvo que abandonar los estudios antes de empezar segundo debido al cáncer que le diagnosticaron a su madre, su novio la dejó antes de que ella se fuera del campus. Y por extraño que parezca, no le dolió. Por aquel entonces estaba demasiado preocupada por su madre y siempre había tenido el convencimiento de que el sexo estaba muy sobrevalorado. Pero en ese momento... ya no estaba tan segura. Jared Sinclair tenía el don de provocarle ciertas sensaciones físicas sin tan siquiera rozarla. Su aroma limpio y masculino y cualquier insinuación mínimamente sexual pronunciada con su voz grave de barítono la ponía cachonda. Era como si por todos los poros de su cuerpo exudara feromonas que la hacían sentirse irremediablemente atraída por él. Quizá para Jared las indirectas sexuales no eran más que palabras, pero Mara empezaba a imaginárselo desnudo, en todo su esplendor, su atractivo rostro encima de ella, sus preciosos ojos colmados de deseo mientras la llevaba a un paraíso recóndito donde no había estado jamás.

—Hostia, qué buena está —gruñó Jared mientras devoraba el pan con mermelada—. ¿La has hecho tú?

Jared cerró los ojos y Mara tuvo que apretar las piernas con fuerza al ver la mirada de éxtasis.

«No sigas por ahí». Hizo un gran esfuerzo para salir del atolladero y respondió:

—Sí, hago muchas cosas. Mermeladas, confituras, aderezos, pero las salsas son mi especialidad. La mayoría son de recetas antiguas que heredé de mi madre. Siempre intento mejorarlas o crear nuevos sabores.

Jared la escuchó en silencio sin dejar de comer y bebió un sorbo de café.

—Trabajas en el negocio equivocado, cielo. Deberías dedicarte a vender esto. —Dudó antes de añadir—: Tus muñecas son preciosas, pero no te harás rica con ellas. Necesitas demasiado tiempo y materiales para hacerlas, y el beneficio que obtienes por cada una que vendes es muy pequeño. Vende esta mermelada y tendrás un negocio próspero. —Jared examinó los botes, las etiquetas—. ¿Tofe salado con mantequilla de cacahuete? —Leyó la etiqueta casi con tono reverencial mientras dejaba el café en la mesa y abría el frasco. Desenvolvió el caramelo y se lo llevó a la boca.

—Eso no era una muestra —lo riñó Mara, aunque con una sonrisa. Estaba guapísimo hasta cuando masticaba. Él soltó otro gruñido de placer al tragarlo y ver el lamento de Mara al perder una venta. Sin embargo, valía la pena solo por el mero hecho de verlo.

—Te lo voy a comprar —dijo Jared con avidez—. Te los compro todos. No había probado nada igual.

—No tengo muchos frascos.

—¿Cuánto tardas en agotar las existencias los días de mercado?

—No mucho —admitió Mara—. Normalmente solo me duran unas horas. La mayoría de la gente de la zona ya conoce las mermeladas y los tofes. Es lo que se acaba primero.

Jared le lanzó una mirada inquisitiva.

—Déjame adivinarlo... No puedes hacer más porque has de atender la tienda. De día haces muñecas y de noche cocinas, ¿verdad?

Mara se encogió de hombros, incómoda porque Jared acababa de resumir a la perfección sus hábitos de trabajo.

—Más o menos. Tendría que renovar algunos de los electrodomésticos de la cocina. Ahora tengo que hacer el tofe a mano, por lo que tampoco puedo producir una gran cantidad. Hago todo el que puedo para el mercado.

—No lo entiendo. Tienes una habilidad increíble… ¿y no le sacas partido produciendo a lo grande? ¿Se puede saber en qué piensas? —le preguntó Jared con brusquedad—. El dinero que sacas para salir adelante es de esto, ¿verdad? ¿Es lo que te permite sobrevivir? Sé muy bien que no son las ventas de la tienda lo que te hace seguir a flote.

—La tienda de muñecas es una tradición familiar —le espetó ella—. Y tampoco es que tenga el capital necesario para poner en marcha otro negocio. El mercado ya me vale.

—Y una mierda. Podrías ganar mucho dinero si cambiaras de producto y crearas una tienda en línea.

—Para eso necesito capital…

—Y seguramente lo tendrías si no lo malgastaras todo en un negocio ruinoso —la interrumpió Jared.

Mara no soportaba lo que le estaba diciendo porque sabía que tenía razón.

—Mi abuela fundó la tienda y, luego, la heredó mi madre. Ahora es mía —insistió—. Sé que he fracasado y que pierdo dinero con las muñecas. Estudié Ciencias Empresariales durante un año. Por entonces ya sabía que no era un negocio rentable y que no iba a ganar dinero, pero quería aferrarme a una parte de mi madre. Es lo único que me queda de ella. —La frustración y el dolor acumulado le llenaron los ojos de lágrimas.

—No necesitas la tienda de muñecas. Tienes tus recuerdos. ¿Qué habría querido tu madre para ti? —preguntó Jared, más calmado—. Estoy seguro de que no desearía que pasaras hambre para mantener la tienda con vida. Los tiempos cambian, la sociedad progresa y la tradición no te va a dar dinero. Ya no vendes suficientes muñecas para ganarte la vida. Sería una afición muy bonita, pero no rinde lo suficiente para sobrevivir.

Mara sintió una punzada de dolor. Las palabras de Jared, todas verdad, fueron un duro golpe. En el fondo ya lo sabía, pero oírlas en voz alta fue un mazazo.

—Mi madre y yo ganábamos lo justo para sobrevivir. Cuando enfermó, empecé a ir al mercado de los sábados con las recetas que me había dado de mi abuela. Comencé a preparar tofe, mermeladas, confituras y salsas. Con eso salíamos adelante. Yo no sabía que la situación económica era tan mala hasta que mi madre se puso enferma y tuve que tomar las riendas del negocio. Sabía que la cosa no pintaba bien, pero quería seguir adelante por ella. —Mara se secó las lágrimas, enfadada consigo misma por su debilidad—. Me envió a la facultad de Empresariales a pesar de que no tenía ahorros. Si lo hubiera sabido...

—Pero no lo sabías —gruñó Jared—. Deja de culparte.

Mara lo miró, asombrada de que estuviera justificándola. Había tomado una serie de decisiones económicas nefastas, y lo sabía.

—No puedo evitarlo. Ya era adulta. Tendría que haber sabido cuál era nuestra situación. Ella no me lo dijo. —Su madre nunca le había dejado entrever que no tenía el dinero necesario para enviar a su única hija a la universidad—. Fui un año antes de que le diagnosticaran el cáncer y, entonces, volví a casa. Han pasado siete años y aún estoy pagando el crédito estudiantil que pidió. Y ni siquiera pude acabar.

Mara estaba dando rienda suelta a todo su dolor y sentimiento de culpa ante Jared, como si lo conociera de toda la vida, y se dio cuenta de lo bien que le sentaba hablar del tema con alguien. Kristin era su mejor amiga, pero nunca había querido mencionarle sus penurias económicas porque sabía que entonces querría ayudarla y tampoco le sobraba el dinero.

—¿Ya has acabado de castigarte? —le preguntó Jared armándose de paciencia, con los brazos en jarra y apoyando la cadera en la mesa metálica plegable—. Porque si has acabado de culparte por tu pasado, en el que tomaste una serie de decisiones del todo comprensibles teniendo en cuenta que hacía solo un año que habías perdido a tu madre, voy a hacerte una propuesta.

Mara se secó las últimas lágrimas que amenazaban con derramarse y lo miró sin comprender. Jared la observaba con ojos encendidos.

—¿Qué pasa? —preguntó ella con curiosidad.

—Estoy dispuesto a aportar el capital necesario para crear un proyecto empresarial contigo. Yo te proporcionaré el equipo que se requiera, el espacio y el caudal inicial si quieres poner en marcha un negocio para vender tus productos —le dijo de buenas a primeras.

—¿Quieres ser un ángel inversor? —Mara se cruzó de brazos y lo miró a los ojos—. Eres multimillonario. ¿Por qué iba a interesarte un pequeño negocio?

Aunque tuviera éxito y le fuera bien, los posibles beneficios no serían más que una minucia para alguien como Jared.

—En primer lugar, no soy un ángel de ningún tipo. —Jared se encogió de hombros—. Me gusta el producto. Y una de las ventajas de financiar tu empresa es que de este modo tendría un suministro ilimitado.

Mara puso los ojos en blanco.

—Pues no será porque no tengas dinero para comprar mi mermelada. Venga, Jared. Estás intentando ayudarme y te lo agradezco, pero tengo que apañármelas yo sola.

—¿Por qué? Es una propuesta legítima.

Su oferta parecía una broma, siendo como era un hombre riquísimo acostumbrado a firmar acuerdos por valor de varios millones de dólares, pero a Mara le intrigaba su planteamiento.

—¿Qué porcentaje del negocio quieres? —preguntó Mara, dubitativa y sin quitarle ojo de encima mientras Jared intentaba encontrar una respuesta.

En realidad no le estaba proponiendo crear un negocio con ella, sino que le ofrecía ayuda. Mara se conmovió cuando vio el atisbo de indecisión en su rostro. Su fachada de hombre de negocios estuvo a punto de derrumbarse.

—Diez por ciento y producto ilimitado —le dijo él.

Mara resopló.

—¿Cómo diablos te has hecho millonario? Eso no es una oferta seria. Es un donativo.

Jared se pasó la mano por el pelo, frustrado.

—No necesito más dinero, sino un proyecto en el que creer —replicó con amargura.

—¿No te gusta lo que haces? Tienes una de las inmobiliarias más rentables del mundo.

¿A qué se refería con que necesitaba algo en lo que creer?

—Es un negocio grande. Edificios grandes. Grandes cantidades de dinero que cambian de manos. Edificios comerciales grandes. Ya no es un reto. En realidad, nunca lo ha sido.

Jared había ayudado a construir algunos de los edificios más inmensos e impresionantes del mundo: ¿no le parecía un reto lo bastante interesante?

—No te gusta —le dijo Mara con rotundidad—. No te gusta lo que haces.

—Quizá —admitió a regañadientes.

—Pero ¿crees en mis productos?

Mara confió en él al ver su expresión torturada. Quizá era cierto que se aburría. Quizá era cierto que quería ser su mentor.

—Creo en ti —le soltó Jared.

—¿Tanto odias lo que haces? —preguntó ella con delicadeza.

—No es que lo odie —gruñó—. Pero tampoco me gusta. Tengo unos altos directivos que son muy competentes y pueden hacer gran parte del trabajo. En realidad, soy poco más que una figura decorativa, el que toma la decisión final. Pero cuando llega el momento de aprobar un nuevo proyecto, los responsables del análisis de viabilidad y de supervisar todos los detalles, los pros y los contras, ya han hecho casi todo el trabajo. Lo único que requieren es mi visto bueno. A lo mejor necesito el desafío de crear de nuevo un negocio desde cero.

—Nunca dará grandes beneficios —le advirtió Mara con calma. Retrocedió para dejar el café en la plataforma de la furgoneta y sentarse en la puerta trasera. Se sentía más segura tratándolo con cierta distancia—. Sé que puede generar unos beneficios decentes, pero no las cifras a las que estás acostumbrado —insistió, aliviada por la separación que había entre ambos.

—Me importa una mierda el dinero. Nunca me ha importado. Tengo más que de sobra para llevar una vida de lujo sin volver a mover ni un dedo hasta el fin de mis días. El éxito no implica necesariamente grandes beneficios. Solo quiero que tú ganes lo suficiente para vivir con holgura. Y quiero enseñarte a hacerlo —admitió con una voz muy grave que parecía insinuar que sus enseñanzas podían abarcar mucho más que los simples negocios. Jared rodeó la mesa metálica y dejó el café antes de acercarse a ella lentamente e inmovilizarla contra la puerta de la desvencijada furgoneta con su musculoso cuerpo.

A Mara se le cortó la respiración al percibir su aroma masculino, embriagada por su proximidad. Jared puso las manos sobre sus rodillas y recorrió lentamente la parte interior de los muslos con los pulgares. Cuando ya no podía avanzar más, la agarró de las caderas con un gesto brusco y la atrajo hacia sí hasta que su sexo húmedo entró en contacto con la erección que ocultaban los pantalones.

Mara se estremeció y se derritió cuando lo miró a los ojos, que la devoraban con una expresión hambrienta y tensa, como un depredador que por fin hubiera visto una presa.

—¿Y qué obtendrás de todo esto? —preguntó ella con voz temblorosa, con los nervios a flor de piel e intentando fingir que no se moría de ganas de abrazar su espalda musculosa y suplicarle que aplacara el excitante dolor que recorría todo su cuerpo.

—Satisfacción —respondió con voz grave antes de besarla.

Jared engulló con avidez el gemido que soltó Mara y conquistó su boca con una posesividad que la desarmó por completo. Incapaz de hacer nada más, ella lo abrazó por el cuello y le acarició el pelo, deleitándose con la sensación que le producía que se hubiera apoderado de ella. Él exigía. Ella ofrecía. Jared la obligó a inclinar la cabeza agarrándola del pelo para tener acceso ilimitado a su boca. Su lengua se deslizó por sus labios y se adentró en su boca, combinando estas incursiones con pequeños mordiscos en el labio inferior. Sus fuertes manos se deslizaron por su espalda en actitud posesiva hasta llegar a su trasero y rodearlo como si siempre hubiera sido suyo. Jared no se anduvo con miramientos cuando la atrajo de nuevo hacia sí, para que su sexo notara la erección fulgurante que se ocultaba bajo sus pantalones.

Fue un gesto osado y volátil al que Mara reaccionó con un frenético anhelo. Quería saborearlo. Tocarlo. Todas las fantasías que la habían perseguido.

Durante unos instantes Mara se dejó llevar, olvidándose de todo y de todos mientras se dejaba arrastrar por la boca y el cuerpo escultural de Jared. En el fondo sabía que seguramente había otros vendedores del mercado observándola con curiosidad, pero el cuerpo de Jared la ocultaba de la vista de los demás, y todos los puestos quedaban detrás de él.

Mara estuvo a punto de perder el control de sí misma cuando notó que le agarraba las nalgas con fuerza, se apartaba de la boca y empezaba a explorar nuevos territorios con su lengua, por el cuello. La respiración entrecortada de Jared y su aliento cálido estuvieron a punto de derribar las últimas barreras.

—Jared. Tenemos que parar —le pidió ella entre jadeos, aunque sin demasiada convicción. Lo estaba agarrando del pelo, pero no permitía que apartara la boca del cuello—. La gente empezará a hablar.

—Que hablen —replicó él, abrasándole la piel—. Me importa una mierda. Mientras no te vean, no me importa. Quiero que sepan que eres mía.

Mara inclinó la cabeza hacia atrás y le rodeó la cintura con las piernas.

—Oh, Dios. Jared. Por favor.

El hecho de que la reclamara de aquel modo la excitaba aún más.

A Mara empezó a darle vueltas la cabeza mientras asimilaba la idea de que Jared la deseaba. Sus manos insaciables, la erección y la mirada hambrienta le confirmaron que aquello no era un juego. Ella quería más... Y el sentimiento era mutuo.

Jared le mordisqueó el lóbulo de la oreja y, acto seguido, le alivió el dolor con la lengua.

—¿Qué quieres? ¿Sentirme dentro? ¿Lo deseas tanto como yo? ¿Sentir cómo te la clavo hasta el fondo?

—Sí —gimió ella, estrechándolo aún más fuerte con las piernas para notar su erección—. Por favor.

—Joder, me encanta oírte suplicar. ¿Sabes lo que siento cuando reaccionas así, al saber que me deseas tanto como yo a ti? —La agarró con fuerza de las nalgas en un gesto totalmente posesivo—. Lo único que quiero en estos momentos es tirarte en la plataforma de la furgoneta, arrancarte los *shorts* y devorarte hasta que mi lengua te haga estremecer. Quiero sentir tu sabor. Sé que será tan adictivo que seguiré lamiendo tu dulce sexo cuando ya hayas llegado al éxtasis y hayas gritado mi nombre más de una vez.

Los pezones de Mara, ya muy excitados, se pusieron aún más duros al notar el roce de sus pectorales. Por el amor de Dios, podía llegar al orgasmo solo oyéndolo hablar, sintiendo su cuerpo y su boca tomando posesión de ella.

—Jared —gimió, muy excitada y casi fuera de sí. Le soltó el pelo y sus manos exploraron el escultural torso. Maldiciendo el suave tejido de la camisa, deslizó las manos por la espalda y los fuertes bíceps y se estremeció ante el contacto con aquel cuerpo digno de un museo—. Quiero sentir tu piel —dijo entre jadeos, con una voz que rezumaba pasión.

—Cariño, vas a sentir algo más que mi cuerpo si no dejas de restregarte contra mí —le advirtió, dejando de manosearla y apoyando la cabeza en su hombro—. Maldita sea. El mercado ya debe de haber abierto.

Tenía la respiración entrecortada, pero deslizó las manos del trasero a las caderas.

Entre jadeos, Mara recuperó poco a poco la compostura al oír que el volumen de las voces aumentaba de forma constante y que muchas se dirigían hacia ellos.

—Sí, ya está abierto. —Bajó las piernas de su cintura.

Mara lanzó una mirada fugaz a Jared mientras este se recomponía la ropa de mala gana. Parecía tan tenso y fuera de sí como ella, que era plenamente consciente del esfuerzo que Jared estaba haciendo para contenerse. Todo su cuerpo estaba en tensión mientras retrocedía. Al final respiró hondo, exhaló el aire y uno de los músculos de su barbilla palpitó al lanzarle una mirada enigmática.

—Para ti ya ha cerrado. Te compro todas las existencias para que pases el día conmigo.

Mara sabía que no podía aceptarlo, pero también era consciente de que no serviría de nada negarse.

—No puedo evitar que lo compres todo —le dijo con más calma de la que sentía. Apoyó las manos temblorosas en los muslos y le lanzó una mirada tan ardiente como la suya—. Y si quieres que pase el día contigo tienes que pedírmelo.

La actitud dominante de Jared la excitaba muchísimo, pero no iba a permitir que le diera órdenes tan fácilmente. Exigirle que pasara el día con él era demasiado.

—Te lo he pedido —replicó con voz grave.

Mara negó con la cabeza. Jared era multimillonario y ella estaba segura de que la gente obedecía al instante cuando él les daba una orden. Pero aquello no era pedir. Y ella no iba a obedecer dócilmente. Así que se cruzó de brazos y le soltó:

—Me lo has dicho. Pero ¿no sabes pedírmelo?

—De acuerdo. ¿Quieres? —murmuró, indeciso, como si tuviera miedo de que ella fuera a responder que no.

Mara le lanzó una sonrisa radiante. Había recibido invitaciones más educadas, pero, para ser Jared, no estaba mal.

—Será un placer. Gracias.

¿Acaso habría podido responder otra cosa? No acostumbraba a tener la oportunidad de tomarse la mañana libre y se moría de ganas de pasarla con él. En realidad, el hecho de que le gustara Jared era peligroso, y desearlo con tanto anhelo aún más. Pero quería examinar las posibilidades del nuevo negocio.

«Y quiero explorar a Jared Sinclair... de todos los modos posibles».

Mara se quedó sin aliento cuando Jared le lanzó una sonrisa al oír que aceptaba su oferta. En circunstancias normales ya era un hombre muy guapo, pero cuando le sonreía de aquel modo, con los labios fruncidos y una expresión de felicidad que le iluminaba los ojos, ella se derretía.

Cuando Jared apartó la mirada Mara lanzó un suspiro y empezó a guardar los frascos en las cajas y a cargarlas en la furgoneta.

—Podemos dejarlo todo en mi casa —dijo arrastrando las palabras mientras dejaba las cajas en la parte posterior de la furgoneta.

—¿Me estás diciendo que no te importa que te vean en mi viejo cacharro?

No es que el vehículo en cuestión estuviera destartalado, sino que era un auténtico desastre, y debería haber acabado en el desguace muchos años antes. Sin embargo, aún funcionaba y la llevaba donde quería. A pesar de ello no se imaginaba a Jared Sinclair, un multimillonario de los Sinclair de Boston, montado en su vieja furgoneta.

—No me importaría ponerme al volante. ¿Me estás diciendo que soy un esnob? Lo creas o no, cuando me gradué en la universidad tenía una furgoneta muy parecida a esta. Y la echo un poco de menos.

—Pero me juego lo que quieras a que también tenías un Maserati en el aparcamiento —dijo Mara en tono burlón—. Y yo solo tengo esta furgoneta.

—En realidad, era un Bugatti —replicó él, algo molesto—. Y también algún otro más.

—¿Cuántos vehículos puede llegar a tener un hombre?

Jared se encogió de hombros.

—Más de los que puede contar. Hay al menos uno en cada casa. Pero no son todos de alta gama —se apresuró a añadir para disculparse—. El de aquí en Amesport es modesto.

Mara se mordió el labio para contener la risa. ¿Cómo podía decirle a un millonario que un todoterreno Mercedes no era un vehículo modesto? En ningún momento había querido darle a entender que era un esnob, simplemente que vivía la vida que le había tocado y que disfrutaba de unos lujos extravagantes que, para él, eran normales. No lo consideraba un hombre engreído o vanidoso, aunque siempre había tenido dinero y con el paso de los años había amasado una fortuna aún mayor. De hecho, bajo su fachada de control y mesura con la que se mostraba al mundo, Mara percibía a un hombre cálido y sensato.

«No olvides que cambia de pareja con la misma facilidad que de camisa».

Mara prefirió dejar a un lado sus pensamientos negativos y se recordó a sí misma que lo que había oído sobre Jared no eran más que habladurías. Nunca había conocido a nadie que hubiera sido víctima de él, y su madre siempre la había enseñado a juzgar a la gente por sí misma y a no hacer caso de lo que dijeran los demás.

—No —respondió al final—. No creo que seas un esnob. Pero eres demasiado... bonito para mi vieja furgoneta —le dijo con descaro, mirando su reloj de oro, la ropa de marca y sus zapatos de piel mojados.

Mara no pudo contener la risa al ver la mirada de descontento de Jared y se agachó para recuperar el termo de café.

¡Plas!

Mara gritó y se le cayó el termo cuando Jared le dio una fuerte palmada en el trasero.

—¡Ay! ¿A qué viene eso?

—Era un objetivo demasiado tentador, cielo —le dijo Jared al oído—, y ha sido una venganza por cuestionar mi masculinidad. —Le acarició discretamente la zona en cuestión antes de apartar la mano.

«Como si alguien pudiera dudar de su masculinidad».

Bueno, quizá se merecía ese pequeño castigo. Jared era demasiado masculino para permitir que se le llamara «bonito». Mara le dirigió una sonrisa maliciosa. Se puso a buscar las llaves en los bolsillos y cuando las encontró las agitó en el aire.

Jared se las arrebató con un gesto repentino.

—¿También tienes una de estas? —le preguntó mirando el llavero.

—¿Te refieres a la piedra, a la lágrima apache? Es un regalo de Beatrice —explicó ella.

Jared hurgó en los bolsillos y le mostró otra igual.

—A mí también me ha dado una—confesó.

Mara lanzó un suspiro.

—Me la regaló cuando murió mi madre.

—¿Te sirvió de algo?

Ella se encogió de hombros.

—Sobreviví. Supuse que, al menos, no me haría ningún mal.

No creía en las técnicas sanadoras de Beatrice, pero, por algún motivo, la piedra siempre le había servido de consuelo.

—Como yo —añadió Jared, guardándose el llavero en el bolsillo. Después de plegar la mesa que Mara había usado para exponer sus productos y de guardarla en la furgoneta, cerró la puerta y recogió el termo y la bolsa que había en el suelo—. ¿Lista? —le preguntó mientras se lo devolvía todo.

Esa pregunta, esa única palabra, le llegó al corazón a Mara por distintos motivos. ¿Estaba lista? Su vida entera estaba cambiando e iba a tener que enfrentarse a muchos retos desconocidos. ¿Había acabado de llorar la pérdida de su madre y la de una tradición que se remontaba a varias generaciones? Quizá no, pero no le quedaba más remedio que dar un cambio a su vida. Jared tenía razón: su madre habría querido que saliera adelante, y se habría llevado una gran decepción si Mara se hubiera aferrado a un negocio que solo generaba pérdidas cuando tenía ante sí una magnífica oportunidad de remontar. Aun así, habría preferido que no fuera tan doloroso desprenderse de ciertas cosas.

Jared Sinclair le provocaba emociones muy distintas y estaba segura de que eran peligrosas.

«Tarde o temprano tendré que empezar a vivir mi vida, a asumir riesgos».

Había pasado toda su existencia adulta cuidando de su madre y nunca se había arrepentido, pero precisamente esta habría querido que fuera feliz, que disfrutara de la vida. Jared tenía razón. Mara conservaba recuerdos muy claros de su madre y de su abuela, que había muerto cuando ella aún iba a la escuela. Decidió que iba a conservar esos recuerdos en su corazón, pero que había llegado el momento de empezar a vivir. Era la única opción que le quedaba si quería salir adelante.

Asintió con un gesto de la cabeza.

—Estoy lista.

Jared y Mara se miraron a los ojos. Ella se estremeció al notar la complicidad y la conexión que se establecía entre ambos.

Quizá era un hombre peligroso para ella.

Quizá estaba atormentado.

Quizá debía enfrentarse a los mismos problemas que ella. De hecho, Mara había empezado a sospechar que era así, incluso antes de que se produjera la extraña coincidencia, cuando supo que Beatrice les había regalado la misma piedra.

Cuando Jared le abrió la puerta del acompañante, Mara se preguntó si existía la posibilidad, por remota que fuera, de que acabaran ayudándose mutuamente.

Capítulo 5

«¿Qué diablos me pasa?».

Jared intentó concentrarse al volante, incapaz de olvidar el apasionado encuentro con Mara durante más de dos segundos. Habría de recordar los gemidos de placer durante tiempo, y siguieron resonando en su cabeza más tarde cuando se alivió para liberar la tensión de aquella erección constante que no le dejaba pensar.

«He perdido por completo el control. Y yo nunca lo pierdo. Nunca».

Besar a Mara había sido la primera muestra de pérdida de autocontrol desde hacía años. Mientras la devoraba no le importó lo más mínimo que el mundo se viniera abajo mientras él pudiera estar cerca de ella, saboreando su boca.

«Mía».

Esa palabra se repetía en su cabeza, lo acercaba más y más al objetivo que tanto anhelaba, y al diablo las consecuencias de sus acciones.

«Ella quería lo mismo».

¡Y una mierda! Se engañaba si creía que Mara lo deseaba de verdad. Ella no sabía dónde se estaba metiendo, qué tipo de hombre era en realidad. Mara Ross era demasiado abierta, demasiado dulce para darse cuenta de lo que necesitaba. Y lo último que le convenía era alguien como él. Sin embargo, ello no impedía que Jared la deseara con toda su alma, con una intensidad tal que lo obligaba a dejar de lado cualquier pensamiento racional.

—Se come mejor en el Sullivan's que en el Tony's —dijo Mara, rompiendo el silencio.

Jared regresó de golpe a la realidad al oír la voz que procedía del asiento del acompañante de la destartalada furgoneta. Y, maldita sea, tenía que hablar con ella de aquel cacharro. No le importaba el aspecto que tuviera. Era cierto que él había tenido una furgoneta como esa, pero la suya siempre se encontraba en buen estado de funcionamiento. Lo que importaba de verdad era que en la de Mara los frenos chirriaban, que el motor no tenía fuerza y que los neumáticos estaban casi lisos.

—¿El Sullivan's?

Jared nunca había oído hablar de ese lugar. Siempre iba al Tony's, que tenía buena comida y buen ambiente.

—Gira a la derecha en el stop —le indicó ella—. En el Sullivan's sirven el mejor marisco y solo va gente de aquí. El Tony's es más elegante, imagino que por eso todo el mundo supone que la comida es mejor, pero no es cierto.

Jared obedeció y accedió a que lo llevara a comer a un lugar distinto. Después de dejar el tofe y los botes de mermelada en su casa y de saldar cuentas, se moría de hambre. Al final solo había desayunado el trozo de pan y la deliciosa muestra gratuita de mermelada casera de Mara, de modo que tenía un hambre canina.

—¿Y ahora qué? —preguntó, con un deje de impaciencia. No veía el restaurante por ningún lado.

—Busca un lugar para aparcar en ese callejón. Tendremos que ir a pie hasta el final del paseo marítimo —respondió Mara con calma.

Jared se metió en un aparcamiento sin asfaltar que había al final de la calle y tuvo que maniobrar para dejar la furgoneta bien estacionada.

—¿Vamos a esa choza?

Había visto el edificio destartalado que había al final del paseo marítimo, cerca del viejo muelle que conducía al faro, pero no le había prestado demasiada atención. De hecho, ni siquiera le había parecido habitable.

—Es el Sullivan's Steak and Seafood. Existe desde que tengo memoria. Hacen los mejores sándwiches de langosta de la zona. —Mara se desabrochó el cinturón y le lanzó una sonrisa.

—Parece un antro —gruñó Jared.

—Lo es —admitió Mara—. Pero sirve la mejor comida de la ciudad. Y no tengo que preocuparme de ir bien vestida.

Lo único que Jared deseaba en esos momentos era que Mara no fuera vestida, que estuviera desnuda y debajo de él. De hecho, no le habría importado en absoluto dejar el almuerzo por ella. Jared sospechaba que su mal humor se debía más al inexplicable deseo que le inspiraba Mara que al hambre. Por desgracia, ella aún llevaba la misma ropa que en el mercado, la camiseta y los *shorts* ceñidos, una auténtica tortura cuando caminaba detrás. Bajó de la furgoneta de un salto, se guardó las llaves en el bolsillo y se dirigió corriendo al otro lado para abrirle la puerta antes de que ella pudiera hacerlo. En su casa se había dado cuenta de que se atascaba con facilidad.

—Me muero de hambre —le dijo, algo molesto, cuando por fin logró abrir la puerta después de ejercer una fuerza considerable.

—Tranquilo, sobrevivirás.

Mara se rio y lo agarró de la mano, obligándolo a cerrar la puerta rápidamente para poder seguirla. Por un instante pensó en cerrar el vehículo con llave, pero descartó la idea. En realidad, si alguien le robaba la furgoneta le haría un favor y él tendría una excusa para ayudarla a comprar otra.

Pasaron frente al hostal El Faro que había al final de la calle, un establecimiento que conocía muy bien de la época en que había supervisado la construcción de las casas de la península para sus hermanos y él. Había diseñado y construido todas las casas salvo la de Grady; este había levantado la suya en el extremo de la península antes de que Jared llegara a Amesport. Después de visitarlo, Jared comprendió que todos necesitaban tener una casa allí. Esa población costera tenía algo especial, un poder sanador, y bien sabía Dios que los hermanos Sinclair necesitaban un refugio como ese.

Jared dejó que lo guiara hasta el paseo marítimo y a partir de ahí caminaron uno al lado del otro. Mara intentó que le soltara la mano, pero él la agarró con fuerza; le gustaba sentir el roce de su piel, estar en contacto físico con ella. Era una sensación que hacía mucho que no sentía; tanto, que había olvidado lo agradable que resultaba. A decir verdad, nunca se había sentido tan feliz al poder tocar a una mujer de un modo tan despreocupado. Así era con Mara.

—Llueve —dijo él al notar unas cuantas gotas en la frente.

—Por eso quería vender mis productos cuanto antes. Esta tarde habrá tormenta.

La temperatura había subido considerablemente desde su brusco despertar, pero entonces vio que empezaban a formarse las primeras nubes. Por suerte, habían llegado a la choza y Mara lo guio hasta la entrada, una puerta que pasaba inadvertida a menos que uno se dirigiera al faro, algo que hacía poca gente al llegar al final del paseo. El muelle no era muy bonito que digamos, como tampoco el viejo faro, que estaba en mal estado y necesitaba reformas.

«Sullivan's Steak and Seafood».

El nombre del local estaba grabado en un pedazo de madera que parecía haber llegado hasta la orilla arrastrado por las olas.

—Qué elegante —murmuró Jared, que oyó un murmullo de voces proveniente del interior. Le quitó las gafas a Mara y las secó con su camisa para limpiarle las gotas de agua, antes de volver a ponérselas.

—Gracias —le dijo ella, ajustándoselas—. ¿Por qué has hecho eso?

—Yo llevaba gafas y sé cuánto molesta ver las manchas de agua.

—¿Ya no las necesitas? —preguntó Mara con curiosidad.

—No. Me operé con láser. —Lanzó una mirada de recelo al cartel torcido de la puerta—. ¿Estás segura de que no nos pasará nada?

—No juzgues por las apariencias, que ya sabes que engañan. La comida es deliciosa.

—Eso espero. —Cuando llegaron a la puerta Jared se adelantó para abrírsela y cederle el paso.

Por suerte el lugar no era tan horrible como había imaginado a juzgar por el deteriorado exterior. Detrás de la puerta había una caja registradora y una barra donde comían los clientes que iban solos. Las mesas no eran precisamente elegantes, pero cumplían con su función, y la mayoría estaban llenas.

—¡Mara! —exclamó una voz femenina desde la ventana de la cocina que había tras la barra.

Jared miró a Mara, que saludó con la mano a una mujer atractiva y rubia de la misma edad que ella.

—Es Tessa Sullivan. Fuimos juntas al instituto. Vendrá a saludar. Es sorda, pero lee muy bien los labios —le dijo en voz baja.

La rubia salió por la puerta de vaivén, fue directa a Mara y le dio un gran abrazo.

—Hacía mucho que no te veía —le riñó mientras la abrazaba.

Mara se apartó ligeramente para que su amiga pudiera leerle los labios.

—Estaba muy ocupada, si no habría venido antes. Sabes que me encanta tu comida.

—Tanto como a nosotros la tuya —le aseguró Tessa, con una entonación cantarina debido a su discapacidad—. ¿Me has traído algo?

—He acabado las existencias en el mercado —contestó Mara con tono arrepentido. Se volvió hacia Jared y le explicó a qué se refería—: Cuando me sobra producto, se lo quedan ellos.

Jared miró a Tessa y le preguntó:

—¿Los usaríais más a menudo si pudiera proporcionaros más?

Tessa lanzó una mirada inquisitiva a Mara, como si no supiera si debía responder o no las preguntas de un desconocido.

—Oh, perdón. Tessa, te presento a mi amigo Jared Sinclair. Jared, esta es Tessa Sullivan, dueña de la mitad del restaurante. Tessa y su hermano Liam dirigen este sitio —le explicó Mara.

Jared tuvo que soltarle la mano a Mara para estrechársela a Tessa.

—Es un placer —dijo él con amabilidad. La mujer le había caído bien desde el primer momento: no parecía preocupada en absoluto por el hecho de no poder oír.

—Igualmente —añadió Tessa, que le estrechó la mano con fuerza—. Y sí, utilizaría sus productos más a menudo si pudiera suministrármelos. Sus mermeladas y sus salsas son increíbles. Me gustaría tener existencias siempre. He basado algunas de mis recetas en sus salsas, de modo que solo puedo hacerlas cuando me trae. Y a los clientes les encantan sus mermeladas.

Jared sonrió a la atractiva rubia mientras buscaba de nuevo la mano de Mara.

—Quiero convencerla de que convierta sus mermeladas, confituras y salsas en un negocio. Así tendría existencias suficientes para suministrar a sus clientes.

Tessa se puso a dar saltos de alegría y a aplaudir emocionada.

—Sería fantástico. Pero ¿y la tienda de muñecas? —Frunció el ceño y miró a Mara, que negó con la cabeza.

—El dueño va a vender la casa, así que tendré que ganarme la vida de otra forma. Y teniendo en cuenta que la tienda no daba dinero, no parece muy sensato buscar otro local.

A Tessa se le ensombreció el rostro.

—Lo siento, Mara. Pero estoy segura de que te irá de fábula en el nuevo negocio. Tienes muy buena mano para la cocina. Si tuviera un expositor con tus tofes y mermeladas junto a la caja, se agotarían a diario.

—Eso es lo que yo le digo —intervino Jared, dando la razón a Tessa cuando esta lo miró.

—Gracias, Tessa —añadió Mara con una sonrisa.

—Enseguida os preparo una mesa. —Se fue a ponerles los platos y los cubiertos.

—No me habías dicho que ya tenías clientes que pedían a gritos tus salsas. —Jared la fulminó con la mirada. Era obvio que sus productos tenían un gran éxito en Amesport—. ¿Hay más?

Mara se encogió de hombros.

—Unos cuantos. Algunas tiendas de la ciudad me han dicho que les gustaría tener existencias de forma habitual, pero nunca he podido producir cantidad suficiente para distribuirla.

—Eso ya no será un problema —le aseguró él, tajante.

—Ya hablaremos. La oferta que me has hecho no es aceptable. Deberías tener una participación del cincuenta por ciento, al menos.

Jared reflexionó. Desde un punto de vista racional, sabía que quería más de la mitad para poder controlar el negocio a su antojo. Por desgracia a su entrepierna no le importaba lo más mínimo tener una mayor participación en la empresa. El único sitio donde quería controlarla era en el dormitorio. O contra la pared. O en cualquier lugar donde tuvieran un poco de intimidad.

—Ya veremos —murmuró, apretando la mandíbula, pensando que lograría convencerla de un modo u otro.

Mara abrió la boca para replicar, pero la cerró cuando apareció Tessa para acompañarlos a la mesa.

Jared estaba alterado, preguntándose por qué le obsesionaba tanto que Mara entrara en razón. Era un negocio pequeño, no debería importarle. Sin embargo, por algún motivo, que Mara accediera a sus propósitos se había convertido en el objetivo más importante de su vida. Su futuro dependía de ello.

**

Mara echó un vistazo alrededor y luego miró a Jared, que estaba enfrascado en la carta. Ella no necesitaba mirarla, se la sabía de memoria.

«Quizá deberíamos haber ido al Tony's. Es obvio que no encaja en este restaurante, con sillas desparejadas y fotografías de pescadores que muestran sus capturas».

Qué guapo era Jared. Destilaba poder y confianza en sí mismo, incluso cuando leía la carta de un restaurante. Los reflejos cobrizos de su pelo castaño refulgían a la luz tenue del restaurante. ¡Dios, tenía un aspecto tan... refinado! Daba igual que vistiera de modo informal. Transmitía control, elegancia y dominio allí donde estuviera, sin importar cómo vistiera. Era un rasgo tan innato en él como respirar, y resultaba casi imposible no fijarse en esa aura de fuerza que desprendía.

Un camarero adolescente les tomó nota y Jared se inclinó hacia ella, con los codos apoyados en la mesa, sin quitarle ojo de encima.

—Me gustaría zanjar el tema del negocio. —Respiró hondo—. Tienes razón cuando dices que no lo hago por dinero. Es obvio que no lo necesito. Quiero hacerlo para que el gran público disfrute de tus excelentes productos. Será todo un reto y algo nuevo para mí. No sé demasiado sobre el negocio de la alimentación, pero aprenderé. Y puedo ayudarte con lo que tenga que ver con marketing y los aspectos más técnicos del proceso.

Mara lo observó atentamente y vio que se le iluminaban los ojos ante el nuevo reto.

—¿Por qué yo? Hay miles de pequeños negocios que quieren afianzarse.

«Y cualquiera de ellos mataría por tener el apoyo de un Sinclair», pensó Mara.

Jared se encogió de hombros.

—Me gustas. Y, créeme, para mí eso es una novedad. No me gusta mucha gente, aparte de mi familia.

—¿Por qué?

—Porque la mayoría quiere algo de mí. Tú no, y eso me fascina.

Mara se lo quedó mirando boquiabierta, preguntándose en qué mundo vivía si creía que no había nadie que mostrara interés por él como persona.

—¿No tienes amigos? ¿Gente en la que confíes aparte de tus hermanos?

A Jared se le ensombreció el rostro.

—No desde que acabé la universidad. Desde entonces, he aprendido de mis errores.

—Confiaste en alguien que te traicionó... —aventuró Mara. Alguien le había hecho daño... y mucho. Se estremeció al pensar en lo ocurrido. Era obvio que no había vuelto a confiar en nadie fuera de su círculo familiar—. Lo siento.

Quiso preguntarle quién había sido y qué le había hecho, pero no lo conocía tan bien como para tentar la suerte. Era obvio que las heridas de esa traición no habían cicatrizado del todo.

Jared le lanzó una mirada intensa.

—¿Por qué? Tú no has hecho nada.

«Aún...».

No la pronunció, pero Mara casi oyó la palabra.

—Nadie merece que le destrocen su confianza en otra persona. Es muy doloroso.

—Lo superé hace mucho tiempo —replicó Jared.

Mara negó lentamente con la cabeza, sin dejar de mirarlo a los ojos.

—Creo que no.

De hecho, estaba segura de que Jared no había logrado dejar atrás el resentimiento. Lo demostraba en su recelo, en su negativa a permitir que la gente entrara en su pequeño mundo.

Jared esbozó una sonrisa cínica.

—¿Estás intentando ser mi amiga?

—¿Y qué si es así? —No estaba muy segura de lo que hacía. Simplemente sentía la necesidad de lograr que Jared Sinclair volviera a confiar en alguien que no formara parte de su familia. Ese hombre ocultaba un dolor muy grande en su interior; ella lo percibía claramente y eso la reconcomía por dentro.

Jared apartó la mirada.

—Me temo que va a ser imposible.

—Propones que hagamos negocios juntos. ¿Cómo quieres que lo logremos si no confías en mí? —le preguntó con la respiración entrecortada.

—Para eso están los contratos legales.

—¿Piensas pedirles a tus abogados que redacten uno?

—No —respondió Jared, que se mostró aliviado cuando llegó la comida.

Mara esperó a que el camarero dejara los sándwiches de langosta para Jared y el especial de pescado para ella. Cuando le aseguró al amable adolescente que no necesitaban nada más, este se fue.

Una vez solos, Mara probó el pescado y las patatas fritas mientras se preguntaba qué podía decirle a Jared.

—Necesitas un contrato —le dijo al final con rotundidad—. Y no entiendo por qué no podemos ser amigos.

Por el amor de Dios, hacía solo un rato se habían besado apasionadamente. No soportaba la idea que no pudieran ser amigos.

Él empezó a devorar uno de los dos sándwiches de langosta que había pedido y esperó a haberlo acabado para decir:

—Creo que me resultaría muy difícil ser amigo de una mujer que me la pone tan dura cuando estoy con ella. Y creo que tampoco me imaginaría a una amiga desnuda ni en la cama con ella cada vez que la miro.

Mara casi se atragantó con el agua. Al final logró tragarla después de toser unas cuantas veces.

—No me puedo creer lo que acabas de decir —le dijo con un susurro firme, más molesta por la reacción de su cuerpo en medio de un restaurante que por la facilidad que tenía él para decirle obscenidades.

Jared hizo una pausa y le lanzó una mirada sensual y oscura que la excitó de tal manera que tuvo que cerrar las piernas.

—¿Por qué no? Es la verdad. —Miró a su alrededor—. Además, no me ha oído nadie.

Mara se sonrojó y le dio un sofoco. Aunque era verdad que no los había oído nadie, ella se había estremecido de placer al oírle confesar que tenía esos pensamientos carnales con ella. Y no tenía ningún problema en decírselo... sin rodeos.

—Yo te he oído —murmuró ella.

—Lo sé. —Jared le dirigió una mirada maliciosa mientras le daba un mordisco al segundo sándwich.

—Pero yo no he hecho nada para que tengas... esos pensamientos. —Dios, se estaba excitando aún más al ver esa sonrisa pícara y tan atractiva.

—Eso también lo sé —admitió Jared—. Pero da igual. No puedo evitar pensar en ello.

Mara siguió comiendo el pescado con patatas, intentando que Jared no la pusiera aún más nerviosa.

—No quiero seguir con esta conversación en medio de un restaurante.

—Pues podemos seguir con ella cuando nos vayamos —replicó él con voz grave.

—No se pueden mezclar los negocios y el placer.

Mara iba a dejar que la ayudara a poner un negocio en marcha. No tenía muchas más opciones y quería hacer algo con su vida. La tienda de su abuela y su madre estaba a punto de desaparecer, y su parte más empresarial sabía que podía tener cierto éxito con sus productos alimentarios. A pesar de que no quería aprovecharse de la generosidad de Jared, iba a permitir que se convirtiera en su socio. Todo iba a salir bien, solo tenía que asegurarse de no decepcionarlo. Estaba convencida de que su pequeña empresa no iba a hacerlo un hombre más rico, pero sabía que iba a salir adelante.

—Es que no los mezclaremos —puntualizó Jared—. El negocio es tuyo. El placer será nuestro. —Se limpió la boca con la servilleta y la dejó caer en el plato vacío—. ¿Alguna vez has conocido el placer auténtico, Mara? ¿Algún hombre te ha llevado al éxtasis de forma tan intensa que luego no podías ni moverte?

Mara respondió sin levantar los ojos del plato.

—No soy virgen, si te refieres a eso. —Sentía la mirada de Jared deslizándose por su cuerpo, pero no podía alzar los ojos—. Tuve novio cuando fui a la universidad.

—¿Qué pasó? —preguntó con cierta cautela.

—Que me dejó en cuanto supo que yo iba a dejar de estudiar para cuidar de mi madre enferma —le dijo Mara. Esa relación sexual era cosa del pasado y ya no pensaba en ella. Por aquel entonces no era más que una adolescente y casi no recordaba ni el aspecto de él.

—Qué cobarde —murmuró Jared.

Mara se encogió de hombros.

—Fue en la universidad. Éramos adolescentes. A decir verdad, no tuve tiempo para echarlo de menos. Estaba muy ocupada con mi madre. Es obvio que no era un amor verdadero.

Ni siquiera fue lujurioso. Mara estaba segura de que había buscado novio solo porque se sentía sola, y no le sirvió de gran cosa.

—¿Existe el amor verdadero? —preguntó Jared con escepticismo. En este punto sí que lo miró a los ojos.

—¿Cómo puedes preguntarlo cuando ves a Grady y a Emily juntos a diario? Y a Dante y Sarah. No dudo de que tu hermana ama tanto a su marido como Grady y Dante a sus mujeres. Cerca de ti tienes ejemplos maravillosos de amor, ¿y sigues sin creer en él?

Jared estaba sacando la cartera del bolsillo y respondió:

—Creo que están todos locos. Pero supongo que les funciona.

Dejó unos cuantos billetes en la mesa y se llevó la cuenta que les había dejado el camarero mientras hablaban.

—Aquí se paga en la caja —le dijo Mara—. Entonces ¿nunca has estado enamorado?

Los seductores ojos de Jared la miraron fijamente.

—Como tú... quizá lo estuve una vez. Y por si te interesa saberlo, también creía que tenía un amigo... Mi mejor amigo.

—¿Qué pasó? —preguntó Mara con la respiración entrecortada.

—Que encontré a mi supuesto mejor amigo acostándose con mi supuesta novia. —A Jared se le ensombreció el rostro y un velo de emoción empañó sus ojos verdes.

«Oh, Dios mío».

Por eso se mostraba tan cínico. Tan incrédulo. Mara no quería ni imaginar el dolor que debió de sentir al ver a dos personas tan importantes para él traicionándolo, al descubrir que ya no podía confiar en ellas. Obviamente, desde entonces nadie le había demostrado que no todo el mundo era tan traicionero. Quizá porque no había dejado que nadie volviera a entrar en su vida.

—¿Qué hiciste? —preguntó Mara con el corazón partido.

—Los maté —respondió fríamente y apartó la mirada en un gesto brusco. Se levantó y se dirigió a la caja para pagar sin decir nada más.

CAPÍTULO 6

Jared acudió al funeral aturdido y se quedó al margen de la multitud congregada en torno al féretro a punto de ser enterrado. Al ser el responsable de la muerte de la mujer que estaba a punto de recibir sepultura, no estaba muy seguro de que su presencia fuera adecuada. Pero, por algún motivo, tenía que estar ahí, obligado por un sentimiento demasiado intenso para pasarlo por alto.

Era el segundo funeral al que asistía en los últimos dos días.

Oía los sollozos de la madre de la joven y cerró los puños con fuerza cuando el ataúd desapareció bajo tierra y el sacerdote dio la última bendición a la mujer que había muerto unos días antes.

Alguien depositó flores sobre el ataúd y Jared lanzó un suspiro de alivio porque por fin había acabado.

—Lo siento.

Susurró las mismas palabras que había pronunciado en el funeral del día anterior. A pesar de que él era el responsable de su muerte, sus palabras eran sinceras.

Jared, que a duras penas podía asimilar el hecho de que ella hubiera desaparecido, de que nunca volvería a sentir su aliento, se dio la vuelta para irse. Derramó una solitaria lágrima y se la secó con un gesto brusco. No podía ceder a sus sentimientos. No era el lugar. Ni el momento.

—¡Tú!

Se detuvo, inmovilizado, al oír la voz de la madre de la fallecida. Incapaz de moverse, dejó que la mujer le golpeara en la espalda mientras gritaba:

—Tú has matado a mi hija. ¡Espero que te pudras en el infierno!

Se volvió lentamente y dejó que le golpeara en el pecho. No le dolía. Nada de lo que pudiera hacerle igualaría la angustia que había sufrido en los últimos días.

—Lo siento —le dijo a la mujer desolada, justo antes de que esta le diera un bofetón tan fuerte que le giró la cara.

—Que lo sientas no me permitirá recuperar a mi hija. La has matado. La has matado. Eres un sucio egoísta. —Su voz fue aumentando de intensidad, arrastrada por la histeria del momento.

Las palabras resonaron en su cabeza. Era una verdad innegable. Presa de los remordimientos, y con la respiración alterada, dejó que la mujer aplacara su ira con él. Se lo merecía. Un manto de oscuridad empezó a nublarle la visión mientras jadeaba, incapaz de respirar, imaginando a la joven en su ataúd, bajo tierra.

—Los maté a los dos —admitió con la voz rota, horrorizado, mientras luchaba para tenerse en pie y no perder el conocimiento.

***

Jared se incorporó, aferrado a la manta de la cama, con la respiración entrecortada. Estremecido, intentó recuperar el resuello mientras se secaba el sudor de la frente.

«¡Otra vez no!».

Maldita sea. Creía que había dejado atrás las pesadillas. Habían pasado varios años desde la última vez que había soñado con funerales y había llegado a creer que por fin se había librado de los malditos fantasmas que lo torturaban en sueños.

No hablaba del tema.

Ya no soñaba con ello.

Había dejado de preocuparle, o eso creía.

«No debería haberlo mencionado hoy».

Jared se maldijo a sí mismo por haberla fastidiado mientras se preguntaba, tumbado en la cama, por qué le había confesado sus sórdidos secretos a Mara Ross. En su favor debía decir que ella no le había preguntado nada más. Lo había llevado hasta el mercado agrícola, donde Jared tenía aparcado su todoterreno, y él se había despedido con un educado «adiós» cuando bajó de la furgoneta, avergonzado por haberle contado su vida y milagros. También era cierto que su humor taciturno no había servido de estímulo para seguir con la conversación, pero estaba seguro de que debía de haberla asustado.

«¿Por qué diablos se lo he contado? Había dejado atrás las pesadillas, había recuperado el control, maldita sea. Llevaba años así».

Se puso a dar vueltas en la cama y le dio un puñetazo a la almohada, intentando poner los pensamientos en orden para recuperar el sueño. Dejando de lado que le hubiera revelado su oscuro pasado a Mara, no había abandonado su idea de ayudarla, por más que ella se resistiera. Lo más probable era que tuviese miedo de él. ¿Qué mujer no iba a tenerlo después de confesarle que era un asesino?

«Eso no me impedirá ayudarla, aunque tenga que hacerlo anónimamente porque soy un bocazas y le he contado la verdad».

Volvió a ponerse boca arriba y frunció el ceño. Fuera, la tormenta desataba toda su fuerza y el viento y la lluvia arreciaban. Jared oyó las gotas que batían contra las ventanas de su habitación.

«Me pregunto si su tejado tendrá goteras. Me pregunto si está bien».

Se puso a contar los días que faltaban para sacar a Mara de esa casa, una trampa mortal disfrazada de edificio desvencijado. Por desgracia, no habían podido hablar de su negocio conjunto porque él se había sentido muy incómodo después de su confesión. Sin embargo, quería ir a verla a primera hora de la mañana. No pensaba rendirse hasta que ella aceptara. Su capacidad de subsistencia dependía de ello.

—Mierda —se maldijo con un susurro al oír un trueno que hizo vibrar toda la casa. El relámpago iluminó fugazmente su dormitorio. La tormenta no hacía sino empeorar, la lluvia caía con fuerza debido al viento racheado—. Debe de estar ahogándose en ese maldito cuchitril.

Jared se incorporó, frustrado. Era obvio que no iba a dormir más. Se puso de lado para encender la luz de la mesita, salió de la cama desnudo y se dirigió a la ventana. Lo único que veía era el haz de luz del faro, situado en el extremo del muelle de Amesport. Por increíble que pareciera, la ciudad tenía un faro en funcionamiento. En la era de los GPS y los radares, no eran pocos los faros que habían dejado de funcionar. Esperaba que no hubiera ninguna embarcación en el mar con esa tormenta descomunal y dirigió la mirada hacia el lugar aproximado donde se encontraba la casa de Mara.

Reinaba una oscuridad absoluta.

Era más de medianoche y la mayoría de habitantes de Amesport dormían. Y si no lo hacían, era poco probable que pudieran ver luces más débiles que la del faro. Aunque Jared se había construido la casa en el lado de la península más cercano a Amesport, y la ventana de su dormitorio daba al Atlántico, el centro de la ciudad quedaba a unos cuantos kilómetros.

Se alejó de la ventana aún más preocupado y empezó a buscar los pantalones en el suelo del dormitorio. Buscó en los bolsillos hasta que encontró el teléfono y regresó a la cama, intentando contenerse para no llamarla.

«Estará durmiendo. No puedes llamarla ahora».

Pero ¿y si no dormía? ¿Y si había tantas goteras que no podía dormir? ¿Y si necesitaba ayuda y no había nadie que pudiera echarle una mano?

Al final Jared marcó su número, que ella misma le había dado cuando él empezó a investigar sobre la historia de su familia. Pensándolo bien, tendría que comentarle que era imprudente ir dando su número de teléfono al primero que le pedía información. Pero en ese momento solo esperaba que fuera su teléfono particular también, no solo el de la tienda.

—¿Diga?

La voz adormilada de Mara le provocó una erección fulgurante e inmediata. Su cabeza se llenó de imágenes eróticas en las que aparecían ellos dos en la cama, en distintas posiciones, y siempre llegando al clímax.

Agarró el teléfono con fuerza, consciente de que el mayor placer que podía sentir en ese momento era saber que Mara estaba a salvo, lejos de una casa con goteras y otros peligros.

—Soy yo.

Una respuesta estúpida donde las hubiera, pero fue lo único que pudo pronunciar al tener la cabeza ocupada con imágenes de Mara desnuda, en la cama, gozando de un orgasmo infinito.

—Hola, tú.

Jared escuchó atentamente y dedujo que se había incorporado.

—¿Tiene goteras tu tejado? —le preguntó a quemarropa y se sintió como un idiota por haber cedido a la necesidad de llamarla. Era obvio que ella estaba durmiendo plácidamente. Lo último que necesitaba era que la llamara en plena noche un pesado, casi un acosador, que unas horas antes había admitido que había matado a dos personas.

—Pues sí, tiene más de una. Me alegro de que hayas llamado. Tengo que cambiar los baldes.

El corazón de Jared empezó a latir con la misma fuerza que la lluvia que azotaba su casa y se sintió aliviado al comprobar que no la había asustado con su confesión.

«Me alegro de que hayas llamado». «Me alegro de que hayas llamado». A Jared le daba igual el motivo por el que se alegraba de su llamada; lo único importante era justamente eso, que se alegraba.

Tenía que cambiar los baldes... ¿Es que había puesto más de uno? Jared se preguntó a qué hora se había ido a dormir. ¿Cómo era posible que las goteras hubieran llenado un balde o una cazuela tan rápido?

—Tienes que salir de esa ruina —gruñó. Su instinto de protección se intensificaba por momentos porque ella no se sentía incómoda con él. Era obvio que Mara no tenía ningún instinto de supervivencia.

—Lo sé —admitió ella con melancolía—. Pero dentro de poco tendré que dejar esta casa, que ha sido mi hogar desde que nací. Y aún no tengo adónde ir.

«Puedes quedarte conmigo. Quiero que estés conmigo».

Jared cerró los ojos. Casi sentía el dolor de Mara. Él había pasado su infancia en una cárcel, contando los días que faltaban para huir e irse a la universidad. La situación de Mara era muy distinta: ella había querido mucho a su madre y debía de ser muy duro abandonar su casa. No acababa de entender su pena, pero la aceptaba. Y por algún extraño y retorcido motivo, la sentía, aunque ya no se dejaba influir por sus emociones.

—Todo saldrá bien. Hoy no hemos podido hablar de negocios, pero puedes instalarte en la casa de invitados que tengo y usarla para empezar a producir tus confituras. Contrata a la gente que necesites. Compra toda la maquinaria necesaria.

—¿Quieres que viva contigo? ¿Que ponga en marcha la empresa ahí?

«Claro que sí».

—No vivirías exactamente conmigo. La casa de invitados está separada de la mía. Con el tiempo encontraremos el local adecuado para que puedas abrir también una tienda. Pero eso lleva su tiempo, que es justamente lo que no te sobra.

Era necesario que la hiciera salir de ese edificio en ruinas cuanto antes.

—Tendré que demostrarte que puedo convertirlo en un negocio rentable antes de que inviertas tu dinero en una tienda —le dijo ella—. Lo entiendo.

Jared abrió los ojos y negó con la cabeza a pesar de que ella no podía verlo.

—No me refería a eso. Quería decir que nos llevará tiempo encontrar el lugar adecuado. Y como precisamente el tiempo se nos echa encima, de momento podemos aprovechar mi casa.

—Pero tú no estás siempre en Amesport...

—Me quedaré aquí una temporada —la interrumpió bruscamente. En esos momentos no tenía pensado marcharse. La boda de Dante estaba al caer y no quería dejarla sola durante el proceso de creación y puesta en marcha de la empresa. Dudó antes de preguntarle con seriedad—: ¿Por qué no me has preguntado nada sobre lo que te dije antes?

No le había hecho ni una pregunta. Incluso ahora, que podía interrogarlo aprovechando la seguridad que daba el teléfono, Mara no había hecho ninguna referencia a su historia o a los secretos que le había revelado. Obviamente él podía evitar el tema, fingir que no lo había mencionado. Ella se lo permitiría. Pero Jared necesitaba saberlo.

Mara lanzó un suspiro.

—Jared, no es asunto mío lo que te ocurriera en el pasado. Siento mucho que hayas sufrido tanto y no quiero presionarte para que hables de algo que te provoque más dolor. No me debes ninguna explicación.

Él frunció el ceño.

—Maté a dos personas. ¿No te preocupa lo más mínimo?

—No. Pasara lo que pasase, sé que no los asesinaste.

—¿Cómo diablos sabes lo que pasó?

—No sé lo que pasó, pero si alguna vez quieres hablar del tema, te escucharé —respondió ella con dulzura.

Jared sintió el corazón en un puño.

—¿Confías en mí?

La seguridad que había demostrado al afirmar que sabía que no había asesinado a nadie le encogió el corazón y lo sacó de quicio al mismo tiempo. ¿En qué diablos pensaba? Podía ser un asesino en serie. Aun así, el hecho de saber que confiaba tanto en él que no necesitaba más explicaciones sobre su confesión lo dejó asombrado.

—Sí, confío en ti —insistió ella, con sencillez.

—¿Por qué? —preguntó él.

—Porque confío en mi intuición.

—Soy un cretino. —Lo oía en boca de sus hermanos casi a diario.

—Estoy de acuerdo. Creo que a veces actúas así para ocultar tu dolor. Pero eso no es lo que te define como persona, Jared. Eres mucho más —añadió Mara con voz vacilante.

—Si estás intentando adentrarte en mi alma o algo así, olvídalo. No hay nada. Solo encontrarás a un cretino.

De todas las reacciones que Jared habría podido esperar de su comentario, lo último que esperaba era que Mara... estallase en carcajadas.

Pero así fue.

Sin parar.

Estuvo riendo un buen rato. A Jared no le molestó tanto que se estuviera riendo de él como el hecho de que el sonido de su sonrisa lo volvía loco.

—Los asesinos no se torturan tanto —dijo ella, sin dejar de reír.

—A lo mejor sí —gruñó él.

Mara resopló.

—¿Intentas atemorizarme?

«Sí».

«No».

«Quizá».

—No —decidió al final—. Solo quiero que sepas dónde te metes. Soy un cretino y no voy a ponerme en plan introspectivo para analizar mi interior. —Jared se estremeció al pensar en ello. Estaba vacío por dentro. Ni siquiera tenía sentido que se molestara en mirar en su interior.

—Creo que podré soportarlo —respondió un poco más seria—. Me veo capaz de trabajar para un jefe gruñón. Y no creo que seas un cretino a todas horas. Me parece que lo que intentas es protegerte.

Los comentarios de Mara lo incomodaron, por lo que intentó ignorarlos.

—Solo quiero mandar sobre ti en la cama.

Dirigió la mirada hacia la descomunal erección que asomaba en su entrepierna y tuvo que admitir que quería mandar sobre ella en cualquier lugar: fuera, contra una pared, en el suelo, en la ducha... La lista era infinita. Sin embargo, eso era algo que no afectaba a su negocio. Estaba convencido de que Mara podía apañárselas muy bien sola. Al fin y al cabo, había mantenido a flote una tienda moribunda durante años, por lo que no iba a tener ningún problema para dirigir un negocio próspero.

—Jared, no puedo... —Dejó la frase a medias, horrorizada.

—¿Qué pasa? —Jared se levantó de la cama con el corazón desbocado.

—Humo. Mucho humo. Oh, Dios, se está quemando la casa —dijo Mara nerviosa, presa del pánico—. Tengo que llamar a emergencias.

Mara colgó el teléfono y Jared se horrorizó.

—Mierda. ¿Mara? ¡Mara! Dime algo, maldita sea. —Se precipitó hacia la ventana y vio las llamas a lo lejos, un leve resplandor en el cielo oscuro. Intentó llamarla de nuevo.

No respondió. ¿Estaba hablando con los bomberos o es que no podía atender el teléfono por motivos mucho más espantosos?

—Mierda, no. —Se puso unos pantalones y una camiseta en un abrir y cerrar de ojos. Se guardó el teléfono en el bolsillo y bajó corriendo las escaleras, de dos en dos.

«Está lloviendo. Las llamas se apagarán enseguida. No le pasará nada. No le pasará nada».

Se puso unos zapatos de piel, salió a la calle y se dio cuenta de que había dejado de llover. Se le cayó el alma a los pies y se puso en marcha, aterrorizado.

«Sal de la casa, Mara. Por favor. Sal de ahí».

Subió a su todoterreno y salió disparado en dirección a Amesport. Intentó llamarla varias veces mientras se dirigía a su casa, deseando como no había deseado igual en su vida que no fuera demasiado tarde.

***

Después de notificar al operador de emergencias que había humo en su habitación y que era posible que toda la casa estuviera en llamas, Mara fue presa de las dudas mientras intentaba procesar lo que estaba pasando. Rescató el anillo de boda de su madre del joyero, además de una carpeta con documentación importante, como el certificado de nacimiento y algunas fotografías, por si acaso.

Se volvió para salir de su dormitorio e intentar averiguar dónde se había producido el incendio. Pero de pronto estalló el caos.

El humo era muy denso, pero hasta ese momento Mara había creído que tendría tiempo de huir. No había visto las llamas, sin embargo cuando oyó un estruendo ensordecedor la magnitud del incendio se hizo patente. Una parte del tejado se había derrumbado y las vigas de madera le impedían llegar a la puerta de la habitación.

«¡Atrapada! Maldita sea. Esto no es un pequeño fuego o un cortocircuito como yo creía».

De pronto fue consciente de la gravedad de la situación y se puso automáticamente en modo supervivencia. Al nivel del suelo había menos humo, de modo que se agachó y se arrastró en dirección a la puerta. Al notar el calor de las llamas su corazón empezó a latir desbocado. Tras analizar sus opciones intentando no hiperventilar, comprendió que la única vía de salida la obligaba a atravesar las llamas. Desesperada y con los ojos irritados debido al humo, intentó examinar la puerta: en el hueco quedaba un espacio lo bastante grande. Sin embargo, no sabía qué le esperaba al otro lado. ¿Se había derrumbado todo el tejado? ¿Iba directa hacia las llamas? ¿Se dirigía hacia la muerte?

«Tranquila. Los bomberos ya están en camino».

Por desgracia, Mara sabía que no podía esperarlos, ya que las llamas estaban arrasando la casa a una gran velocidad. El tiempo avanzaba inexorablemente al compás del ritmo frenético de su corazón. Mara se acercó a la cama, arrancó el edredón y se puso en pie. No tenía agua para humedecerlo. Era una casa antigua y la habitación principal no tenía baño.

Sabía que tampoco podía salir por la ventana, que estaba a demasiada altura. Quizá no moriría de la caída, pero se rompería varios huesos. Además, fuera no tenía dónde agarrarse. Era una caída al vacío.

«Tengo que salir de aquí. Tengo que salir de aquí».

Había cometido el error de no huir de inmediato, pero, al no ver las llamas, había supuesto que el humo o el fuego solo afectaban a una estancia del piso superior. Al parecer... no era así. Quizá el tiempo que había dedicado a avisar a los servicios de emergencia le habría permitido salvarse. O quizá no y habría muerto aplastada por el tejado al intentar huir. Estaba medio aturdida por el estrés del momento y no podía dejar de temblar mientras repasaba sus opciones. Entonces fijó la mirada en la única vía de escape que tenía, dejó caer al suelo la carpeta que había rescatado del cajón y se guardó el anillo de boda de su madre en el bolsillo pequeño de su pijama.

«Ahora da igual. Sal de aquí o no te servirán de nada todos esos documentos».

Mara sabía que podía derrumbarse otra parte del tejado en cualquier momento y cortarle la única vía de escape o provocarle una muerte larga y dolorosa.

«Hazlo. Venga. Tienes que correr el riesgo o morir».

Se envolvió con el edredón para protegerse y se tapó la cabeza antes de precipitarse hacia las llamas que se alzaban en la puerta de la habitación. Solo esperaba seguir con vida al llegar al otro lado.

Capítulo 7

Si algo odiaba Evan Sinclair era la incompetencia.

Mientras recorría a pie los callejones de Amesport, maldijo a la empresa de transporte que debería haber entregado su vehículo en el aeropuerto de la ciudad. Él había llegado a la hora prevista en avión privado, pero había descubierto que el automóvil no estaba. Maldita sea, no tenía tiempo para soportar la ineptitud de otras compañías. Dirigía su empresa como una máquina bien engrasada y esperaba que las demás se comportaran igual.

Maldito fuera Dante y las prisas que le habían entrado por ingresar en el club de la dicha matrimonial. Evan no comprendía la precipitación de su hermano para celebrar la ceremonia. Ya estaba viviendo con Sarah, ¿a qué venía tanta urgencia por casarse? Ese era el verdadero motivo por el que Evan no tenía el vehículo. Ni siquiera había podido utilizar su propio avión privado porque se lo había prestado a un importante cliente, ya que tampoco sabía que iba a necesitarlo. Se lo había prometido varios meses antes y había respetado la reserva. No le gustaban los cambios de calendario y nunca rompía una promesa cuando se comprometía con algo, de modo que se había visto obligado a recurrir a una compañía de transporte muy poco seria, a pesar de ser la más cara y, en teoría, la mejor del sector.

—Aficionados —gruñó para sí mismo.

No era que no supiese que Dante acabaría casándose con Sarah... tarde o temprano. A fin de cuentas, siempre sabía exactamente qué les pasaba a sus hermanos... o, mejor dicho, solo a sus hermanos. En el caso de su hermana Hope, la había fastidiado, ya que no había descubierto sus aventuras hasta que ya era demasiado tarde para impedir que sufriera las consecuencias de su imprudencia.

«Es culpa mía. Debería haberme imaginado que Hope no llevaba una vida plácida y tranquila en Aspen». Las mujeres eran sinónimo de problemas. Todas, incluida su hermana. Evan sabía que era el único miembro del clan de los Sinclair que estaba al corriente de todo por lo que Hope había pasado, y no precisamente porque ella se lo hubiera dicho. No había sido así: se lo había ocultado a sus hermanos. Si Evan lo sabía era porque había recibido una llamada de Grady para avisarlo de que Hope había desaparecido en Colorado. Entonces él contrató a un investigador privado y siguió contando con sus servicios cuando la encontraron con su nuevo marido, Jason Sutherland, tras lo cual se descubrió que Hope había llevado una vida que no tenía nada que ver con la imagen que siempre había mantenido ante los suyos. Probablemente su marido conocía a la Hope auténtica y el trauma que había sufrido, pero ello no impidió que Evan lamentara no haberse interesado más por Hope para averiguar antes la verdad. La pobre había sufrido mucho y Evan no lo soportaba.

«Lo que le ocurrió a Hope fue algo muy importante, mucho más crítico que mis propios negocios».

Intentó no pensar en la horrible vida de su hermana, dejarlo a un lado porque ella ahora era feliz. E iba a seguir siéndolo. Ya se ocuparía él de ello.

El paseo desde el aeropuerto hasta la ciudad le había servido para templar los ánimos, pero aún estaba enfadado por todo el tiempo que había perdido andando. Sí, podría haber llamado a Grady, Dante o Jared, pero era tarde y él era el mayor de los Sinclair. No quería levantar de la cama a uno de sus hermanos para que fuera a recogerlo. Nunca le habrían perdonado que los hubiera molestado en mitad de la noche porque su vehículo no había llegado al aeropuerto antes que él. Esas cosas nunca le pasaban.

Evan, el hermano mayor, don perfecto.

Evan, el hermano que se ocupaba de todos los detalles.

Evan, el planificador meticuloso que siempre cumplía con todos sus compromisos, ya fueran grandes o pequeños, ¿se había quedado tirado en el aeropuerto sin vehículo?

«No, señor, ni hablar». Pensaba ir andando a casa, aunque tuviera que recorrer varios kilómetros a pie en mitad de la noche y acabara destrozando uno de sus trajes a medida y de sus zapatos de piel preferidos. La lluvia, que había ido cayendo de forma intermitente, lo había dejado empapado y con ganas de estrangular a los encargados de entregarle el todoterreno. No podía culpar a Stokes. El chófer, ya mayor, no se había separado del vehículo, pero no era responsable de la incapacidad de una compañía para entregarlo a tiempo. Stokes estaba donde tenía que estar. El servicio de entrega, no.

—Nunca debería haber confiado en otra empresa —murmuró para sí, con las manos en los bolsillos, negando con la cabeza en un gesto de enfado mientras recorría el paseo marítimo de Amesport, que a aquellas horas estaba desierto. No quería llamar a sus hermanos, pero no tenía ningún problema en despertar a su secretario para comprobar que habían recibido la confirmación de todo. Claro que era así. Su secretario sabía que si fallaba en una sola cosa ya podía ir despidiéndose de su trabajo. Había sido un error de la compañía de transporte. Evan hablaría con ellos a primera hora de la mañana y echaría un buen rapapolvo a los malnacidos que lo habían abandonado bajo la lluvia. Si el presidente de la empresa era incapaz de hacer una entrega a tiempo, su compañía no merecía seguir en el negocio. Había sido un encargo muy caro que había acabado fatal, y Evan Sinclair podía encumbrar o enterrar fácilmente cualquier negocio. Cuando alguien no estaba a la altura, nunca le temblaba la mano.

Estaba a punto de tomar una calle que llevaba a la península de Amesport cuando vio una explosión en uno de los edificios que había al final de Main Street.

«¿Es una casa o una tienda?».

Solo había estado un par de veces en la localidad, pero por lo que recordaba, y habitualmente lo recordaba casi todo y con gran detalle, en Main Street solo había establecimientos comerciales.

Cruzó la calle y se detuvo frente a la destartalada casa, que había sido convertida en una tienda. Miró el escaparate y luego alzó la vista hacia las llamas que estaban devorando el tejado.

«¿Dolls and Things?».

Era una tienda, estaba claro, y era muy poco probable que a esas horas de la noche hubiera alguien dentro. Sacó el teléfono que llevaba en el bolsillo de la chaqueta para llamar a los bomberos cuando oyó el gemido de las sirenas.

—Ya han avisado —murmuró para sí, a punto de darse la vuelta para dirigirse a la península. No podía hacer nada más. Los bomberos ya estaban en camino.

Sin embargo, al volverse oyó un grito, un chillido de terror que le provocó escalofríos. Se dio la vuelta, vio que había alguien dentro y decidió de inmediato derribar la puerta con su fornido cuerpo.

***

Mara tiró el edredón en llamas con un grito aterrorizado.

«Estoy viva, pero el edredón está ardiendo. Todo está en llamas. Tengo que salir».

Se palpó rápidamente sin levantarse del suelo para comprobar que ninguna de las prendas que llevaba (el pijama y la ropa interior) estaban ardiendo. Se puso en pie como buenamente pudo e intentó orientarse a pesar del humo denso que lo cubría todo. Empezó a toser y se apoyó en el pasamanos de las escaleras en el momento en que descubrió que la pierna derecha no soportaba el peso de su cuerpo. Cayó al suelo, gimiendo por el dolor que sentía en el tobillo, y se dirigió a la derecha por el pasillo, con la mano estirada, buscando las escaleras frenéticamente.

«Las escaleras deberían estar... justo... ¡aquí!».

Tocó el borde del primer escalón con la punta de los dedos antes de que la alzara en brazos una figura masculina muy alta y muy fuerte que no reconocía debido al humo.

—Normalmente, cuando su casa está en llamas conviene abandonarla cuanto antes —dijo una voz grave y arrogante, como si se estuviera dirigiendo a una persona de inteligencia limitada.

Mara se estremeció al notar que la llevaban en volandas y la bajaban por las escaleras hasta la planta baja. El hombre misterioso no perdió el tiempo, salió a la calle y no la dejó en el suelo hasta que llegaron al pequeño jardín que había frente al pub Shamrock, al otro lado de la calle.

—Estaba intentando salir —dijo ella al final, con la voz ronca debido al humo que había respirado. Se llenó los pulmones de aire limpio a un ritmo frenético. Miró a su salvador, pero no lo reconoció. Estaba todo oscuro y solo distinguía su pelo negro y su físico corpulento. Entrecerró los ojos para intentar ver algo a través de los cristales sucios de las gafas mientras recuperaba el aliento y se fijó en que llevaba... traje y corbata. Pero ¿qué demonios...?

El hombre se arrodilló junto a ella y la agarró de los hombros.

—Es obvio que no iba por el buen camino o que, al menos, iba demasiado lenta —comentó con cierta indiferencia—. En caso de incendio, es aconsejable reaccionar con más rapidez.

Mara reprimió un grito cuando el tipo se arrodilló junto a ella. Ahora sí que lo veía; el resplandor de las llamas y las luces del pub iluminaron su rostro cuando se agachó a su lado. Su pelo negro azabache estaba mojado y peinado hacia atrás. Y sus deslumbrantes ojos azules se deslizaban por su cuerpo concienzudamente, como si la estuviera examinando para averiguar si estaba herida o no.

—¿Q-quién eres? —Nunca lo había visto. De haberlo hecho, seguro que se habría acordado de él.

—Evan Sinclair —respondió—. ¿Está herida?

—¿Evan? ¿El hermano de Jared? —preguntó Mara. El hombre frunció el ceño y siguió examinándola, por lo que ella añadió—: El tobillo. No puedo andar. Estaba intentando encontrar las escaleras y por eso me puse a gatear.

Mara se estremeció cuando oyó un estruendo y el tejado de su casa acabó desplomándose. Los camiones de bomberos llegaron justo en ese instante, y los agentes de policía y una ambulancia invadieron la finca de inmediato.

Evan no apartaba la mirada de sus pies y le palpó los tobillos.

—El derecho está hinchado. Será mejor que lo examinen los sanitarios. No soy un gran especialista en medicina de emergencia —dijo, como si le molestara que hubiera algo que no sabía.

—¡Mara! —gritó una voz masculina angustiada desde la zona delantera de su casa.

—Jared —dijo Mara, todavía ronca debido a la inhalación de humo.

—¡Ah! —exclamó Evan, poniéndose en pie—. Reconocería el grito de mi hermano pequeño en cualquier lugar. Ya veo que os conocéis.

—Somos amigos —dijo Mara con voz temblorosa—. Está preocupado.

—Por sorprendente que parezca, creo que tiene usted razón. Sí que parece algo desesperado —dijo Evan con calma mientras cruzaba la calle para pedirle a uno de los sanitarios que le echara un vistazo a Mara. Su enorme figura desapareció tras una nube de humo.

Ella negó con la cabeza al ver que Evan se marchaba. Por el amor de Dios... Y ella que creía que Jared era frío y arrogante. En comparación con su hermano mayor era un dulce angelito. Pensó que Evan también debía de ser uno de los pocos hombres que podía amedrentar a los demás hermanos Sinclair con su corpulencia... El primogénito parecía un armario de tres cuerpos vestido con traje caro, sin una pizca de grasa en todo el cuerpo. Sencillamente era... descomunal. Sus hombros eran como los de Atlas, el titán que cargaba con la esfera celestial.

Evan Sinclair había irrumpido en su casa y la había sacado en brazos a pesar de las llamas y de que ambos podrían haber muerto cuando se había desplomado el tejado al cabo de unos instantes. «Y todo sin pestañear». Mara no había visto el menor atisbo de emoción en el rostro de Evan, que no se alteró en ningún momento.

Mara empezó a sufrir espasmos, horrorizada, cuando uno de los sanitarios comenzó a examinarla. Respondió a sus preguntas con voz temblorosa mientras observaba cómo el fuego arrasaba la casa de su infancia. Rompió a llorar al ver que todas sus pertenencias desaparecían. Los bomberos trabajaban a destajo para extinguir el fuego y la calle quedó ocupada por los vecinos, la mayoría de los cuales también tenían tiendas.

—¡Mara! ¡Gracias a Dios! —exclamó Jared cuando se agachó junto a ella en la hierba, sin resuello.

—Tu hermano me ha salvado la vida —dijo entre lágrimas. Por fin empezaba a procesar lo que había sucedido.

—Me lo ha dicho —gruñó Jared, cubriéndola con una manta que debía de haber sacado de su todoterreno.

—Lo he perdido todo —dijo Mara entre sollozos, tapándose la cara con las manos para no ser testigo de la destrucción del resto de la casa.

—Estás viva y eso es lo único que importa ahora —replicó Jared, abrazándola y acercando la cabeza a su hombro.

Dejó que Jared la abrazara y lo agarró de la camisa para asegurarse de que estaba ahí y de que seguía viva. En esos momentos de pesadilla desgarradora era su único apoyo.

Giró el rostro hacia su pecho y rompió a llorar desconsoladamente.

***

Al cabo de unas horas, Mara estaba tumbada en la cama de una de las varias habitaciones de invitados de Jared, incapaz de dormir. El cansancio se había apoderado de ella, pero cada vez que cerraba los ojos solo veía que todas sus pertenencias, todos los recuerdos de su vida habían acabado devorados por las llamas.

Al final solo había podido salvar el anillo de su madre.

La sensación de vacío amenazaba con aplastarla y Mara no podía parar de temblar bajo las mantas a pesar de que no hacía frío.

—Es como si yo hubiera dejado de existir —susurró en la oscuridad. Hacía ya varias horas que había salido el sol, pero Jared había corrido las cortinas para que pudiera dormir.

«Jared».

Cuando la encontró no se apartó de su lado. Esperó en urgencias mientras le hacían radiografías del tobillo y le tomaban una muestra de sangre para asegurarse de que no había inhalado demasiado monóxido de carbono. Se sentó a su lado, armado de paciencia, y no se fue hasta que le dieron el alta y pudo llevarla consigo, sin dudar en ningún momento de dónde iba a quedarse. Físicamente Mara estaba bien, aparte del tobillo torcido, y la hinchazón había empezado a bajar, lo que hacía que el dolor fuera más soportable. Aun así, Jared la trató con todo el cariño, como si fuera muy frágil. Le dio una camiseta para que se la pusiera después de la ducha y pudiera dormir un rato.

El fuego había sido controlado y las demás tiendas no habían sufrido daños. Solo la suya. Era un alivio que no se hubieran producido otras pérdidas, pero ello no mitigaba el dolor.

—Ahora no tengo nada —susurró, apesadumbrada, hecha un ovillo en la cama. Si antes ya tenía muy poco, después de que el fuego arrasara con todo sus pertenencias ascendían a... cero... nada. Había tenido que tirar hasta el pijama que llevaba.

—Tienes tu vida —dijo una voz masculina grave detrás de ella—. Deberías estar durmiendo.

—No puedo —replicó ella con voz temblorosa.

La cama cedió cuando Jared se sentó junto a ella y la abrazó por la cintura.

—Lo único que importaba de esa casa eres tú. —Lanzó un suspiro de alivio muy masculino—. Yo tampoco he podido dormir, no he parado de darle vueltas a lo cerca que has estado de morir en esa maldita casa.

Mara negó con la cabeza, pero la mirada de Jared tuvo un efecto reconfortante.

—Las cosas de mi madre, las fotografías... Lo he perdido todo. No tengo el carné de conducir ni ningún otro tipo de identificación. —La calidez del cuerpo fuerte y musculoso de Jared tuvo un efecto calmante en ella y Mara se relajó. Notó la tela de los pantalones en contacto con sus piernas y el roce de la camiseta en su cuello—. Ni siquiera entiendo cómo ha podido suceder.

—Yo sí lo sé —le dijo Jared al oído—. Los bomberos investigarán los restos, pero estoy seguro de que llegarán a la conclusión de que la instalación eléctrica estaba en mal estado, sobre todo en el desván. Es probable que el agua de las goteras provocara un cortocircuito. Esa casa debería haberse restaurado hace años. Los edificios tan viejos son un auténtico peligro si no se conservan en buen estado.

—Supongo que es posible —dijo Mara lanzando un suspiro.

—Es más que probable —la corrigió Jared.

—Me siento... perdida —admitió Mara, que no soportaba la debilidad que se había apoderado de ella. Tarde o temprano iba a tener que buscar un lugar donde vivir, pero de momento solo le quedaban fuerzas para llorar por su situación—. Vacía —añadió apesadumbrada.

Jared le acarició el estómago.

—Shh... Te ayudaré. Te lo juro. Te daré todo lo que necesites para recuperar las ganas de vivir.

«Te necesito».

La voz masculina y tranquilizadora de Jared la había rescatado de su soledad, y el roce de sus manos la hacía sentir viva de nuevo. Mara apoyó la cabeza en su hombro y le preguntó con un susurro:

—¿Quieres hacerme el amor? —Lo necesitaba, quería que le devolviera la vida. La adrenalina aún corría por sus venas y necesitaba... algo... lo que fuera para detener la sensación.

«No me vale cualquiera. Necesito a Jared».

—No en este estado —le dijo al oído—. Te aseguro que no pienso en otra cosa, pero no puedo hacerlo así.

—¿Por qué? —gimió ella, dolida. Su sexo se estremeció al notar las caricias de Jared en su estómago.

—Has vivido un auténtico infierno en las últimas ocho horas. Quizá yo sea un cretino, pero no puedo aprovecharme de una persona conmocionada. Has estado a punto de morir y crees que lo has perdido todo —murmuró. Su voz grave le erizó el vello de la nuca.

—Es que lo he perdido todo —insistió Mara.

—No es verdad. Aún me tienes a mí —respondió con voz profunda.

—Pues demuéstramelo. Necesito algo a lo que aferrarme. —Mara movió las caderas hacia atrás para excitarlo más y notar su erección, prueba irrefutable de que la deseaba tanto a ella como ella a él.

—Mara —le advirtió Jared en tono amenazante.

—Por favor —gimió ella, suplicándole, embriagada por el aroma masculino de Jared. En esos momentos solo ansiaba sentir la verga dura de Jared dentro de ella. Que la llevara hasta el orgasmo y solo pudiera pensar en él. Estaba segura de que con él solo podía ser así. Jared se apoderaría de su mente, la obligaría a dejarlo todo de lado hasta que no pudiera pensar en nada más.

—Joder. —Al final estalló.

Mara gimió de satisfacción cuando Jared la obligó a darse la vuelta y notó su cuerpo fornido y musculoso.

—Sí —gimió ella.

—Tu tobillo —gruñó él.

—No me duele. Por favor. —El dolor de su tobillo no era nada en comparación con el abrumador deseo que se había apoderado de ella sin piedad.

Jared respondió a sus súplicas agarrándola de las manos, y le tapó la boca con un gruñido torturado de placer.

Capítulo 8

«¡Sí! ¡Sí! ¡Sí!».

Jared le estaba haciendo justo lo que quería: le impedía pensar en cualquier cosa que no fuera él. Se había adueñado de sus sentimientos con un beso arrebatador. Él había conseguido lo que quería, pero también le había dado a Mara lo que ella anhelaba.

Mara no pudo reprimir un gemido de placer cuando Jared se abalanzó sobre ella y le devoró la boca. Inclinó la cabeza hacia atrás para facilitarle la labor y que su lengua se abriera paso entre sus labios y tomara posesión de su nueva conquista.

Todos los nervios del cuerpo de Mara vibraron de tensión cuando el sexo duro de Jared rozó su entrepierna. Se retorció porque necesitaba tocarlo. Giró la cabeza con un gesto brusco y se zafó de aquel abrazo que la hacía arder de placer.

—Por favor, Jared —jadeó—. Necesito tocarte.

—Si me tocas, perderé el control —le gruñó al oído.

—No me importa.

—A mí sí, maldita sea. Claro que sí. —Jared le soltó las muñecas y apoyó la frente en su hombro.

El deje de desesperación de su voz casi la hizo llegar al éxtasis. Parecía... derrotado. Cuando Mara se dio cuenta de que el enorme cuerpo de Jared se estremecía encima de ella, le acarició el pelo con un gesto de cariño.

—Me basta con una vez. No espero un compromiso eterno, ni siquiera un mañana. Solo te quiero ahora.

Lo último que quería era que tuviera la sensación de que le estaba haciendo daño. En realidad, iba a hacerle un favor, ya que le permitiría dejar de lado temporalmente las imágenes y los sentimientos negativos que se arremolinaban en su cabeza.

—¿Crees que quedarás satisfecha? —le preguntó Jared con voz profunda.

—Tendrá que ser así. Me da igual el futuro. Solo quiero sobrevivir al presente.

Mara gimió cuando Jared levantó ligeramente el cuerpo.

—No me dejes ahora, por favor —le suplicó ella con descaro. En ese momento necesitaba la presencia de otro ser humano más que ninguna otra cosa.

—No me voy a ir a ningún lado.

Oyó el roce de la ropa. Era tan intenso el silencio que reinaba en la habitación que oyó también la cremallera de los pantalones, seguida del ruido de las prendas al caer al suelo.

—¿Con luz o a oscuras? —preguntó él en voz baja.

—¿Qué? —preguntó ella, sin comprender.

—¿Quieres que abra las cortinas o las dejo cerradas?

Jared estaba desnudo. Lo sabía. Con la misma certeza que le permitía saber que tampoco iba a abandonarla en ese momento. Por un momento lamentó no tener las gafas, que se habían roto en la huida del incendio. Anhelaba verlo con claridad, pero se defendía bien sin ellas. Las llevaba principalmente porque hacía un trabajo muy minucioso y tenía un poco de astigmatismo en un ojo. Con gafas tenía una visión perfecta. En ese momento deseaba verlo sin estorbos, pero se conformaba con lo que tenía.

—Con luz.

Tenía tantas ganas de verlo que no le importaba que él pudiera observar su cuerpo imperfecto.

Cuando Jared abrió una de las cortinas, la luz inundó el dormitorio y tuvo que taparse los ojos un momento, pero por fin pudo verlo bien. Parpadeó varias veces para acostumbrarse a la claridad y lo repasó de arriba abajo con descaro mientras él regresaba a la cama, desnudo. Ella se incorporó. Tenía la boca seca como un desierto, pero se estaba deleitando con la visión de aquel cuerpo escultural. Sus bíceps y abdominales parecían cincelados en mármol, y saltaba a la vista que hacía ejercicio a menudo. Su pecho apolíneo estaba cubierto por una fina capa de vello del mismo color castaño que el pelo. A medida que sus ojos descendían, se relamió los labios secos al ver la estela del mismo tono que llegaba al final de los abdominales que la hacían deleitarse de placer. Su curiosa mirada se detuvo en la entrepierna y Mara se estremeció mientras intentaba encontrar las palabras adecuadas para describir la potente erección.

—Qué barbaridad —murmuró, asombrada. Solo había visto a otro hombre desnudo, y no estaba tan bien dotado, ni de lejos, como Jared. Ni por asomo.

—¿Ya te has cansado de mirar? —preguntó Jared con voz grave.

—No —respondió ella con sinceridad. A decir verdad, podía quedarse admirando aquel cuerpo fabuloso que no hacía más que incitarla al pecado. Al final lo miró a la cara y se derritió al ver el intenso deseo que brillaba en sus ojos.

Jared se inclinó hacia delante, le agarró la camiseta que llevaba a modo de camisón y se la levantó.

—Si yo voy desnudo, tú también.

—Creo que luces mejor que yo —le dijo Mara a regañadientes, pero levantó los brazos para que pudiera despojarla de la única prenda que llevaba. Ella se sentó en silencio en el centro de la cama, mientras el rostro de Jared se transformaba en una expresión de deseo y pasión. Sus ojos se deslizaron por sus pechos como si quisiera devorarlos.

—Cielo, eres mi sueño húmedo hecho realidad. —Los músculos de la mandíbula de Jared se estremecieron mientras la observaba con una intensidad posesiva. Entonces apartó la mirada y sus ojos verdes se posaron en los de ella mientras le tendía la mano—. Toma. Necesitarás esto.

Mara tomó el preservativo y observó cómo se movía como un depredador subiendo a la cama. Ella esperó con la respiración contenida, pero Jared la sorprendió cuando se tumbó boca arriba en la cama junto a ella, apartó las sábanas con los pies y la agarró de la cabeza con ambas manos.

—Si es lo que quieres, soy todo tuyo.

Cielo santo, parecía un sacrificio humano destinado a su placer y ella se moría de ganas de recorrer hasta el último centímetro de su cuerpo con la lengua. Pero en el último segundo se echó atrás.

Algo no iba bien. No le parecía que Jared Sinclair fuera uno de esos hombres dispuestos a ceder el control, y su comportamiento... Había algo raro en él.

«¿Si es lo que quieres?».

Era obvio que él ardía de deseo, pero parecía furioso... y ligeramente... ¿herido? Después de la exhibición de macho alfa dispuesto a todo que había hecho unos instantes atrás, había algo raro.

«Si es lo quieres».

Entonces Mara se dio cuenta de lo que pasaba por su cabeza.

—Crees que te estoy usando.

Quizá estaba más que dispuesto a acostarse con ella, pero no le gustaba el hecho de que Mara necesitara un hombre, cualquiera, para distraerla.

Si ella hubiera parpadeado, no habría visto el fugaz gesto que ensombreció el rostro de su amante y que no hizo sino confirmar sus sospechas. Pero esa expresión fue sustituida de inmediato por una mirada estoica.

Mara sabía perfectamente que Jared ocultaba un gran número de inseguridades en lo más profundo de su pecho escultural, y de pronto fue consciente de lo egoísta de su comportamiento. La gente siempre quería algo de él, siempre lo usaba. Ella no se había comportado de modo distinto a las demás mujeres que habían desfilado por su vida, por mucho que hubiera intentado racionalizar lo que estaba haciendo y se hubiera convencido a sí misma de que necesitaba una distracción. Era verdad... pero solo Jared podía satisfacerla. Lo necesitaba a él. Y tenía que hacérselo entender de algún modo.

Él se encogió de hombros.

—No es que no tenga ganas. De hecho, es lo que más quiero en estos momentos.

Jared Sinclair estaba haciendo algo que, según sospechaba Mara, hacía en pocas ocasiones porque sabía que ella era vulnerable. Le estaba dejando tomar el control de la situación, que lo utilizara para huir de su propio dolor.

«No me vale cualquiera. Lo necesito a él. A Jared. Yo nunca reaccionaría así con otra persona».

Dejó caer el preservativo en la almohada, junto a Jared, y se sentó encima de él, mordiéndose los labios para contener un gemido de placer cuando su húmedo sexo entró en contacto con los portentosos abdominales de su amante. No era una devoradora de hombres, pero aquella fracción de segundo de inseguridad que mostró él le infundió un gran valor.

—Jared, te quiero a ti. —Le acarició el pelo, se inclinó hacia delante y sus pezones rozaron el vello de su pecho—. Solo a ti. No le habría pedido esto a ningún otro hombre. —Le besó el cuello y su fuerte mandíbula. Se empezó a mover lentamente para que notara lo mojada que estaba.

—Mara —gimió él—. Estás mojadísima. Estoy llegando al límite de mi control.

—No quiero que te controles —insistió ella, más excitada aún por su reacción—. Te necesito ahora mismo, Jared. Solo a ti.

Jared la abrazó como si algo hubiera cambiado en su interior y empezó a acariciarla con deseo desde la espalda hasta las nalgas.

—Qué piel tan suave. Qué dulce.

Mara sabía que no tenía una piel firme. Le sobraba algún kilo y tenía un buen trasero. Pero el modo en que Jared la acariciaba, el modo en que la adoraba, la hacía sentirse como una diosa.

Incapaz de contenerse, ávida de estrechar su vínculo con él, lo miró a sus ojos torturados y lo besó. Mara lo saboreó con auténtico deleite, se embriagó con su aroma masculino mientras él intentaba imponerse en el duelo que estaban librando las lenguas, devorándose mutuamente. Al cabo de poco Mara levantó la cabeza entre jadeos.

Jared deslizó los dedos hasta su sexo húmedo y lanzó un gruñido.

—¿Alguna vez habías estado con un hombre tan dotado como yo?

No. Pero quería. Lo necesitaba con tal desesperación que no le importaba suplicárselo de nuevo.

—No —admitió casi sin resuello.

—Pues entonces tenemos que cambiar. —La agarró de la cintura y cambió lentamente de postura para evitar cualquier movimiento del tobillo lastimado—. No quiero hacerte daño.

Mara notó una punzada cuando sus piernas se entrelazaron en la cintura de Jared, pero decidió prescindir de ello.

—Ya siento dolor. El que me provoca no estar contigo, Jared.

—Lo único que quería sentir eran sus cuerpos juntos, sentir que la penetraba para llenar el vacío.

—No te dolerá —le prometió con una voz que rezumaba deseo mientras se arrodillaba entre sus piernas, entreabiertas para recibirlo—. Solo me sentirás a mí.

Jared deslizó las manos por sus pechos, se los acarició y acercó la boca a sus pezones duros y sensibles.

—Sí —gimió ella, agarrándole del pelo para que no se apartara—. Por favor.

Jared le mordisqueó y lamió los pezones, tortura y placer, hasta que Mara levantó las caderas invitándolo a que la penetrara. Acto seguido él deslizó una mano hasta los muslos de su amante y le acarició el sexo. Mara se estremeció al notar en el clítoris los dedos de Jared, que provocaron una reacción en cadena que estimuló todas las terminaciones nerviosas de su cuerpo. Lentamente él la penetró con dos dedos.

—Qué estrechito —gruñó Jared, que no paró de mover los dedos hasta encontrar una zona sensible que Mara no sabía ni que existía.

—Métemela, Jared —gimió ella, levantando las caderas. Lo necesitaba tanto que estuvo a punto de romper a llorar.

Él siguió con el movimiento rítmico de los dos dedos mientras le acariciaba el clítoris con el pulgar.

—Quiero ver cómo llegas al orgasmo por mí.

Mara lo miró a los ojos y su expresión salvaje desató su lado más sexual. Intentó sostenerle la mirada mientras se agarraba a las sábanas, desesperada por aferrarse a algo antes de llegar al clímax. Mientras él la penetraba con más intensidad, más profundo, la expresión de Mara se volvió más intensa y concentrada en su placer. Al final cerró los ojos y arqueó la espalda cuando un espasmo de gozo recorrió su cuerpo. Su sexo se cerró en torno a los dedos de Jared cuando llegó a un orgasmo brutal. Mara agitó la cabeza, fuera de sí, entregada al torrente de sensaciones.

—Oh, Dios, Jared.

Cuando se relajó y empezó a calmarse, observó a Jared mientras este abría el preservativo con los dientes, se lo ponía y se inclinaba sobre ella.

—Verte llegar al orgasmo ha sido lo más excitante que he presenciado en toda la vida —le dijo con voz ronca mientras la penetraba—. Quiero sentir los mismos espasmos en mi sexo —le dijo desesperadamente, besándola.

—No te andes con rodeos. Te necesito —murmuró antes de que la besara de nuevo. Quizá estaba más bien dotado que la mayoría, pero en ese momento era solo para ella y quería sentirlo entero.

Mientras Jared la comía a besos, Mara le rodeó la cintura con las piernas y subió las caderas para que la penetrara. Cuando le acarició los glúteos, duros como piedras, y al notar que se estremecía, Mara supo que su amante por fin se entregaba a una pasión desenfrenada que exigía ser saciada.

Contuvo un grito de placer cuando Jared la penetró hasta el fondo. Sintió que su intimidad cedía lentamente y lo rodeaba con fuerza. El dolor pasajero no fue nada en comparación con el placer que experimentó al sentirlo dentro.

—Sí —le dijo, abrazándolo con fuerza, sus cuerpos convertidos en uno solo, ambos empapados en sudor.

—Esto es mucho mejor que cualquiera de las salvajes fantasías que había tenido —admitió Jared, embistiéndola sin descanso—. No. Aguanto. Más —gruñó.

—Pues déjate ir —gimió Mara, levantando las caderas.

Jared la agarró de las nalgas al aumentar el ritmo de sus acometidas. Quería que sintiera hasta el fondo todas y cada una de sus furiosas embestidas.

—Quiero que llegues al orgasmo, Mara.

Al cabo de unos segundos ella estalló gritando su nombre.

—¡Jared!

Le clavó las uñas en la espalda, intentando encontrar algo a lo que aferrarse mientras perdía el mundo de vista.

Jared la penetró una vez más con un gruñido, derramando hasta la última gota tras alcanzar el clímax.

Mientras recuperaba el aliento, Mara le pidió que no se apartara de ella.

—Quédate así —le pidió con un hilo de voz. Quería sentir su cuerpo fuerte y masculino pegado al suyo durante unos minutos, y lo abrazó con las pocas fuerzas que le quedaban—. Me gusta esta sensación. —No quería renunciar a ese placer.

Jared le besó el cuello y la cara hasta llegar a los labios. La besó lentamente, a conciencia, como si se estuviera deleitando con el roce de su piel.

—Ahora vuelvo —le dijo en voz baja.

Se levantó, se quitó el preservativo, volvió a la cama y tiró de las sábanas para que los cubrieran a los dos. Se puso de lado y la abrazó en un gesto protector.

—Ahora duerme —le dijo, oliendo su pelo—. Cuando nos despertemos, ya solucionaremos todos los problemas.

Una vez satisfecha y agotada por el esfuerzo, Mara tuvo que reprimir un bostezo.

—Gracias.

—¿Por qué?

Mara lanzó un suspiró. Se relajó en el reconfortante abrazo de Jared y disfrutó de la agradable sensación de placer después de alcanzar el clímax.

—Por esto.

Él la besó en la sien y se rio.

—El placer ha sido mío. Literalmente.

Mara entrecerró los ojos, presa del cansancio.

—También mío —murmuró y se entregó a un dulce sueño acompañada por las caricias protectoras de Jared en la cadera.

Capítulo 9

Las jornadas siguientes transcurrieron de forma algo precipitada para Mara. Unos días después del incendio, se instaló en la casa de invitados de Jared, que estaba situada junto a la mansión y que, a decir verdad, podría haberse considerado una parte más de la gigantesca residencia, a pesar de que no compartía ninguna pared con el edificio principal. La casa de los invitados era enorme, tenía tres dormitorios amueblados, incluida una cocina profesional con todos los accesorios necesarios para preparar grandes cantidades de sus productos. Mara temblaba de emoción solo de verla.

Había intentado empezar a hacer los preparativos para conseguir todos los ingredientes necesarios. Se moría de ganas de hacer confitura y tofe para el mercado del sábado siguiente. Sin embargo, Jared rechazó la idea con el ceño fruncido al ver el estado de su tobillo tras su apasionado encuentro. El día después del incendio se despertó sola por la tarde y bajó cojeando las escaleras, algo que irritó a Jared, quien la tomó en brazos, la llevó hasta el sofá y le pidió que no se moviera hasta que se hubiera reducido la hinchazón. Mara estaba convencida de que él se había torturado a sí mismo por haber cedido a un encuentro tan físico. Debía de estar convencido de que el tobillo había empeorado por culpa suya. Quizá era cierto... Pero ella no se arrepentía de nada. Volvería a hacerlo sin pensarlo. Nunca habría imaginado que una noche tan trágica podría acabar convirtiéndose en un viaje iniciático para ella. Saber que su cuerpo era capaz de arder de deseo había sido una epifanía para Mara, que no volvería a pensar que el sexo estaba sobrevalorado. De hecho, admitía que podía convertirse en algo muy adictivo. Tener a Jared tan cerca le había permitido dejar a un lado el vacío de esa noche. A decir verdad, había dejado atrás toda su soledad.

«Aunque fue poco tiempo, nunca me arrepentiré».

Ninguno de los dos había retomado el tema del frenesí sexual que se había apoderado de ambos esa noche. Desde ese increíble día Jared parecía más concentrado en protegerla que en acostarse con ella. Era obvio que de momento no se iba a repetir, y Mara no sabía si sería muy aconsejable que volvieran a estar juntos ahora que ella había recuperado la calma. Cuanto más tiempo pasaba con él más fácil le resultaba comprenderlo, y cada día aprendía algo nuevo. Temía que una relación tan íntima como la de aquella noche pudiera tener un resultado desastroso. Sabía que corría el peligro de quedar prendada de él y Jared no era un hombre al que le gustaran los compromisos.

Mara no podía reprimir una sonrisa mientras se familiarizaba con su nueva casa temporal, pensando en las manías más graciosas que había descubierto de Jared durante su convivencia. Era un adicto a los dulces y al café. De hecho, no era persona sin su café y devoraba los caramelos como si fueran una experiencia orgásmica. Mara estalló en carcajadas al leer las instrucciones de la cafetera y descubrir que Jared se había dedicado a arrancar la tapa de las cápsulas de café en lugar de meterlas tal cual. Al final, como cabía esperar, comprobó que la máquina hacía un café perfecto y se burló de él cuando vio que la observaba con veneración, como si fuera una diosa, porque era capaz de preparar un café delicioso. Desde entonces había aprendido a manejar el sencillo aparato y se reía de sí mismo por el estúpido error que había cometido. Y no le quedó más remedio que admitir su torpeza cuando Mara le demostró que las instrucciones eran muy claras.

El tofe que Jared le compró no duró ni un día, y las existencias de confitura disminuían a ojos vistas, ya que por las mañanas se zampaba una cantidad considerable con las tostadas o los *bagels*. Normalmente prefería ver películas o leer en lugar de ver la televisión, y le gustaba la música clásica. Como ya había sospechado, Jared hacía ejercicio todos los días e iba al gimnasio del sótano después de haber tomado un generoso desayuno.

Sin embargo, el descubrimiento más importante de todos fue que Jared se preocupaba por la gente, por más que se empeñara en ocultar esa parte de su personalidad. La había tratado como a una reina durante varios días y la había ayudado a rellenar los formularios para obtener copias de los documentos más importantes destruidos en el incendio. Uno de los pocos objetos que había recuperado era su bolso quemado y cubierto de hollín. Estaba en la cocina, por lo que Mara salvó sus tarjetas, el talonario de cheques y el permiso de circulación, de modo que al final no tuvo que pedir tantos duplicados. Sin embargo, iba a estar muy ocupada mientras la investigación del incendio estuviera en marcha y con todos los preparativos de la boda para sustituir a Kristin.

Jared y ella dedicaron varias horas a buscar en internet diseños de páginas y logotipos, información sobre maquinaria y todos los detalles que había que decidir si quería que su negocio funcionara principalmente a través de la red.

Mara quería que el apellido Sinclair formara parte del nombre de la empresa. A fin de cuentas, era Jared quien iba a financiarla. Él, por su parte, se había cansado de insistir en que el negocio era de Mara y que no sabía nada de cocina, por lo que el apellido Sinclair no le haría ningún bien a la empresa, que en su opinión debía llamarse La Cocina de Mara. Tras una tarde de intenso debate, finalmente optaron por este nombre. Jared le dio una lista razonable de motivos por los que esa opción era mejor y más adecuada para sus clientes potenciales: las mujeres. El negocio iba a llevar su nombre y ella sería la responsable de su éxito o fracaso. Por suerte no tenía ninguna intención de fracasar.

«Va a llevar mi nombre. Mi reputación está en juego».

Era una sensación estimulante y aterradora a partes iguales.

En ese momento, tres días después del incendio, la hinchazón del tobillo había bajado y ya podía moverse cómodamente, lo que le permitía empezar a manejarse en su propio espacio. Bueno... vale... técnicamente era la casa de Jared, pero ya no iba a estar en la residencia principal. El hecho de haber tenido que guardar cama se lo había puesto todo muy difícil y él había insistido en llevarla a todas partes, hasta al baño, como si fuera una inválida y no pudiera ni apoyar un pie en el suelo.

Arrodillada en la cocina de la casa de invitados, abrió los armarios que había bajo las encimeras y sonrió de oreja a oreja al ver las cazuelas que había. No eran de tamaño comercial, pero le permitirían preparar el doble de producto que antes. Además, ahora podía hacer varias tandas seguidas porque tenía más tiempo. Sacó las ollas y el corazón le empezó a latir con fuerza al pensar de nuevo que ya no tenía casa propia. Pero no le quedaba más remedio que seguir adelante, de modo que dejó las cazuelas en los fogones para preparar las mezclas que iba a necesitar. Daba igual lo que pensara Jared. Había decidido que quería ir al mercado que se iba a celebrar al cabo de unos días y quería tener el máximo de existencias posible para poder vender y empezar a reinvertir el dinero en su negocio. Cuando vio lo que costaban los utensilios de cocina profesionales y a cuánto ascendían los demás costes para poner en marcha una empresa pequeña como la suya tuvo un poco de vértigo. Se estremeció al ver que Jared pedía más cosas para el negocio sin dudarlo.

Claro... era multimillonario y la inversión que estaba haciendo era insignificante para él, pero el hecho de ver que gastaba tanto dinero la había asustado un poco. A fin de cuentas, iba a estar en deuda con Jared hasta que pudiera devolvérselo todo. Luego podrían compartir los beneficios. A Mara le daba igual que el dinero no fuera importante para él. Para ella sí lo era y no se sentía cómoda quedándose con el producto de la venta sin devolverle la inversión inicial que estaba haciendo. Quería que firmaran un contrato y no pararía hasta que le hiciera caso. Esa era una batalla que iba a ganar.

«Me saldré con la mía. Le devolveré el dinero. Esto es un simple préstamo. Somos socios».

Era una oportunidad codiciable para cualquiera con un mínimo ojo para los negocios, pero Jared se la había ofrecido a ella y habría sido una insensatez no aprovecharla.

«¿Cuánta gente tiene la oportunidad de hacer negocios con uno de los Sinclair?».

Mara regresó al dormitorio con la firme decisión de cumplir con su promesa, abrió el armario y tuvo que reprimir un grito. Sarah le había dicho por teléfono que le había comprado algo de ropa y se la había dejado en la casa de invitados, además de otros objetos que había perdido en el incendio. Un regalo, le había dicho, una forma de agradecerle que sustituyera a Kristin en la boda. Sarah también le había contado que Dante le compró un vestuario nuevo cuando perdió toda su ropa y que se negó a que le devolviera el dinero. Le dijo que entendía lo desorientada que se debía de sentir sin sus pertenencias y que esperaba que lo que Emily, Randi y ella habían elegido la ayudara a sentirse algo mejor.

Mara empezó a hiperventilar cuando vio la montaña de ropa que había en su armario, lleno de pantalones, *shorts*, faldas, blusas, vestidos, zapatos, chaquetas y accesorios. Luego abrió los cajones del tocador y vio que estaban a rebosar de ropa interior, lencería y todo tipo de prendas íntimas.

—No debería haberlo hecho —murmuró Mara. No era ropa barata. Era un regalo excesivo. Ella se habría conformado con un par de pantalones y camisetas.

Mara cerró el cajón superior del tocador y lanzó un suspiro. ¿Acaso los Sinclair, incluidos los que habían pasado a formar parte de la familia hacía poco, eran incapaces de tener un detalle comedido, dentro de los límites racionales de la generosidad? Le resultaba extraño y un poco desconcertante que alguien se preocupara tanto por ella, ya que había dedicado gran parte de su vida adulta a cuidar de su madre enferma. La única amiga de verdad que tenía era Kristin, que la había acompañado durante el lento declive de su madre. Y cuando esta falleció, Mara lloró su muerte y se refugió en una burbuja de desesperación mientras intentaba mantener la tienda a flote, de modo que en ese momento no sabía qué hacer ni cómo sentirse.

«¿Triste?».

«¿Desconectada?».

«¿Asustada?».

«¿Emocionada?».

«¿O libre?».

Sumida en una ligera sensación de culpa por sentir todas esas emociones, Mara se dio cuenta de que gracias a una casualidad del destino no tenía ningún tipo de carga y podía iniciar una nueva vida. Ya no estaba atada a un negocio en bancarrota. Era una idea emocionante y aterradora al mismo tiempo: tenía toda la libertad del mundo para trazar su propio camino en lugar de seguir una tradición.

Al echar la vista atrás estaba segura de que su madre había querido algo mejor para ella, por eso la había enviado a la universidad.

—Quizá no quería que siguiera adelante con la tradición familiar. Sabía que la tienda no daba dinero. Quizá era yo quien quería aferrarse a ese negocio, el último vínculo que me unía con mi madre —murmuró para sí misma, saliendo del dormitorio.

Después de ponerse algunas de las prendas que le había comprado Sarah para que no tuviera que seguir llevando las camisetas viejas de Jared, salió de casa a pasear y, todavía un poco coja, se dirigió a la playa. Ya casi no le dolía el tobillo y gracias al hielo que le había puesto Jared y al reposo, la hinchazón había desaparecido casi por completo. Ahora ya solo era una leve molestia y Mara se alegraba de volver a andar con normalidad.

Hacía calor y brillaba el sol, por lo que decidió quitarse las sandalias y mojar los pies en el mar. Cuando notó el agua fría lanzó un suspiro.

«Me encanta Amesport. Me alegro mucho de no tener que irme».

Aún no se había recuperado anímicamente de todo lo que había perdido en el incendio, pero Jared estaba en lo cierto: tenía su propia vida. El hecho de haber visto la muerte de cerca le había permitido darse cuenta de lo fugaz y frágil que podía ser la vida, por lo que había tomado la decisión de disfrutar al máximo de cada día.

«Conseguiré que el negocio sea un éxito. La Cocina de Mara ofrecerá algunos de los mejores productos de la Costa Este. Jared me ha brindado una gran oportunidad y voy a sacarle el máximo partido».

Se dejó caer en una de las tumbonas de madera que había en la orilla y estiró las piernas desnudas. Los *shorts* que había elegido Sarah eran un poco más cortos de los que llevaba ella habitualmente, pero la camisa a rayas rojas y blancas era cómoda. La posibilidad de darse un chapuzón era muy tentadora, pero no podía forzar el tobillo durante unos días, o al menos hasta que el músculo afectado se recuperara por completo. El trabajo era lo primero y tenía que ser capaz de moverse sin limitaciones. Si volvía a lesionarse, sus ambiciosos planes sufrirían un gran retraso. Aún no se había acostumbrado a la idea de que iba a crear su propio negocio, toda una novedad para ella. Aunque le gustaba usar todo lo que había aprendido de su madre para coser y hacer muñecas, la cocina siempre había sido su gran amor. En ningún lugar se sentía tan cómoda como cuando intentaba mejorar las recetas, maravillosas de por sí, que habían ido pasando de generación en generación en su familia.

Se preguntó a qué hora volvería Jared de la ciudad cuando vio una figura solitaria andando por la playa, en dirección a ella. El sol la obligó a entrecerrar los ojos y hacer visera con la mano, y vio que la figura masculina se dirigía lentamente hacia ella. Boquiabierta, comprobó que el hombre corpulento llevaba traje y corbata. ¿Quién diablos llevaba traje con aquel calor, y encima en la playa?

«Jared no. Este hombre es aún más grande que él, lo cual es mucho decir, porque Jared es bastante más fuerte que la mayoría».

La península era privada, al igual que las playas, por lo que tenía que ser un Sinclair, un invitado de la familia, o un intruso.

«Evan Sinclair».

Reconoció el paso firme del mayor de los hermanos y su pelo negro azabache antes de verle la cara. Hacía varios días que Mara quería darle las gracias y por fin iba a tener la oportunidad de hacerlo.

—Señora Ross —dijo él con un deje altivo, deteniéndose a un par de metros.

—Evan.

Lo miró protegiéndose los ojos del sol con la mano. Era muy alto. Una de las primeras cosas que le había comprado Jared eran unas gafas nuevas, pero aunque Mara no las llevaba en ese momento, eso no suponía un problema, ya que era un tipo tan grande que iba a poder verlo sin problemas. Lo único que le dificultaba la visión era el sol deslumbrante. Mara se negó a llamarlo «señor Sinclair». Ya había demasiados Sinclair en Amesport, y ese en concreto le había salvado la vida.

—¿Quieres sentarte? —Le señaló la tumbona que tenía al lado—. ¿Por qué has venido con traje a la playa?

Intentó reprimir la risa cuando vio que llevaba los zapatos en la mano, a juego con el traje, con los calcetines dentro. Se había subido las perneras lo suficiente para que no se le mojaran. Era un espectáculo digno de ver ya que, por lo demás, tenía un aspecto intachable, aunque mucho más adecuado para una sala de juntas que para la playa.

Él se agachó para tomar asiento.

—Resulta que este es mi uniforme habitual, señora Ross —respondió irritado—. Trabajo. No acostumbro a ir de paseo por la playa. Es una pérdida de tiempo.

—Llámame Mara, por favor.

Cielo santo, qué susceptible era. Esperaba que estuviera bromeando.

Evan asintió.

—Muy bien. Supongo que siendo amiga de la familia y dado que participarás en la ceremonia de boda, es adecuado que nos tuteemos.

Había que reconocer que al menos Evan había sido lo bastante inteligente como para ponerse unas gafas de sol. Mara no podía ver su expresión, pero no percibió ningún deje de humor en su voz. Hablaba muy en serio.

—¿Siempre estás tan tenso? —preguntó ella con curiosidad, mirando hacia el agua.

—No estoy tenso —replicó con rotundidad—. Y sí, esta es mi personalidad. Soy así. Tengo responsabilidades. Muchas. Lo cual no me deja mucho tiempo para diversiones o trivialidades. —Cambió de tema—. No sabía que vivías con mi hermano. —No parecía que le hiciera mucha gracia el hecho de no estar al tanto de algo.

Mara se encogió de hombros.

—No vivo con él, solo me ha prestado su casa de invitados. En estos momentos no tengo muchas más opciones. Mi mejor amiga está lesionada y su piso es muy pequeño. No puedo irme con ella. Digamos que me he quedado en la calle.

—¿Vivías en la tienda?

—Sí.

—¿Cómo conociste a Jared? —preguntó Evan con cierta brusquedad, mirándola fijamente.

Mara se imaginó los ojos fríos que la observaban desde detrás de las gafas y se estremeció. Supuso que Evan recelaba de cualquier amistad de sus hermanos multimillonarios a menos que la persona en cuestión tuviera tanto dinero como ellos, y se sintió muy insultada. Jared era adulto y ella no tenía por qué explicarle sus relaciones a alguien a quien apenas conocía. Sin embargo, como se trataba de su hermano decidió responder:

—Somos amigos. Me está ayudando a crear un negocio, de modo que se podría decir que somos socios —explicó. Era consciente de que Jared no pretendía obtener ningún beneficio económico, pero ya se encargaría ella de solucionar ese tema—. Sin embargo, no parece que quiera ganar dinero con esto —dijo Mara, con la esperanza de que Evan hiciera entrar en razón a su hermano. A juzgar por su aspecto y actitud, era un hombre de negocios clásico, de modo que era poco probable que estuviera de acuerdo en que Jared firmara un acuerdo escasamente ventajoso. Quizá él podía echarle una mano.

—¿Por qué? —Evan pareció sorprendido.

Mara le explicó su negocio, sus planes y cómo Jared había descubierto sus productos. También le confesó las condiciones que le había ofrecido.

—Es muy frustrante —admitió con inocencia—. No puedo aprovecharme de él de esta manera.

—La mayoría de la gente lo haría —dijo Evan—. Quizá Jared no sea tan bueno como yo para los negocios, pero no se anda con rodeos cuando es necesario. Por desgracia, me parece que sigue mezclando las relaciones personales con el dinero. Algo que no puede hacerse —sentenció con un resoplido de frustración.

—Jared dirige una inmobiliaria valorada en miles de millones de dólares. Quizá ya era rico antes de crear la empresa, pero ha llegado donde ha llegado por su cuenta —replicó Mara—. Es un hombre brillante.

—Esa empresa era su plan B —espetó Evan—. Mi hermano nunca había pensado en dedicarse a los negocios inmobiliarios. Uno de sus supuestos «amigos» le hizo una buena jugarreta.

—¿Es uno de los que murió? —preguntó Mara en voz baja.

—¿Cómo lo sabes? —replicó Evan tranquilo, pero sin poder disimular la sorpresa.

—Me lo contó él mismo. Sé que su novia y uno de sus amigos lo traicionaron. Y sé que murieron. Pero no me ha contado toda la historia.

Evan la conocía, sin duda, algo que le resultaba muy interesante a Mara. Este lanzó un suspiro de impaciencia.

—Jared no ha vuelto a ser el mismo desde entonces. Su amigo y él iban a crear una empresa al acabar la universidad: un estudio de arquitectura especializado en la restauración de edificios antiguos. Mi hermano tenía el capital, claro, y podría haberlo hecho por su cuenta, pero quería que su amigo y compañero, Alan, fuera su socio. Jared ya era rico y aquella idea era su gran pasión. Deseaba compartirla con su mejor amigo. No necesitaba el dinero, podría haber hecho realidad cualquier sueño. Por desgracia, Alan quería algo más que la empresa.

—Su novia —dijo fríamente Mara, que sintió una gran pena por el joven Jared, víctima de una gran traición.

—Selena era muy frívola, no era la chica adecuada para mi hermano —afirmó Evan con arrogancia.

—Se culpa a sí mismo de su muerte —le dijo Mara a Evan, mirándolo. Sus palabras despiadadas y su indiferencia esnob no le daban miedo; si se preocupaba tanto por su familia, no podía ser tan malo. Fascinada, observó la frustración que expresaba la tensión de su mandíbula—. Ahora quiere imitar tu estilo —añadió, consciente de las similitudes entre ambos hermanos. Jared quería ser como Evan, aislarse de las emociones para no volver a sufrir.

—Mis hermanos no se me parecen en nada —replicó Evan, enfadado—. Y Jared no provocó ninguna de las dos muertes.

—Lo sé. Es incapaz.

Se hizo el silencio entre ambos. Solo se oía el murmullo de las olas que rompían en la orilla. Evan pensaba y Mara estaba desconcertada, no acababa de entenderlo. No tenía ni la más remota idea de los pensamientos que pasaban por su perspicaz mente.

Al final él rompió el silencio.

—Tras la muerte de Selena y Alan, Jared estuvo borracho durante seis meses. Lo encontré alcoholizado, al borde de la muerte. Logré que dejara la bebida. Quizá ya no demuestre sus sentimientos, pero sigue siendo la misma persona. Como ves, no se parece en nada a mí —remató con estoicismo.

Mara lo miró boquiabierta mientras asimilaba la idea de que Jared había estado a punto de morir alcoholizado porque dos personas a las que amaba habían muerto.

—Oh, Dios mío. Cielo santo, Jared —susurró.

Evan se encogió de hombros.

—Creo que eres la única persona que aún lo considera un hombre dulce. Logró sobrevivir a un infierno. Yo tenía la esperanza de que hubiera aprendido la lección y no volviera a mezclar los negocios y la amistad. Al final dejó de lado lo que de verdad le gustaba porque lo asociaba con la muerte de sus... amigos. —Se le atragantó la última palabra, como si le costara pronunciarla.

—Tú crees que voy a estafarlo. —Mara por fin comprendía los recelos de Evan. Para ser un hermano al que no le importaba nada ni nadie, mostraba una gran tenacidad sobre sus posibles intenciones.

—¿Piensas hacerlo? —le preguntó con insolencia.

—No. Discutimos continuamente sobre el acuerdo. Él es muy tozudo, pero yo quiero darle más de la mitad de los beneficios.

—Ah... Eso te convierte en alguien más ignorante sobre el mundo empresarial de lo que demuestra ser mi hermano. Ambos os dejáis arrastrar por los sentimientos. Y no deberíais hacerlo.

Se volvió para mirarla.

—Su... supongo —balbuceó ella. Sabía que en esos momentos eran sus sentimientos los que mandaban y que darle más de la mitad de los beneficios a Jared era un mal negocio—. Pero se lo debo porque me está ayudando.

—Sentimientos, otra vez —gruñó Evan con impaciencia.

—Para él esto no es un negocio. Está intentando ayudarme.

Evan se encogió de hombros.

—Pues deja que lo haga. Puede permitírselo.

—Yo no. Nunca me sentiré bien conmigo misma si no salgo adelante de forma justa. Me da igual que Jared sea rico o no.

—Admirable —respondió él a regañadientes, tamborileando con los dedos en el reposabrazos de madera—. Entonces hazlo bien. Ya has dirigido un negocio. Sería un contrato muy simple.

Lo sería si Jared diera el brazo a torcer. ¿Es que Evan no la estaba escuchando? Su hermano se negaba en redondo y no era un problema fácil de resolver.

—Quiere hacerlo a su manera y yo me siento en deuda con él por todo lo que ha hecho por mí.

«¡Es un hombre frustrante!». Pero de nada servía discutir con Evan Sinclair. No había duda de que había logrado imponerse a gente mucho más experta en el tema que Mara. Estaba jugando con ella, pero no entendía por qué lo hacía. Se cruzó de brazos y lo miró fijamente, a pesar de que las gafas oscuras le ocultaban los ojos.

—No estás en deuda con nadie si le haces ganar dinero —observó Evan sin alterarse.

—Claro que ganará dinero —replicó Mara con un aplomo que no acababa de sentir... aún.

—Muy bien —dijo Evan bruscamente—. Entonces haré que redacten los contratos y así podré convertirme en tu socio en esta empresa.

Mara frunció el ceño sin dejar de dar vueltas a lo que estaba pasando.

—¿Esta oferta es para que tu hermano no mezcle los negocios con los sentimientos?

—Tengo mis motivos. ¿Sí o no?

Podía funcionar. De este modo Jared quedaría al margen. Era un hombre demasiado generoso y estaba decidido a dejar que ella se aprovechara de él. Con Evan no tenía que temer por ello.

—De acuerdo. Acepto. —Lo miró fijamente. Aunque admiraba su instinto para los negocios, no le gustaban sus tácticas para inmiscuirse en todo lo relacionado con su familia. Evan no estaba más interesado en el negocio que Jared, pero estaba dispuesto a llegar a un acuerdo con ella para evitar que su hermano cometiera un error empresarial. Aun así, le estaba haciendo un favor en todos los sentidos excepto en uno—. Sabes que Jared se sentirá herido.

Mara no soportaba esa idea. Era el único inconveniente del acuerdo.

—Se pondrá hecho una furia —admitió Evan—. Quizá será mejor que le digas a Jared que aceptarás mi propuesta a menos que se quede con una parte justa de los beneficios. Creo que eso solucionaría tu dilema.

Mara lo miró con recelo.

—¿Me estás poniendo a prueba?

Evan se volvió y se puso en pie.

—No exactamente. Pero si era una prueba, la has pasado.

Mara se puso en pie rápidamente, tanto que se olvidó del esguince de tobillo.

—¡Ay! —gritó, olvidándose de que su intención era reñirlo.

—Ten cuidado. —Evan la rodeó con sus fuertes brazos para que no perdiera el equilibrio.

Mara se aferró a la americana.

—Por cierto, ¿qué demonios haces aquí vestido con traje? —Evan olía a aire fresco y limpio, a algodón almidonado, un aroma que le resultaba extrañamente agradable. Para ser un hombre tan corpulento, la sujetaba con gran suavidad.

—Ha sido idea de Grady —gruñó Evan—. Me ha llamado cretino estirado porque he interrumpido una conversación con Emily para atender una llamada de negocios. Me ha sugerido que fuera a dar un largo paseo por la playa para curarme. Pero no veo el beneficio médico de mojarme los pies y sudar por la brisa húmeda.

Mara sonrió.

—Creo que la cosa mejora si llevas ropa más cómoda.

Evan frunció el ceño.

—Este es mi traje más cómodo.

—Me refería a unos pantalones cortos y quizá una camiseta —sugirió con una mueca—. Lo que te pones cuando no estás trabajando.

—Siempre estoy trabajando —replicó él.

«¿Solo lleva trajes? Cielo santo... Seguramente Grady tiene razón. ¿Es que Evan nunca deja de trabajar?».

—Puedes atajar hasta tu casa si tomas el camino de Jared y cruzas la carretera de la península.

—Excelente —dijo él, aliviado. La soltó un momento y se agachó para recoger sus zapatos.

Sin embargo, Mara se horrorizó cuando la tomó en brazos y la llevó hasta la zona de hierba.

—¿Qué haces? —gritó.

—Asegurarme de que no te tuerces el tobillo. No deberías caminar por la arena si el esguince no está curado del todo. Es una imprudencia, teniendo en cuenta que aún estás lesionada —le dijo despreocupadamente—. Creo que se está convirtiendo en una costumbre, esto de llevarte en brazos.

Como Jared, aunque él la había llevado en brazos a todas partes durante varios días.

—Gracias por salvarme la vida —le dijo Mara cuando la dejó en el suelo.

De repente había recordado que no le había dicho nada del incendio ni de su papel como ángel de la guarda. Evan la había tomado en brazos como si fuera una pluma, igual que la noche en que le había salvado la vida. Mara apoyó las manos en sus fornidos hombros y lo miró. Caray, qué guapo era. Tal vez fuera frío como un glaciar de Groenlandia, pero era un témpano de hielo arrebatadoramente guapo.

—Un consejo, si me permites —dijo Evan con un deje altivo. Y sin esperar a que ella contestara, añadió—: Te recomiendo que la próxima vez que te encuentres en una casa en llamas, la abandones.

—Muchas gracias por compartir tu infinita sabiduría conmigo —replicó Mara imitando su tono altanero. Lo observó fijamente y, a juzgar por el modo en que Evan movió las comisuras de los labios, supuso que estaba a punto de sonreír, pero al final se contuvo—. No eres tan cretino como quieres que piense todo el mundo. Te gusta manipularlo todo para salirte con la tuya, pero creo que tus intenciones, aunque algo torpes, tienen un objetivo noble —le dijo, sin dejar de mirarlo mientras apartaba las manos de sus hombros.

—Te equivocas, Mara —respondió Evan fríamente—. Soy justo lo que ves... un cretino integral. —Se dio media vuelta y se alejó. Cuando había dado unos cuantos pasos dudó, y se volvió—. ¿Mara?

—¿Sí?

—Preferiría no ver a Jared en el mismo estado en el que cayó cuando se dio a la bebida.

Ella notó que la miraba a pesar de que no podía verle los ojos. ¿Sus palabras eran una advertencia o solo una constatación? Mara estaba convencida de que Evan nunca daba puntada sin hilo.

—Te aseguro que yo tampoco quiero verlo así —dijo ella con sinceridad.

—Bien.

Se dio la vuelta y siguió su camino sin decir nada más.

Mara puso los brazos en jarra mientras él se dirigía hacia la mansión y la casa de invitados y desaparecía al tomar el camino de Jared.

Regresó a su casa temporal negando con la cabeza. Aún no sabía cómo debía interpretar la conversación que había mantenido con Evan Sinclair.

Capítulo 10

—Déjala en paz —gruñó Jared, que agarró a Evan del brazo cuando su hermano pasó por delante de su casa, ya fuera del campo de visión de Mara.

«No estoy celoso. No estoy celoso».

Jared repitió el mantra mientras se enfrentaba a su hermano mayor. Acababa de llevar la compra a la cocina cuando vio a Evan y Mara en la playa. Se quedó boquiabierto cuando Mara se levantó de la tumbona y Evan sujetó a «su» mujer mucho más tiempo del que le habría gustado. Había visto que Mara aún cojeaba, pero eso no significaba que Evan tuviera que sujetarla durante tanto rato y llevarla en brazos cuando ya había recuperado el equilibrio. Jared se recordó a sí mismo que él había llevado a Mara en brazos a todas partes durante los últimos días. Pero eso había sido distinto. Su hermano era un desconocido para Mara, y viceversa. ¿Qué derecho tenía a tocarla?

—Me ha dicho que solo erais amigos —replicó Evan con desdén—. No me ha dado la impresión en ningún momento de que fueras su dueño. ¿No te parece una actitud digna de un bárbaro?

Jared apretó los dientes y soltó a Evan.

—Somos amigos.

«Y también amantes. Bueno... solo hemos sido amantes una vez, pero no pienso en otra cosa día y noche».

—Ha pasado una época muy difícil —prosiguió Jared—. Lo último que necesita es a un hombre como tú.

Evan se cruzó de brazos con un gesto digno.

—¿Qué quieres decir con eso? Tengo suficiente dinero para darle lo que necesita.

—No necesita dinero —gruñó Jared, intentando contener la ira. Mara iba a tener éxito con su nueva empresa, y él pensaba asegurarse de que así fuera. Jared era consciente de que le debía mucho a su hermano mayor, pero no estaba dispuesto a permanecer impasible si alguien intentaba arrebatarle a Mara.

—Entonces, ¿qué necesita?

—A alguien que se preocupe mínimamente por ella. Después de pasar casi toda su vida adulta cuidando de su madre enferma, y de perderlo todo en un incendio, no estaría mal que alguien cuidara de ella durante una temporada.

—¿Y si yo estoy dispuesto a hacerlo? —preguntó Evan.

—Ni. Se. Te. Ocurra. —Jared sabía que había adoptado una actitud muy posesiva y lo último que quería era discutir con uno de sus hermanos por una mujer. Pero se trataba de Mara y estaba dispuesto a pelearse con él si era necesario—. Y no vuelvas a tocarla.

Evan se acercó a un banco que había frente a la casa de Jared, se sentó y se puso los calcetines y los zapatos.

—Te comportas de un modo muy irracional.

—No me importa lo que pienses. Déjala en paz.

Evan se limpió la arena de los pies antes de ponerse los calcetines.

—¿Me estás diciendo que es tuya?

¿Estaba intentando decirle a su hermano que quería a Mara solo para él? Su entrepierna era totalmente partidaria de esta postura, la quería solo a ella.

—Aún no hemos hablado del tema —admitió a regañadientes.

Después de ponerse los zapatos y desdoblar las perneras del pantalón, Evan se levantó.

—Entonces te sugiero que hagas algo —le dijo Evan en tono razonable—, porque de lo contrario se te adelantará otro.

Se volvió sin decirle nada más y echó a andar por el camino.

Jared se preguntó, hecho una furia, a qué se habría referido. ¿Le estaba diciendo que él también quería a Mara? Observó a su hermano mientras se alejaba lentamente por el camino.

Enfadado consigo mismo por no saber en qué estado se encontraba su situación con Mara, entró en su casa dando un portazo.

Tardó menos de cinco minutos en darse cuenta de que Mara no estaba allí. Había mirado fuera y tampoco la había visto en la playa. Después de buscarla y de llamarla a gritos hasta quedarse ronco, salió al enorme porche trasero, bajando los escalones de dos en dos, y se dirigió a la casa de invitados con paso firme. El olor de la comida lo atrajo de inmediato.

«Está en la casa de invitados. ¿Qué demonios hace ahí?».

Sí, le había dicho que podía usarla, pero no quería que se trasladara. En los últimos días se había acostumbrado a oír su voz y su risa, un sonido que se la ponía dura al instante.

Después de su primera noche, una noche en la que no debería haber sucedido lo que sucedió hasta que ella estuviera curada, Jared no había dejado de fantasear con lo mismo. Y ahora que estaba cerca de ella solo podía pensar en eso. Estaba tan mojada, fue tan perfecto... Él era un hombre muy bien dotado y sabía que seguramente le haría daño. Ella no se quejó, pero cuando al día siguiente vio lo hinchado que tenía el tobillo, Jared se enfadó consigo mismo. ¿Dónde estaba ese autocontrol que tanto le había costado cultivar? Con Mara lo había perdido por completo.

«No volverá a pasar».

Lo último que quería era hacer daño a una mujer que ya había sufrido mucho física y emocionalmente.

«¿Qué ocurrirá cuando acabe con ella?».

Jared emitió un leve gruñido involuntario al acercarse a la puerta de la casa de invitados. No quería que su relación acabara nunca. Por lo general, cuando se acostaba con una mujer, la cosa no iba a más. Sin embargo, por algún motivo, sabía que por mucho que se acostase con Mara, por muchas fantasías que hiciera realidad, la seguiría deseando como si fuera una droga adictiva.

«Porque ella también me desea».

Nadie podía fingir una reacción como la de Mara. Cuando la acariciaba su cuerpo se estremecía, su deseo era tan intenso como el suyo.

«Era vulnerable. En ese momento me necesitaba».

En el preciso instante en que comprendió que quizá sería él quien acabaría sufriendo por culpa de su obsesión con Mara, giró el pomo de la puerta y se enfadó al comprobar que no estaba cerrada con llave.

«Tengo que lograr que me necesite tanto como yo a ella».

—¡Mara! —la llamó, irritado.

—Aquí. —La voz femenina procedía de la cocina, a la izquierda.

—La puerta no estaba cerrada —le dijo con tono enfadado.

—He vivido toda la vida en Amesport y solo cierro la puerta de noche. La península es una finca privada. Solo la familia tiene acceso.

Jared abrió la boca con la intención de decirle que cualquier turista u otra persona podía entrar en la propiedad. O un periodista curioso en busca de un chisme que quisiera hurgar en su vida personal. El mero hecho de haberse asociado con él la convertía en un posible objetivo para cualquier loco, y tenía que hacérselo entender. Pero se detuvo junto a la entrada y de repente se quedó mudo, fascinado al verla moverse ágilmente de un lugar a otro, a pesar de que aún no se había recuperado de la lesión. Mara tenía las mejillas sonrosadas por el calor de la cocina, pero se manejaba con una confianza tan absoluta que le dejó la mente en blanco. Lo único que quería era observarla.

«Qué guapa es».

Bastó una mirada y una sonrisa de Mara para que su entrepierna la saludara con una erección fulgurante. El corazón de Jared empezó a latir con un anhelo enterrado en lo más profundo de su alma, con una pulsión que no había sentido hasta entonces.

«Estoy muy jodido».

—¿Qué haces? —le preguntó él, metiéndose las manos en los bolsillos de los pantalones. Apoyó un hombro en el marco de la puerta, intentando fingir una tranquilidad que no sentía.

—Cocino —respondió ella con felicidad—. Guiso de langosta, pan de maíz y pastel de arándanos. Me he dado cuenta de que Sarah no solo me ha llenado el armario, sino también la nevera, el congelador y las alacenas.

Jared se encogió de hombros.

—Te lo debe. Vas a participar como dama de honor en su boda.

Mara frunció el ceño.

—Solo le hago un favor a ella y a Kristin. Sarah no me debe nada y me siento culpable por todo lo que se ha gastado.

Jared esbozó una sonrisa maliciosa.

—Te aseguro que a su futuro marido no le falta el dinero.

—Veo que te alegra mucho todo lo que ha hecho Sarah —dijo Mara con recelo—. ¿Es que lo has pagado tú?

—Por desgracia, no —respondió con un gruñido—. Lo intenté, pero no me dejó. Quería ocuparse de ello con Emily y Randi como un regalo para ti. Me dijo que tenía que hacer por ti lo mismo que habían hecho por ella, o algo así. Créeme, si me hubiera encargado de todo esto, tu ropa estaría en mi casa, no aquí. ¿Por qué te has ido?

No quiso decirle que también le había ofrecido el dinero que había costado la ropa a Dante, y que su hermano lo había rechazado. Sarah había usado su tarjeta de crédito, pero Dante le dijo entre risas que él le daría el dinero a Sarah en cuanto hubiera acabado de comprarlo todo. Dante era muy rico y Jared no tendría que molestarle que quisiera ayudar a Mara, pero no podía evitarlo. Cuando este decidió dar el tema por zanjado, Dante le preguntó por qué le importaba tanto. Y no supo qué contestarle.

—Aquí es donde tenía que alojarme. Es lo que acordamos. Así no andaré por tu casa.

«Quiero que andes por mi casa, y quiero acostarme contigo. Deberías estar en mi cama».

Daba igual lo que hubiera dicho antes. Quería que Mara estuviera con él.

—No me molestabas en absoluto —dijo él, intentando no parecer desesperado.

—Así estaremos mejor —replicó ella, mirando y revolviendo la olla que estaba al fuego.

Ni hablar, pero al menos estaba en la casa de al lado.

—Huele bien. —El aroma que reinaba en la cocina no era solo apetitoso, era suculento y se le estaba haciendo la boca agua—. No sabía que existía un guiso de langosta.

—Te encantará —dijo ella sin mirarlo.

—¿Me estás invitando a cenar? —Jared esbozó una sonrisa.

—Siempre estás invitado. Ahora que puedo moverme, cocinaré para los dos.

«Bien». Iba a pasar más tiempo en la casa de invitados que en la suya. Le disgustaba que ya no viviera con él, pero si Mara se quedaba en la casa de al lado y le dejaba la puerta abierta, iba a sacar todo el partido que pudiera de la situación. Todos los días.

—Te he visto en la playa con Evan. ¿Crees que ya estás bien como para ir andando por ahí?

«¿Te gusta mi hermano?». No formuló la pregunta, pero se moría por saber qué pensaba de Evan o si se sentía atraída por él.

La sonrisa femenina de Mara fue un bálsamo para su alma.

—Ojalá no hubiera perdido el teléfono en el incendio. Le habría tomado una foto —dijo Mara conteniendo la risa—. Nunca he visto a un hombre tan estirado como tu hermano. Creo que nunca se me olvidará su imagen caminando por la playa con traje y corbata y la expresión tan triste que lucía en la cara. Estaba muy gracioso.

¿Gracioso? ¿Evan? Jared se preguntó qué pensaría su hermano de esa descripción. Pero si de algo estaba seguro era de que nadie había usado las palabras «gracioso» y «Evan Sinclair» en la misma frase.

—Entonces, ¿te ha caído bien?

Mara lo miró fijamente, con una cuchara en la mano.

—Me ha parecido... una persona complicada, creo.

Todo el mundo —salvo sus hermanos— consideraba que Evan Sinclair era un hombre aterrador, irritantemente frío y un auténtico hijo de puta. Era la primera vez que Jared oía que alguien definía a Evan como «una persona complicada». Solo Mara podía ver más allá del malnacido que acostumbraba a ser su hermano con todos los que lo rodeaban.

—¿Por qué lo dices? —Se acercó a ella, le quitó las gafas nuevas y se las limpió con la suave tela de su camisa de manga corta. Se le habían empañado por el vapor de la cocina y Jared veía las pequeñas gotas secas. Una vez limpias se las volvió a poner.

—¿Cuándo piensas parar de hacerlo? —preguntó Mara.

—¿A qué te refieres? ¿A limpiarte las gafas?

—Sí.

—Nunca. Ya te dije que yo también llevaba. —Se encogió de hombros—. Durante mucho tiempo, desde que era niño. Me sacaba de quicio que estuvieran manchadas. Al final me operé para corregir la miopía, siendo ya adulto. ¿Eres miope?

—Tengo astigmatismo. Y no mucho. Pero lo bastante para que resulte molesto y lleve gafas cuando trabajo.

—Entonces podrías operarte —murmuró Jared.

—Podría. Pero no es una de mis prioridades. No me importa llevar gafas y la operación es muy cara.

—Las gafas no sirven de nada si no las limpias.

Jared sonrió. Le encantaba la mirada indignada y tozuda que ponía Mara cuando él sacaba a relucir su vena más práctica.

—Claro que las limpio —replicó ella, a la defensiva—. Pero intento no hacer caso de las manchas hasta que tengo tiempo para eso.

Quería que se operara la vista para que pudiera ver bien siempre. Pero ella aún no lo sabía. Mara era tozuda, pero, con el tiempo, él se aseguraría de que tuviera todo lo que merecía y necesitaba. Cuando se dirigió hacia el frigorífico, Jared la agarró del brazo, la obligó a darse la vuelta y la sujetó contra la puerta metálica antes de que pudiera abrirla.

—La otra noche pudiste verme bien sin gafas.

Mara no fingió que no sabía de qué hablaba.

—Sí. —Se relamió los labios al mirarlo a los ojos.

—Soy un hombre fuerte y no me anduve con muchos rodeos. Dime la verdad, ¿te hice daño?

Jared no estaba seguro de querer oír la respuesta, pero tenía que saberlo. Había perdido el control, algo que nunca le pasaba con las mujeres. Su corazón recuperó un ritmo normal cuando ella negó con la cabeza.

—No. Hiciste justo lo que necesitaba, Jared. Quería olvidar lo que había pasado y lo logré. Deseaba sentirme cerca de ti, y lo logré. Nunca olvidaré esa noche porque por fin sé el placer que puede llegar a provocar el sexo. Y fuiste tú quien me lo enseñó.

No le gustaba que Mara hablara de su relación en pasado. Maldita sea. Estaba convencido de que no podía renunciar a ella. Había tantas cosas que aún no le había enseñado...

—¿No te hice daño? —preguntó él.

—Sentí las molestias normales al estar con un hombre tan bien dotado como tú. Pero fue increíble. Y no fuiste brusco. Estuviste perfecto. —Mara lanzó un suspiro.

Jared se estremeció al notar el roce de los generosos pechos de Mara contra sus pectorales cuando ella lo abrazó por el cuello y apoyó la cabeza en su hombro, en un gesto de confianza absoluta.

—Quiero volver a vivir algo así, Mara. Te deseo otra vez —le dijo sin apartar la boca de su melena, embriagándose con su olor—. Pero también quiero que sea distinto. Quiero que estés conmigo solo porque me deseas. Quiero deslizar mi lengua por tu suave piel, por tu sexo húmedo hasta que grites mi nombre, ciega de placer. Quiero saborear cada momento hasta que llegues al orgasmo.

Mara se puso tensa, pero no se movió.

—Nunca me... Yo no...

—Ningún hombre te ha hecho llegar al clímax con la lengua —dijo. Su instinto primitivo se apoderó de él: quería ser el primero.

—No —susurró ella—. Pero no podemos volver a hacerlo. Fue una noche y nunca me arrepentiré. Fue la experiencia más excitante de mi vida. Pero no puedo.

—¿Por qué? —Si había disfrutado tanto, ¿por qué no podía volver a suceder? Al diablo con todo. Tenían que repetirlo. Una y otra vez. Se volvería loco si no lo conseguía.

—Al contrario de lo que quizá creyeras esa noche, no me acuesto con cualquiera. Tú eres y fuiste especial. Me gustas desde que te conocí.

—Lo sé y te creo —gruñó, acariciándole el pelo sedoso con una mano y apoyando la otra en su delicioso trasero.

—Creo que lo nuestro no puede ser puramente sexual —murmuró ella—. Sería muy doloroso. Tú no tienes relaciones amorosas, sino puramente sexuales. Y yo lo sabía cuando nos acostamos. Pero voy a empezar de nuevo con mi vida y quiero que todo lo que haga tenga un significado. Así me resultará más fácil establecer vínculos.

Las palabras de Mara fueron como una puñalada. La verdad era que él quería significar algo para ella. Anhelaba crear un vínculo entre ambos como no había deseado nada en toda la vida. Ansiaba ser algo más que un simple compañero de cama. El problema era que no sabía qué quería exactamente de ella. Pero, maldita sea, de todas formas ya estaba obsesionado con ella y quería formalizar su relación.

«No seas un cretino egoísta».

Le agarró el trasero con fuerza, le abrió las piernas haciendo fuerza con una de las suyas y lanzó un gruñido cuando notó el roce de la intimidad de Mara con sus pantalones. A pesar de la tela, Jared notó el calor que desprendía su sexo húmedo.

—Estás mojada.

—Como me pasa siempre que estoy cerca de ti —admitió ella con voz trémula, levantando la cabeza de su pecho y mirándolo a los ojos.

«¡Satisfazla!».

Su instinto más primitivo lo agarró de las pelotas y lo único que quiso ver fue su precioso rostro estremecido de placer, la tensión que se acumulaba y abandonaba su cuerpo tras haber alcanzado el clímax.

—Pues no lo haremos. Pero dame tu cuerpo. Déjame demostrarte que mi lengua puede llevarte a donde quieres.

Entonces Jared la besó y su corazón empezó a latir desbocado cuando comprobó que Mara se rendía y cedía a su acometida con un gemido.

Jared empezó a devorarla, insaciable, convencido de que nunca se cansaría de ella.

Capítulo 11

Mara estaba perdida, atrapada en la excitante acometida de Jared, que la estaba conquistando, cautivando, dominando.

Fue incapaz de reprimir el movimiento instintivo de sus caderas, se restregó contra el muslo de Jared, entregada por completo a su férreo dominio. Sus pezones se rozaban contra los musculosos pectorales de su amante, y Mara lanzó un gemido cuando él le dio un mordisco en el labio inferior y acto seguido le alivió el dolor con la lengua.

—Jared. Por favor. —No sabía si le estaba pidiendo clemencia o que siguiera adelante con su dulce tortura, pero no podía parar de estremecerse mientras la lengua de Jared avanzaba por su cuello, dejando una estela de fuego sobre su sensible piel.

—Dime que me necesitas, Mara —le gruñó al oído, sin soltarle el pelo, inclinando la cabeza a su antojo.

—Ya lo sabes —murmuró ella, cerrando los ojos.

—¿Así? —La agarró con fuerza de las nalgas y la atrajo hacia sí. Mara se estremeció de placer al notar el roce firme del cuádriceps de Jared con su sexo.

—Sí —admitió ella, sin vergüenza—. Más.

—Monta mi pierna. Imagina que es mi lengua la que se desliza por tu sexo mojado, por tu clítoris —le pidió—. A lo mejor no estás preparada, pero quiero que pienses en ello.

Mara no sabía lo que sentiría, pero se lo imaginaba.

El atractivo rostro de Jared enterrado entre sus muslos.

La lengua de Jared devorando su clítoris palpitante.

Jared provocándole un placer indescriptible.

—Oh, Dios. Sería fantástico —gimió ella, restregándose contra la pierna de Jared en un movimiento muy sensual—. Delicioso.

—Lo es. Mi único objetivo sería llevarte al orgasmo —le dijo con un susurro grave, agarrándola con fuerza del pelo e inclinándole la cabeza hacia atrás para recorrer con la lengua la piel sensible del cuello.

Las caricias de Jared la estaban llevando al punto de no retorno mientras ella se excitaba frotándose contra su pierna. El escalofrío de placer se extendió desde su sexo hasta las puntas de los dedos.

—¡Jared! —gritó, convirtiendo su nombre en un largo gemido.

Él le tapó los labios con un beso, capturando el momento de placer con su ávida boca. Mara lo agarró del pelo, aferrándose con todas sus fuerzas cuando sucumbió a la oleada de placer del orgasmo.

Jared finalizó el beso con un gruñido amortiguado, hundiendo la cara entre su melena. Apartó la pierna de entre las suyas y apoyó la cabeza de Mara en su pecho.

—¿Estás bien?

—Estoy bien para ser una mujer que acaba de tener un orgasmo sin haberse quitado la ropa —dijo entre jadeos. El corazón le latía con tanta fuerza que por un momento creyó que se le iba a escapar del pecho.

Jared se rio y la abrazó con fuerza.

—No me importaría hacértelo otra vez sin ropa.

—Eres peligroso —murmuró ella, todavía un poco desconcertada. Notaba la erección contra su vientre y se sintió culpable de que él no hubiera disfrutado tanto como ella—. El placer no ha sido mutuo.

—Para mí sí —dijo Jared con calma—. No hay nada mejor que verte llegar al orgasmo, Mara. Y no quiero presionarte para que me des más de lo que de verdad deseas.

Sus palabras la conmovieron enormemente. Si él supiera que quería entregarse por completo, hacerlo enloquecer de placer como había hecho él con su voz, con sus manos y sus besos... Si la hubiera desnudado y le hubiera hecho el amor en la cocina probablemente ella no le habría parado los pies. Puede que, incluso, le hubiera suplicado que le arrancara la ropa. Sin embargo, Jared no había hecho nada de eso porque ella tenía sus reservas, porque tenía miedo de acabar sufriendo cuando se acabara la potente atracción que los unía.

—Gracias. Pero no me parece bien que tú no hayas... —dejó la frase inacabada.

—Que no haya llegado al orgasmo. —Jared se apartó y la miró apasionadamente—. Pues no te sientas mal. No es ningún drama. Además, así tengo mucho material para fantasear cuando remedie la situación por mi cuenta.

Mara se mordió el labio para contener un gemido. La imagen de Jared masturbándose, inclinando la cabeza hacia atrás al llegar al orgasmo, se apoderó de su mente.

—Me gustaría verlo —le dijo antes de que pudiera autocensurarse.

Jared le lanzó una mirada pícara.

—No vayas a creer que me dedico a vender entradas por ahí para un espectáculo como ese, pero si quieres te invito a una sesión privada.

Mara se apartó con cierto pesar.

—Parece algo peligroso —dijo, intentando fingir tranquilidad cuando, en realidad, había sucumbido a un torbellino de excitación.

—Un peligro delicioso —admitió él con voz esperanzada.

—Eres un hombre malvado, Jared Sinclair —lo riñó con un tono seductor. Aún le temblaban las manos cuando cogió un agarrador y sacó el pan de maíz del horno. A decir verdad, le encantaba esa sensación de peligro, y la erótica voz de Jared cuando le susurraba al oído la volvía loca.

—Aún no me has visto portándome mal —le aseguró él con voz grave.

«¿No? Oh, Dios, pues me muero de ganas por ver cómo das rienda suelta a toda tu lascivia».

Mara se mojó aún más al pensar en Jared entregándose al placer con desenfreno. Había algo en su sensualidad que despertaba su lado más carnal, cuya existencia hasta entonces había ignorado.

—Ha llegado la hora de comer —dijo Mara, que necesitaba cambiar de tema.

—Justo lo que yo pensaba. —Se apoyó en la encimera de la cocina y le lanzó una mirada pícara.

Mara removió la cazuela que tenía al fuego, segura de que Jared no se refería al guiso de langosta.

***

—Son horribles —dijo Mara entre risas esa misma noche, mientras miraba la ristra de fotos que había escupido la máquina—. Parezco un búho confundido. Debería haberme quitado las gafas.

Se había apretujado con Jared en la cabina, riéndose de las bromas absurdas mientras la máquina tomaba las imágenes.

—A mí me gustan —dijo él indignado, arrancándoselas de la mano.

Mara puso los ojos en blanco mientras esperaban en la cola para entregar las entradas. Se habían acercado al salón de juegos después de llegar a la ciudad. Al final ella lo había convencido de que era perfectamente capaz de ir al mercado agrícola, donde compraría suministros. Él aceptó a regañadientes, pero insistió en llevarla para cargar con todas las bolsas.

En el paseo marítimo, mientras esperaba a Mara frente a una tienda, Jared había visto un pequeño salón de juegos. Ella lo vio cruzar la calle corriendo en dirección al banco y salir de la entidad con las manos llenas de monedas.

Después de dejar las compras en el todoterreno, Jared casi la arrastró hasta el salón y desde entonces no se habían movido de allí. Mara no tardó en descubrir que era un experto en el Skee-Ball y que podía ganarla a casi cualquier videojuego. Jared fue pasando varias veces por todas las máquinas del salón, acumulando boletos de premios como un loco.

Mara lanzó un suspiro mientras comía las palomitas que él le había comprado.

—Me encanta esto. Este lugar lleva aquí desde que tengo uso de razón. —Al antiguo edificio no le habría ido nada mal una mano de pintura, pero era un lugar tan bullicioso, animado y feliz como ella recordaba—. Aquí es donde mi madre me enseñó a jugar al *Pac-Man*.

—Debía de ser buena —murmuró él.

—Lo era —respondió Mara con una sonrisa. Por fin había encontrado un juego en el que era mejor que él—. ¿Dónde aprendiste a jugar tan bien a todos estos videojuegos?

Jared le lanzó una sonrisa mientras doblaba las fotos con cuidado y se las guardaba en el bolsillo.

—Tengo tres hermanos mayores y tres primos. En verano siempre nos reuníamos cerca de Salem. A la mínima oportunidad nos escapábamos de casa para jugar a las máquinas. A veces a diario.

—¿Hay más Sinclair?

—Sí. Están repartidos por todo el país, como nos pasó a nosotros. Son los hijos del hermano menor de mi padre, pero tenemos edades parecidas.

—¿Ya no los ves?

—Creo que vendrán todos a la boda de Dante. Hace tiempo que no nos reunimos, mucho tiempo —dijo Jared con un deje de melancolía.

—No me digas que también son guapos y ricos —le pidió Mara.

Jared le lanzó una mirada de desconcierto.

—El dinero les sale por las orejas. Son Sinclair. Pero son todos feísimos —se apresuró a añadir Jared, como si tuviera miedo de que Mara fuera a enamorarse de alguno de ellos.

Ella hizo un ruidito de protesta.

—Rivalidades entre primos. Seguramente lo que quieres decir es que son tan guapos y ricos como tus hermanos y tú.

—¿Acaso te interesa? —preguntó Jared, molesto.

—No. Pero Elsie y Beatrice se lo pasarán en grande. ¿Te lo imaginas...? ¡Tantos Sinclair en Amesport! —exclamó ella—. Por favor, dime que están casados y que tienen un millón de hijos.

Jared sonrió y empezó a relajarse.

—Están solteros. Todos. Micah, Julian y Xander nunca se han casado. Seguro que les encantaría conocer a Elsie y Beatrice —añadió entre risas.

—¿De verdad? Hasta sus nombres son bonitos —lamentó Mara—. Como se entere Beatrice, los habrá emparejado antes de que lleguen aquí.

Jared sonrió de oreja a oreja.

—Fantástico. Creo que me dejaré caer por su tienda y le daré la noticia de su próxima llegada. Tengo ganas de verlos a todos porque ha pasado mucho tiempo desde la última vez que coincidimos, pero también me apetece darles un susto. Beatrice puede dar miedo cuando quiere.

—Qué malo eres. —Mara le dio un golpe en el brazo—. No sabes lo que se siente cuando Beatrice intenta emparejarte con alguien. Es muy pesada. Durante varios años lo intentó conmigo porque creía que uno de los contables de la ciudad y yo habríamos hecho buena pareja.

Jared frunció el ceño.

—¿Qué pasó?

—Él era gay, pero Beatrice no paró de darle la lata al pobre, que al final tuvo que contarle la verdad. Ella jura y perjura que interpretó mal su aura, y que ha sido uno de sus escasos errores.

Mara lanzó un resoplido de exasperación, pero se alegró al oír la sonora carcajada de Jared. Estaba tan guapo cuando irradiaba felicidad... Ya no era un *playboy* multimillonario, sino un tipo normal. Sí, seguía siendo increíblemente atractivo, pero era un tipo real.

—Sí, venga, ríete. Tú espera a que se obsesione contigo.

Quería mucho a Elsie y Beatrice, pero cuando se les metía algo entre ceja y ceja, eran implacables.

—De hecho, ya me ha encontrado pareja —le dijo Jared en tono burlón.

—¿Quién?

Mara intentó disimular los nervios y los celos, pero no lo consiguió del todo. Jared la miró fijamente y frunció los labios en un gesto sensual antes de responder:

—Tú.

Ella estuvo a punto de tirar las palomitas y se quedó mirándolo boquiabierta mientras él recogía el premio.

Después de entregar los boletos le dio un tigre pequeño de peluche, un juguete que podría haber comprado en cualquier tienda por cinco dólares, aunque en realidad debía de haberse gastado más de cincuenta para conseguirlo. Sin embargo, a Mara le pareció que era uno de los regalos más bonitos que le habían hecho jamás porque Jared se lo había dado como si fuera un adolescente que le entregaba un obsequio a su novia, orgulloso. Lo había ganado para ella, y aquello lo convertía en algo especial.

—Gracias. —Mara le dio un beso en la mejilla, pero se estremeció de dolor al ponerse de puntillas.

«¡Maldito tobillo!».

—¿Aún te duele? —preguntó Jared.

—Un poco. Me olvido hasta que tengo que forzarlo.

Jared la agarró de la cintura y la tomó en brazos para llevarla fuera.

—Puedo andar, déjame. No soy un peso pluma, que digamos. Me sorprende que no te hayas lesionado la espalda. —Le dio un golpe en el hombro.

—Eres perfecta, cielo, sobre todo cuando te pones así —replicó Jared.

Exasperada, Mara se abrazó a los hombros de Jared para facilitarle un poco la tarea. A juzgar por el modo en que la agarraba, era obvio que no iba a soltarla. Parecía que no tenía que hacer ningún esfuerzo.

—Estoy bien —insistió Mara en vano—. Y, por favor, dime que era broma eso de que Beatrice nos ha emparejado.

Jared se detuvo frente a su todoterreno, aparcado en Main Street, y la dejó suavemente en el suelo. Se puso a buscar las llaves del vehículo en los bolsillos y abrió las puertas.

—No es ninguna broma. Y después de la comida que me has preparado hoy, estoy considerando seriamente la idea de pedirte matrimonio.

Mara se tomó su comentario en broma, convencida de que lo era.

—¿Tanto te ha gustado?

—Hmm... Sí. Estoy empezando a pensar que esta vez Beatrice podría haber dado en el clavo. —Le abrió la puerta del acompañante.

La luz del interior iluminó el rostro de Jared y Mara le dirigió una sonrisa al ver el brillo burlón que le iluminaba los ojos.

—¿Te casarías conmigo para poder disfrutar de mi pastel de arándanos silvestres de Maine? —le preguntó ella, siguiendo la broma.

—Y por el guiso de langosta —le recordó él—. Estaba delicioso.

—¿Y el pan de maíz?

—Era la perfección absoluta.

—¿Y el café?

—Mejor que el de Brew Magic —dijo con elocuencia. Entonces la agarró de la cintura y la ayudó a subir al lujoso asiento de cuero sin el menor esfuerzo.

—¡Te pierde la comida! —exclamó Mara entre risas.

—Soy culpable, señoría —admitió Jared mientras le abrochaba el cinturón—. No solo es la comida más deliciosa que he probado en toda mi vida, sino que la has cocinado solo para mí.

—¿Nadie te había cocinado nunca?

Jared negó con la cabeza y la miró a los ojos.

—Cuando éramos pequeños teníamos cocinera en casa, pero era su trabajo. Esto ha sido distinto. Tú lo has hecho porque querías.

No le extrañaba que saliera a cenar todas las noches. Jared no sabía freír ni un huevo, lo cual era irónico teniendo en cuenta lo mucho que disfrutaba con el café, los dulces y la comida en general. Mara estiró el brazo y le acarició la mejilla.

—Yo te prepararé lo que quieras.

Sabía que a Jared no le gustaba admitir sus debilidades y no quería burlarse de él por su torpeza en los fogones. Sobre todo cuando rozaba la perfección en los demás aspectos. Daba la sensación de que para él era muy importante que Mara hubiera hecho algo tan sencillo, y se le partió el corazón al darse cuenta de todo lo que se había perdido, cosas que demostraban que no había tenido a nadie que se preocupara por él. Esa crudeza, ese vacío sin ternura que había dominado su vida la hizo estremecer. Por desgracia, estaba comprobando que Jared había tenido razón desde el principio: ninguna de las mujeres que habían pasado por su vida había mostrado interés alguno por su parte más íntima, solo por su dinero. Quizá era él quien buscaba a ese tipo de mujeres, pero a Mara le parecía tremendamente injusto que estuviera dispuesto a dar tanto y solo hubiera recibido sexo a cambio.

—A lo mejor te arrepientes de lo que dices. ¿Y si exijo que cumplas tu promesa?

—Pues seré fiel a mi palabra —le aseguró Mara, tozuda—. Lo mereces.

Jared le acarició el pelo y se inclinó para darle un beso suave pero arrebatador que la dejó sin aliento. Recorrió su boca a su antojo antes de apartarse.

—Eres mi tigresa feroz. ¿Tan dispuesta estás a defenderme?

—Hasta que no lo merezcas —respondió ella, ladeando la cabeza.

—¿Tienes hambre? —preguntó Jared, hechizado.

—Hay un montón de comida en casa. Y también ha sobrado pastel.

Él la besó en la frente antes de apartarse.

—Pues vámonos a casa.

Mara lanzó un suspiro cuando Jared cerró la puerta y se dirigió a su asiento. No le importaba lo más mínimo dónde estuviera, siempre que fuese acompañada de él.

No soltó el tigre en todo el trayecto de vuelta a la península. Se dio cuenta de que las cosas más pequeñas eran las más importantes.

Capítulo 12

Esa semana, el mercado agrícola fue un gran éxito para Mara. Acabó preparando el triple de producto de lo habitual, a pesar de que no disponía de mucho tiempo, y agotó las existencias al cabo de pocas horas. Jared le echó una mano y se ocupó de cargar las cajas de un lado a otro, mientras ella esperaba sentada en la plataforma de la furgoneta. Su tobillo había mejorado mucho, casi estaba recuperada por completo, pero él insistió en que hiciera reposo para no recaer en la lesión. Así pues, Mara se dedicaba a darle instrucciones y, a pesar de que Jared no le permitía hacer ningún tipo de esfuerzo, funcionaron como un equipo.

Empezaron a llegar los encargos de varias tiendas de la ciudad y de algunos restaurantes como el Sullivan's. Jared y ella entregaron los pedidos tras acabar en el mercado y Mara se dio cuenta de que los beneficios eran muy superiores a los que había obtenido hasta entonces por sus productos. No era una fortuna, pero sí un buen inicio.

El problema llegó al día siguiente, cuando intentó darle a Jared la mitad de las ganancias.

—No —gruñó él—. Podemos reinvertir el dinero en el negocio. Ni lo necesito ni lo quiero. Guarda una parte para ti y reinvierte el resto para seguir creciendo. La página web estará lista dentro de poco.

Mara puso los ojos en blanco mientras descosía las costuras del vestido de dama de honor de Kristin para adaptarlo a su figura, más rotunda que la de su amiga. Lo habían recogido en casa de esta en el camino de vuelta del mercado, y a Mara no le había pasado por alto la pícara mirada que le dedicó su mejor amiga cuando le presentó a Jared. Por suerte no hizo ningún comentario y se limitó a guiñarle el ojo cuando le entregó el vestido.

—Tienes que aceptar un acuerdo equitativo, Jared.

La situación ya no estaba como para andar discutiendo detalles de ese tipo. Necesitaban un contrato, un plan de negocios que fuera justo con ambos. A Mara le importaba un comino que él no necesitara el dinero; era ella quien necesitaba comportarse con total profesionalidad para sentirse realizada.

—Ya te dije cuáles eran mis condiciones —le recordó Jared, mirándola con expresión de terquedad desde la butaca que había frente a ella.

Habían acabado de cenar y él estaba trabajando con el portátil en el regazo mientras ella cosía el vestido. Jared pasaba cada vez más tiempo en la casa de invitados y, poco a poco, había ido llevando algunos efectos personales y los había dejado allí, algo que a Mara no le importaba lo más mínimo. De hecho, cuando Jared se iba a la mansión para pasar la noche, se sentía sola. Se había acostumbrado a su compañía y lo echaba de menos cuando no estaba. Tampoco se le había pasado por alto que Jared había ido renovando algunas de sus pertenencias y, por ejemplo, le había llevado un ordenador que, casualidades de la vida, él no usaba. Lo que no era una coincidencia era que fuera nuevo, de gama alta, y estuviera en la caja tal y como había salido de la tienda. Cada vez que le regalaba algo, Jared se mostraba tan contento que Mara no se atrevía a rechazarlo. Además, lo necesitaba. Sin embargo, tanta amabilidad la entristecía un poco. Ningún chico se había portado tan bien con ella, nadie había intentado anticiparse a sus necesidades. Era una sensación extraña, pero... agradable.

Pese a ello, todo lo que estuviera relacionado con el negocio era algo muy distinto, de hecho Mara estaba dispuesta a mostrarse intransigente si era necesario. Y sabía que iba a tener que hacerlo.

—Tu hermano me ha hecho una oferta.

¡Maldición! No quería jugar esa carta con Jared, pero era tan tozudo que no le había dado ninguna otra opción.

—¿Que ha hecho qué? —preguntó él con cautela.

—Me ha hecho una oferta para ser mi socio que incluye un contrato y una participación mayoritaria. Si tú y yo no llegamos a un acuerdo, aceptaré su propuesta —dijo Mara, intentando no mirarlo a los ojos.

—No puedes hacer negocios con Evan. Es un tiburón. Te comerá viva sin pensárselo dos veces —le soltó—. Lo único que le importa es el dinero. Además, es un obseso perfeccionista. Se pasará todo el día dándote órdenes hasta agotarte y que bajes la guardia.

—Pero será un acuerdo más justo. Y no me da miedo dejarme la piel en el trabajo.

—Él sería el único beneficiado. Siempre es así.

Mara se encogió de hombros.

—Un gran inversor siempre obtiene la participación mayoritaria.

—No quiero que te controle —gritó Jared, enfadado.

—No me controlaría a mí. Solo tendría el control del negocio.

—No.

—Pues preséntame un contrato distinto —insistió Mara, que por fin se atrevió a mirarlo a los ojos sin temor—. Lo que me propones no me parece justo, Jared.

Tenía que ser fuerte. Era un acuerdo de negocios.

—La vida no es justa, Mara. ¿Es justo que yo haya tenido la vida solucionada a nivel económico y tú no? ¿Es justo que tú perdieras a tu madre cuando eras demasiado joven y tuvieras que dedicar una buena parte de tu vida adulta a cuidar de ella? ¿Es justo que tengas un gran talento, pero no puedas financiar tu propio negocio? Nada de eso es justo. Por una vez en la vida, quiero ayudarte. Déjame hacerlo. —Su mirada intensa quedaba velada por una expresión de frustración.

Mara estuvo a punto de ceder. Sabía que bajo la falsa apariencia de sofisticación y frialdad se encontraba el corazón de un hombre generoso. Sin embargo, debía mantener sus convicciones. Jared hablaba muy en serio, pero ella estaba segura de que en el pasado mucha gente se había aprovechado de él, y no quería hacer lo mismo.

—Redacta los contratos o me voy. Sé que el dinero será insignificante para ti, pero para mí es importante. No es ético y no podría soportarlo.

Jared frunció el ceño y guardó silencio antes de responder:

—De acuerdo. Redactaré los malditos contratos. Lo que sea con tal de que no hagas negocios con mi hermano —gruñó—. ¿Contenta?

Mara dejó de fingir que cosía el vestido y lo dejó en el regazo.

—Sí. Estoy muy emocionada con el negocio, pero me preocupaba que no fuera justo para ti. Quiero estemos en igualdad de condiciones cuando la empresa empiece a funcionar.

—¿Qué mujer se preocupa de ser justa con un multimillonario? —gruñó él.

—No estoy hablando con el hombre de negocios multimillonario, sino con alguien que me importa —replicó ella. Consciente de lo trascendental que era zanjar un asunto más, le preguntó sin alzar la voz—: ¿Me contarás alguna vez cómo murieron tus amigos?

A Jared se le ensombreció el rostro cuando apagó el portátil y lo dejó a un lado.

—Los maté. Ya te lo dije.

—¿Cómo?

Jared tenía que desprenderse de su sentimiento de culpa y del dolor, y Mara sentía que habían forjado una relación lo bastante estrecha como para forzarlo en un momento como ese. Estaba dispuesta a hacer lo que fuera necesario para liberarlo de la cárcel que había construido para sí mismo. No sabía qué había ocurrido, pero no tenía la menor duda de que Jared no merecía cargar con la culpa como había hecho todos esos años. Evan había dicho que su hermano había cambiado después de la muerte de sus amigos, y Mara quería que se reencontrara con su antiguo yo. Por mucho que él dijera que era un cretino, en el fondo no lo era.

—Porque era joven, estúpido e irreflexivo —dijo con rotundidad—. Porque fui un malnacido egoísta.

Mara no creyó ni una palabra de lo que decía, pero se puso en pie, dejó caer al suelo el vestido que había estado cosiendo y se dirigió hacia él. Se sentó en su regazo con cuidado, y Jared la abrazó de inmediato de la cintura para sentirla tan cerca como fuera posible y que apoyara la cabeza en su hombro.

—Cuéntamelo.

Jared guardó silencio durante un rato, abrazándola como si fuera lo más valioso que tenía. Al final, rompió a hablar con voz entrecortada.

—Sucedió justo después de que Alan y yo nos graduáramos en la universidad. Él no era rico y había tenido que pedir varios créditos para acabar los estudios. Yo tenía los fondos necesarios para poner en marcha la empresa y él quería participar en el proyecto. A los dos nos gustaban los edificios antiguos, restaurarlos para que recuperaran su belleza original. No bromeaba cuando te dije que tenía una furgoneta como la tuya.

»Mientras estábamos en la universidad compré unas cuantas casas antiguas y dedicamos mucho tiempo a restaurarlas nosotros mismos. No decidimos convertir la idea en un negocio hasta los últimos meses en la facultad. Aún no habíamos acabado la fase de planificación, pero estábamos trabajando en ella. Selena y yo habíamos estado saliendo durante toda la carrera y a ella aún le quedaba un año más para graduarse. Fui yo quien los presentó y para cuando Alan y yo nos graduamos, hacía ya varios años que se conocían. No sé cuánto tiempo llevaban acostándose. —Hizo una pausa y tragó saliva—. Ese verano, cuando Alan y yo dejamos la universidad, fuimos todos a una fiesta para celebrar el Cuatro de Julio. Todos se emborracharon excepto yo. Por entonces casi no probaba el alcohol. Mi padre era un borracho y lo último que quería era ser como él. Así que me ofrecí para hacer de conductor. La fiesta estaba en el punto culminante cuando me di cuenta de que Selena y Alan habían desaparecido. Fui a buscarlos y los encontré en plena exhibición pirotécnica en un dormitorio.

Jared calló. Tenía la respiración entrecortada, como si estuviera reviviendo la experiencia.

Mara le acarició el pelo. Tenía los ojos cerrados.

—No pienses en esa escena. ¿Qué pasó después de que los encontraras?

Jared se había convertido en un hombre tan vulnerable que Mara estuvo tentada de poner fin a la conversación, pero también sabía que, por muy doloroso que le resultara, tenía que exorcizar aquel fantasma.

—Me fui —respondió él—. Me fui de la casa y ellos tuvieron que irse con un estudiante que había bebido. Sufrieron un accidente no muy lejos de allí. Iban demasiado rápido, se salieron de la carretera y chocaron contra un árbol. Los tres murieron al instante. —La ira se estaba apoderando de Jared—. Se suponía que yo era el responsable de llevarlos de vuelta sanos y salvos. Pero estaba furioso y me importaba una mierda cómo regresaran.

A Mara se le encogió el corazón porque Jared estaba asumiendo una responsabilidad que no le correspondía.

—No fue culpa tuya, Jared. —Le acercó la cabeza a sus pechos como si fuera un niño—. Tu reacción no fue distinta a la de cualquier otra persona traicionada. Selena y Alan eran adultos. Nadie los obligó a ir con aquel conductor borracho. Podrían haber pedido un taxi. Lo que sucedió fue un accidente trágico, pero nada de eso fue culpa tuya. ¿Tan borrachos estaban?

—Según los análisis sobrepasaban por poco el límite legal. El conductor iba borracho como una cuba.

—Pues entonces tuvieron la opción de tomar la decisión adecuada, pero no lo hicieron. Nadie puede culparte de lo que ocurrió y tú no deberías hacerlo —le dijo Mara con voz de súplica. Tenía que hacerle entender que no era responsable de nada. Ahora entendía a qué se debía esa actitud atormentada tan propia de él. No soportaba verlo en aquel estado.

—La madre de Selena me culpó a mí —añadió Jared, muy serio—. Siempre habíamos congeniado. Ella creía que yo era una buena influencia para su hija por haberla ayudado con los estudios. Hasta el entierro. Ese día me dijo que yo había matado a su hija y que esperaba que me fuera al infierno. No sabía que ya era ahí donde vivía.

«Oh, Dios mío. La madre de Selena no sabe lo que pasó».

—No le contaste lo que ocurrió en realidad —añadió Mara en voz baja. El corazón le latía desbocado mientras no paraba de darle vueltas a lo sucedido.

—No podía contárselo. Ni a ella ni a nadie —dijo Jared con la voz entrecortada—. Lo único que sabe ella es que me fui de la fiesta sin su hija. Había muchos amigos que me vieron marchar. Solo tres personas sabían lo que pasó de verdad, por qué me fui, y dos de ellas están muertas —murmuró—. ¿Cómo diablos iba a decirle a una madre que su hija muerta se estaba acostando con otro? ¡Era su hija! No podía permitir que su último recuerdo fuera ese. Preferí que pensara que yo maté a Selena y Alan, sin los detalles. Ya no importaba.

—Tú no los mataste —replicó Mara, a la defensiva.

Por el amor de Dios, Jared había asumido la responsabilidad de todo él solo. Era tan bondadoso que no le había contado a la madre de su novia ni a nadie más que había tenido un motivo totalmente legítimo para irse solo de la fiesta aquella noche. La generosidad que había demostrado al cargar con las culpas para que todo el mundo tuviera un buen recuerdo de las dos personas que habían muerto tan jóvenes le partió el corazón. A pesar de lo joven que era Jared por entonces, asumió la responsabilidad para dejar en buen lugar a las dos personas que lo habían traicionado de la peor forma imaginable.

—Si me hubiera quedado...

—No sabes lo que habría pasado. Se habrían muerto de vergüenza. ¿Sabían que los habías descubierto?

Jared asintió lentamente.

—Sí. Selena me vio.

«De todas formas no habrían ido contigo. Puedes estar seguro».

Jared estaba tan predispuesto a cargar con todas las culpas y dejar que los demás lloraran la muerte de los dos amigos que se había convencido a sí mismo de que era verdad, que él era el único responsable de sus muertes. El mero hecho de que la madre de la chica lo hubiese culpado a él cuando, en realidad, lo único que pretendía era evitar que ella y los demás familiares y amigos sufrieran más de lo necesario hizo que Mara rompiera a llorar de furia. Se sentía como si le hubieran arrancado el corazón del pecho y no quería ni imaginar el sufrimiento que había padecido Jared durante todos esos años. Había estado solo, sin nadie con quien desahogarse y hablar de aquel dolor. Por eso se había dado a la bebida. El padecimiento emocional era tan intenso que necesitaba una vía de escape.

—¿De verdad crees que habrían permitido que los llevaras tú a casa? —le preguntó al final Mara con voz suave.

—No lo sé. No lo sé.

—Tienes que dejar de culparte. Los dos tomaron más de una decisión equivocada. Ninguno de ellos merecía morir, pero no sabes qué habría pasado si te hubieses quedado, y tu reacción fue perfectamente normal. Yo habría hecho lo mismo. Me habría enfadado y me habría ido.

Mara respiró hondo mientras las lágrimas le corrían por las mejillas. Le parecía increíble que Jared aún se culpara después de tanto tiempo. No solo había tenido que enfrentarse a la traición y la muerte de dos de las personas más importantes de su vida, sino que, encima, había decidido asumir la culpa de la muerte de ambos.

—Ojalá pudiera creer que nada habría cambiado si me hubiera quedado y hubiese insistido en llevarlos.

Pero ¿quién habría hecho algo así? ¿Qué chico con el corazón partido habría podido mantener la serenidad y acompañar a casa a dos personas que lo habían traicionado?

—No habrían querido ir contigo. ¿Cuánto tiempo crees que llevaban acostándose a tus espaldas?

Jared lanzó un suspiro muy masculino.

—Es posible que llevaran una buena temporada. Esa noche no estaban tan borrachos como para ser la primera vez, y antes de verlos en la cama, los oí. Selena estaba diciendo lo mucho que le gustaban algunas de las cosas que le hacía Alan. No era algo nuevo. —Hizo una pausa y respiró hondo antes de seguir—. Empezaron a hacer cosas juntos más o menos a mitad de mi último año en la universidad, pero yo creía que solo eran amigos. Estaba muy ocupado, concentrado en poner el negocio en marcha. Selena y yo nos habíamos distanciado un poco, pero creí que se debía a que dedicaba mucho tiempo a los temas de la empresa.

«Entonces, ¿fue culpa de Jared la distancia que se había creado entre ambos? ¿Trabajaba tanto que su novia tuvo que buscarse a otro que la consolara?».

Todo lo ocurrido la sacaba de quicio y, casi sin darse cuenta, adoptó una actitud defensiva hacia Jared.

—¿Por qué no rompió contigo?

—Su familia estaba encantada con nuestra relación. Ella tenía unos orígenes algo modestos. Cundo la conocí, la ayudé a pagar la matrícula universitaria. Todos estaban muy agradecidos. Creo que Selena estaba esperando a acabar la universidad para dejarme. Le faltaba un año y Alan no tenía suficiente dinero para ayudarla.

«¡Zorra!». Mara no sabía si Selena había llegado a sentir cariño de verdad por Jared, o si solo lo había usado para poder estudiar, pero en cualquier caso le parecía una aprovechada. ¿Y su supuesto camarada? ¿Cómo podía haber sido tan miserable para acostarse con la novia de su mejor amigo, el mismo que iba a aportar todo el capital de su futura empresa conjunta? Era verdad que ninguno de los dos merecía morir por haberse aprovechado de él. De hecho, Mara habría preferido que ambos estuvieran vivos para abofetearlos.

—¿Fue esta culpa injusta la que te llevó al borde de...?

Jared se puso tenso.

—¿Cómo lo sabes?

—Me lo dijo Evan.

—¡Mierda! Hasta ahora mi hermano no se lo había contado a nadie, y me prometió que no lo haría. No lo sabe ni el resto de la familia —gruñó Jared—. Sí, empecé a beber a todas horas. Solo quería olvidar. ¡Mierda! Quería quitarme de la cabeza las imágenes y los sonidos de ellos dos juntos. Quería olvidar el desprecio de sus familias y lo que susurraban a mis espaldas. Quería olvidar los funerales y quería olvidar como fuera que habían muerto por culpa de una estupidez que había cometido yo.

—¿Y lo conseguiste?

—No. Y durante una buena temporada odié a mi hermano por obligarme a volver a la realidad.

Mara le acarició la barba de dos días.

—Me alegro de que lo hiciera. ¿Qué pasó?

Mara sabía que no tenía sentido seguir negando la atracción que Jared ejercía sobre ella, que no servía de nada intentar protegerse a sí misma para no sufrir más. Ese hombre había amado y su única recompensa había sido la traición. Desde entonces no había dejado de torturarse pensando en lo que podría haber hecho por salvar la vida a las mismas personas que lo habían engañado, y había decidido cargar con todas las culpas. Quizá Jared había estado con muchas mujeres, pero eran personas a las que no les importaban los demonios que lo torturaban. Sin embargo, ella sí se preocupaba. Y si abrirle su propio corazón era la única forma de ayudarlo a curar las heridas, estaba dispuesta a hacerlo. Ya no le importaba correr riesgos. Solo le importaba... él.

—Apenas recuerdo ese tiempo —admitió Jared, con voz áspera y vacilante—. Cuando me despertaba, me ponía a pensar, por eso bebía. Fueron unos meses perdidos hasta que apareció Evan.

Mara no tuvo que preguntar cómo se había enterado Evan de que Jared lo necesitaba. Aunque el mayor de los Sinclair intentaba fingir que no le importaba nada ni nadie, de algún modo lograba saber qué ocurría en las vidas de sus hermanos.

—¿Te ayudó a dejarlo?

—No se anduvo con rodeos —masculló Jared—. Me arrastró hasta la ducha porque me dijo que apestaba. Llamó a una empresa de limpieza de inmediato para que adecentara el apartamento y me obligó a tomar café y a comer algo. Tiró hasta la última gota de alcohol que había en la casa. Supongo que el principal recuerdo que tengo es que no me dejó ni un momento y que fue muy pesado.

—Quien bien te quiere te hará llorar —murmuró Mara.

—Creo que es el único método que conoce.

—¿Cuánto duró?

Jared se encogió de hombros.

—Varias semanas. Se instaló en mi despacho y trabajaba desde allí, pero siempre a mi lado.

Mara se imaginaba la situación: dos hermanos de carácter brusco, diciéndose las verdades a la cara, pero sin dejar de lado el amor que se profesaban mutuamente.

—Tus hermanos te adoran, Jared.

—Ya no me conocen —gruñó—. No saben qué pasó, o lo ingenuo y egoísta que fui.

—Evan lo sabe y se preocupa por ti. —Mara recordaba las palabras de advertencia de Evan, que no quería ver sufrir de nuevo a Jared como lo había visto tras la muerte de sus amigos—. Sé que no soy tu hermana, pero me preocupo por ti.

Jared le acarició el pelo y le inclinó la cabeza para que lo mirara a los ojos.

—¿De verdad? ¿Puedes mirarme a los ojos y no ver a un cretino egoísta e irresponsable que mató a sus amigos?

Mara se volvió hacia él y se sentó a horcajadas sobre su regazo.

—Sí —respondió con sinceridad, mirándolo fijamente. Se le encogió el corazón al ver el gesto fugaz de confusión y esperanza que se reflejó en sus ojos—. Tienes que dejar de torturarte. Por favor. El. Accidente. No. Fue. Culpa. Tuya. —Mara lo abrazó del cuello y le acarició el vello áspero de la nuca—. Lamento su muerte. Ambos eran muy jóvenes. Fue una tragedia. Pero no tienes la culpa.

—¿Te preocupas? —preguntó Jared, vacilante—. ¿Por mí? ¿A pesar de todo lo que acabo de contarte? —Parecía sumido en una gran confusión.

—Sí —susurró ella, con un nudo en la garganta—. No pienso levantar un muro a mi alrededor para protegerme y no volver a sufrir más, y siempre voy a ser muy sincera con lo que siento. Admiro cómo lograste salir del pozo en el que estabas y recuperar tu fortaleza. Me duele que renunciaras a tu pasión y a tus sueños de restaurar edificios antiguos por culpa de los malos recuerdos. No soporto que cargaras con todas las culpas para que los demás pudieran conservar sus recuerdos felices.

Mara estaba segura de que muy poca gente habría hecho lo que él. A decir verdad, probablemente había hecho lo correcto con una madre que acababa de perder a su hija, pero no le gustaba que Jared hubiera sido el chivo expiatorio. Ojalá la madre de Selena no hubiera sido presa de la desesperación por culpar a alguien y no hubiera convertido a Jared en el enemigo público número uno, sobre todo después de todo lo que había hecho por su hija.

—Fue Evan quien me ayudó.

Mara entrelazó un dedo en uno de los mechones de Jared.

—Fuiste tú. Al final Evan te dejó solo y tú podrías haber vuelto a beber. Y no lo hiciste. Se necesita una gran fuerza de voluntad para dar semejante cambio de rumbo. Tú lo hiciste y levantaste una de las empresas más grandes de todo el planeta.

Mara ya se daría por satisfecha si lograba una pequeña parte de lo que había conseguido Jared.

Él la miró con un gesto de desesperación antes de atraerla hacia sí para besarla.

Mara lanzó un suspiro sin apartarse, abriéndose a él, buscando la lengua que avanzaba entre sus labios. Él la besó hasta dejarla sin aliento mientras ella deslizaba las manos para desabrocharle la camisa.

—¿Qué haces? —preguntó, intentando apartarse, con la voz rota por el deseo.

—Seducirte. Nunca lo había hecho, así que te pido un poco de paciencia —dijo Mara con voz sensual.

El primer efecto de sus palabras fue una erección dura como una piedra que le rozaba el trasero y luchaba contra la opresión de la ropa. Mara no mentía. Nunca había intentado seducir a un hombre. En su limitada experiencia, los dos se habían desnudado por su cuenta para ponerse manos a la obra. A decir verdad, su vida sexual previa a la noche que había pasado con Jared era tan anodina y lejana en el tiempo que tampoco recordaba demasiado los detalles.

En esos momentos lo único que quería era hacer algo por Jared. Sabía que no lograría aliviarle el dolor por completo, pero con el tiempo confiaba en llegar al fondo de su corazón. Él había estado a su lado cuando ella lo necesitaba y ahora quería devolverle el gesto, convencerlo de que era un hombre especial. Y vaya si lo era.

Cuando le abrió la camisa después de desabrochársela, lanzó un suspiro de anhelo.

—Esto debería estar en un museo —dijo Mara respirando agitadamente. Aquellos pectorales y abdominales eran una prueba irrefutable de lo mucho que se cuidaba—. Cómo me excita.

Mara se agachó, le mordisqueó el pezón y le alivió el dolor con la lengua mientras se deslizaba entre sus piernas y se arrodillaba en el suelo. Le acarició el miembro por encima de los pantalones y sonrió sin apartar la cara de su pecho. Le volvía loca el modo en que el cuerpo de Jared reaccionaba a sus caricias.

—Te aviso que estoy perdiendo el control —le advirtió Jared en tono amenazador, entrelazando sus dedos en la melena de Mara.

«¡Sí!». Justo lo que quería ella: atravesar su barrera de autocontrol, hacerle entender que, cuando estaban juntos, no era necesaria. Mara deslizó el dedo por la fina línea de vello que conducía al objeto de su deseo y, entonces, alzó la cabeza un momento:

—Si todo sigue el camino previsto, dentro de unos minutos lo habrás perdido por completo.

Capítulo 13

Jared apoyó la cabeza en el sofá. Cerró los ojos con la esperanza de no despertar de aquello que no podía ser más que un sueño húmedo hecho realidad: acostarse con la mujer que tenía entre las piernas. La necesitaba, joder, necesitaba sentir su calor por todo el cuerpo.

«Quizá sí estoy teniendo un sueño húmedo».

La atención que Mara estaba prodigando a todo su cuerpo era demasiado intensa, demasiado increíble, demasiado todo para ser real. El modo en que lo tocaba, como si de verdad anhelara algo más que esas caricias, como si tuviera que sentir todo su cuerpo, lo estaba llevando al borde de la locura. Era una experiencia real, y muy adictiva.

Su cerebro cayó presa de un estado de confusión y éxtasis. ¿Cómo era posible que Mara lo deseara de forma tan intensa, que quisiera tocarlo, después de todo lo que le había dicho? ¿Cómo era posible que no lo culpara de las muertes de sus amigos? ¿Cómo era posible que estuviera sucediendo todo aquello?

«Está pasando. Es como la última vez, pero mejor aún porque intenta seducirme libremente». No lo hacía porque estuviera desesperada por dejar atrás una tragedia o porque quisiera huir de algo. Solo quería... darle placer, arrastrarlo a un mundo de deseo. Como si necesitara algún tipo de estímulo en ese sentido... Él siempre preparado para satisfacer a Mara, aun cuando ella no hacía nada para tentarlo. Le bastaba con una sonrisa... o con respirar, joder, le bastaba oírla respirar para que se le pusiera dura como una piedra.

Jared se estremeció cuando ella le acarició el pecho y el estómago, se quedó sin aliento cuando le desabrochó los pantalones. La feroz determinación de Mara por llegar a su sexo era lo más excitante que había sentido en toda la vida. Por fin ella alcanzó su objetivo. Jared sintió los dedos de Mara entrelazados en torno a su miembro e intentó levantarse.

—A la habitación. Ahora. —Si no se la metía hasta el fondo en ese preciso instante, corría el riesgo de quedar en ridículo en el sofá.

—No —replicó ella con brusquedad—. Te la voy a comer. Aquí. Y ahora.

«Joder. Maldita sea».

«Controla».

«Controla».

«Controla».

Los ojos de Jared reflejaban una mezcla de deseo y temor. Su mantra no le servía de gran cosa y estaba perdiendo por momentos el habitual dominio que ejercía sobre su cuerpo y sus emociones.

«Es el tacto de su piel. Es su deseo de excitarme como no lo ha hecho ninguna otra mujer».

Mara estaba derribando todas sus barreras gracias al ariete de su voluntad para demostrarle que se preocupaba por él, incluso después de saber lo cretino que había sido. Maldita sea, aún lo era, y a pesar de todo, ella se estaba entregando a él. Jared sabía que no la merecía, pero había perdido el control sobre sí mismo por completo y no podría recuperarlo. Ya no. Y menos con ella.

—No aguantaré mucho —gruñó, apretando los dientes.

Nunca había estado con una mujer dispuesta a chupársela a un hombre tan bien dotado como él, y en realidad nunca le había importado. Siempre lograba llegar al orgasmo, pero aquello... era distinto. Por extraño que pareciera, Mara quería hacerlo, como si se estuviera muriendo por saborear su sexo. Jamás había vivido una experiencia tan erótica.

—No me importa lo que aguantes. Solo quiero que disfrutes —respondió ella con sinceridad—. Cómo la tienes, Jared. Está tan dura...

La respuesta de Mara lo desarmó. La adoración que reflejaba su tono de voz era más de lo que podía aguantar. Que Mara lo aceptara tal y como era le llegó hasta el fondo del corazón. Mejor dicho... en realidad parecía que le gustaba tal y como era. Esa entrega incondicional lo conquistó.

El primer roce de sus labios le provocó un placer tan intenso que casi rozaba el dolor. Jared tuvo que reprimirse para no agarrarla del pelo y darle de golpe todo lo que ella anhelaba. Sin embargo, no pudo contenerse y la sujetó con fuerza cuando ella se apartó un segundo del glande y empezó a deslizar la punta de la lengua por el tronco.

«Controla. No quiero hacerle daño cuando me está dando algo que nunca me ha dado ninguna otra mujer».

Estuvo a punto de perder el control cuando ella empezó a acariciarle los testículos con los dedos, sin dejar de intentar tragársela hasta el fondo en ningún momento. Todos los nervios del cuerpo de Jared estaban de punta. Su cuerpo suplicaba alivio. Empezó a correrle el sudor por la cara cuando Mara se la agarró y empezó a masturbarlo con la mano y la boca.

Jared abrió los ojos y se deleitó con la erótica imagen que tenía entre los muslos. Ella había cerrado los ojos, como si estuviera disfrutando de cada lametazo, y esa escena le provocó una reacción tan visceral que tuvo que cerrar los ojos. Volvió a apoyar la cabeza en el sillón y se entregó.

Disfrutó de cada caricia de su lengua, del escalofrío de placer que le producían los gemidos que lanzaba Mara mientras se la comía.

—Muy bien, así. Qué gusto, Dios —gruñó él mientras ella se la chupaba, cada vez con más ganas. Él le acariciaba la cabeza rítmicamente, ignorando el atávico instinto de levantar las caderas. Por primera vez en su vida, se entregó sin reservas, confiando en las habilidades de Mara para llevarlo hasta el clímax—. No pares —le pidió con voz gutural—. Sigue así, trágatela toda.

Ella reaccionó de inmediato, aumentando la intensidad y el ritmo. Jared estaba a punto de estallar... en sentido literal y figurado. Levantó las caderas de forma instintiva. Era tan intenso el placer que le dolían los testículos. Había llegado al punto de no retorno.

—Oh, sí, joder —gruñó—. Ya no aguanto más.

—Mmm... —gimió ella sin dejar de chupar.

Aquel gemido acabó con él y su cuerpo se estremeció cuando la oleada de éxtasis recorrió todo su ser.

—¡Mara!

Cuando llegó al orgasmo le agarró con fuerza el pelo, más de lo que pretendía, entre jadeos y empapado en sudor.

«Santo cielo».

Abrió los ojos y vio que Mara se incorporaba, trazando con la lengua el perfil de sus abdominales y pectorales, antes de volver a sentarse en su regazo.

Le lanzó una mirada pícara y lasciva, con el pelo alborotado y los labios húmedos. Estaba preciosa. Él la agarró de la cintura con un brazo y con el otro le rodeó el cuello. Acercó la boca de Mara a la suya, saboreando su propia esencia, sometido a un bombardeo de emociones.

«No hay palabras para expresar lo mucho que la necesito».

A Jared le dio un vuelco el corazón cuando ella respondió de forma tan dulce y automática que no pudo apartar los labios de los suyos.

—Te has convertido en la dueña de mi mundo —admitió él con voz grave, cautivo por sus preciosos ojos oscuros. Aquellas simples palabras no alcanzaban a explicar lo que sentía, pero no sabía qué más decir.

Mara apoyó la frente en la de Jared y le acarició el pelo con cariño.

—Me alegro —dijo, con un deje vulnerable y de alivio—. Tenía miedo de no saber hacerlo como te gusta.

—No me gusta de un modo especial. Es la primera vez que me lo hacen.

Mara le había dado algo especial. Ella era especial. Lo mínimo que podía hacer Jared era dejar a un lado su orgullo masculino y decirle la verdad.

Ella levantó la cabeza y lo miró, asombrada:

—Pero si has estado con muchas mujeres...

—Me he acostado con muchas mujeres. Pero ninguna me la había querido chupar. —Jared siempre había pensado que lo único que querían era llegar al orgasmo y obtener lo que buscaban de él. Ese era el tipo de mujeres con las que había estado. De las que no causaban problemas. Él sabía lo que podía esperar y lo que debía darles a cambio. Sin embargo, no tenía ni idea de lo que podía hacer con una mujer como Mara—. Y no me he acostado con todas las mujeres con las que me han fotografiado. Muchas de ellas solo eran amigas, o en ocasiones acompañantes esporádicas para asistir a una gala benéfica. Al contrario de lo que piensa mucha gente, no soy un donjuán. Sí, he estado con varias, pero siempre había huido de las que son tan dulces como tú.

Ella lo miró, desconcertada.

—¿Por qué? Mereces una mujer que se preocupe por ti.

Jared no supo qué responder y observó a Mara con aire sombrío. Tardó unos segundos en encontrar una respuesta.

—A lo mejor es porque creo que no merezco a una mujer así.

—De forma inconsciente quizá buscaba lo que creía que merecía por ser responsable de la muerte de dos personas.

Mara le dio un dulce beso en la frente y lo abrazó del cuello.

—Creo que lo mereces más que muchos otros hombres. Eres excepcional —murmuró ella con ternura.

Jared se puso en pie sin soltarla, la tumbó en el suelo y se puso encima de ella.

—¿Y tú? Mereces mucho más que yo. Has pasado gran parte de tu vida cuidando de otras personas, sin tener en cuenta tus propias necesidades.

Mara era la persona más generosa que había conocido.

Se recuperó del rápido cambio de postura y le sonrió.

—Tú eres mucho más guapo que yo —dijo ella, en tono burlón, rodeándole el cuello con los brazos—. Eres una tentación demasiado grande.

Jared tragó saliva, se arrodilló entre sus piernas, se quitó la camisa con impaciencia y la tiró a un lado.

—Si crees eso es que no ves lo que estoy viendo yo ahora.

No había nada de ella que no le gustara. Era una tentación y un ángel. Era seductora e inocente. Sus ojos oscuros eran infinitos, unos remolinos profundos de emoción, y sabía tocarlo de un modo que lo aterraba. Era una tentación tan grande que escapaba a su control, y era suya.

«Mía».

Evan tenía razón, tenía que hacerla suya antes de que otro se le adelantara.

—Quiero que te desnudes. Ahora.

Presa de un arrebato posesivo, necesitaba lograr que se estremeciera, que lo deseara de forma tan intensa que no pudiera pensar en nadie más.

Mara no protestó mientras se incorporaba y se quitaba la ropa. El corazón le latía desbocado cuando por fin se tumbó en la moqueta, desnuda.

—Insisto... en que no soy tan atractiva como tú —murmuró ella con la tez sonrosada por la excitación. Jared la devoraba con la mirada.

—Cielo, no te imaginas lo sexy que eres —le dijo él con la boca seca.

Mara tenía los pezones oscuros y duros. Su piel marfil era inmaculada, y las sugerentes y abundantes curvas de su cuerpo lo invitaban a explorar hasta el último rincón.

—Quiero recorrer con mi lengua hasta el último centímetro.

Se puso en pie, se quitó los pantalones, los calzoncillos y los apartó de una patada.

—Jared, yo...

—Shhh... —Le tapó los labios con un dedo y se puso otra vez encima de ella. Mara se sentía avergonzada y excitada a partes iguales—. Quiero deleitarme con tu esencia, igual que tú has hecho conmigo. Quizá más.

—Yo nunca...

Le tapó los labios con más fuerza.

—Te gustará. Y gemirás mi nombre mientras lo hago. Quiero que llegues al orgasmo. —Ya sabía que ningún hombre había deslizado la lengua entre sus muslos, y a Jared le gustaba saber que iba a ser el primero. La única experiencia que había tenido Mara hasta entonces se limitaba a un chico inexperto que dejó que ella se la chupara y le devolvió el favor con una sesión de sexo mediocre—. Relájate y disfruta. Porque yo seguro que lo voy a hacer.

Jared se moría de ganas de acariciar su piel suave, de llevarla al orgasmo gracias a su lengua. Aquella mujer generosa, inteligente y maravillosa que tenía ante él era suya, y quería que le pidiera clemencia antes de que él hubiera acabado. Su objetivo era que a partir de entonces solo pudiera pensar en él.

No iba a tocarla ningún otro hombre... ¡Jamás!

«Mara. Es. Mía».

Repitió esas palabras mentalmente cuando se dispuso a hacerle olvidar al resto de hombres que había conocido.

***

Mara lanzó un gemido de placer cuando notó el roce de sus labios. Estaba tan ansiosa que se había desinhibido por completo. Él la contempló como si fuera una diosa, sus ojos apasionados se deslizaron por su cuerpo. Ningún hombre la había mirado con tal deseo, lo que no hizo más que aumentar su excitación hasta el borde del delirio.

Gimió cuando su lengua empezó a abrirse paso entre sus labios, lamiéndola de arriba abajo. Mara lo agarró del pelo para exigirle más. Él le abrió las piernas y se recreó como si estuviera paladeando cada segundo.

—Más, Jared. Por favor.

—Paciencia, cielo —gruñó él sin apenas apartarse de su sexo—. Tu orgasmo será aún más placentero.

—Ya he llegado al límite del placer. Te lo juro —le dijo ella con voz ronca, a punto de perder el mundo de vista mientras la lengua de Jared se deslizaba por su clítoris. No iba aguantar mucho más.

A Mara le pareció oír una risa amortiguada, pero el éxtasis que sentía era tan intenso que no podía descifrar todo lo que estaba ocurriendo. Se sentía a merced de Jared, entregada como no lo había estado nunca. Todo lo que le estaba haciendo era mucho más íntimo que cualquier otra experiencia que hubiera tenido hasta entonces, su cuerpo temblaba de deseo.

Jared la provocaba, deslizaba la punta de la lengua por la zona que reclamaba toda su atención. Recorrió con avaricia hasta el último centímetro de piel y abrió los labios con los dedos para que nada se interpusiera en su deseo.

—Sí —gimió ella cuando por fin Jared recorrió su clítoris con la lengua y empezó a ejercer más presión, siguiendo una serie de movimientos fluidos que le hicieron levantar las caderas del suelo.

Mara lo agarró del pelo con desesperación para apretarlo con fuerza.

—No pares. Por favor, no pares —le suplicó. Necesitaba que Jared aplicara la presión precisa para llegar al orgasmo.

Estaba cerca. Muy cerca.

El clímax llegó cuando él introdujo dos dedos, buscando y encontrando esa zona sensible dentro de ella, masturbándola con movimientos intensos mientras su lengua recorría el clítoris.

—Jared. Oh, Dios. —Mara sacudió la cabeza bruscamente cuando el orgasmo recorrió todo su cuerpo de forma tan intensa que casi daba miedo. Ella lo agarró del pelo como si fuera un salvavidas, mientras su interior se cerraba en torno a los dedos de Jared entre espasmos, vencida y conquistada por un vendaval de sensaciones que le hicieron perder el mundo de vista.

Poco a poco su cuerpo se relajó y recuperó la conciencia entre jadeos, sobre la mullida moqueta.

—¿Estás bien? —preguntó Jared, que se puso de nuevo encima de ella y le apartó el pelo de la cara—. ¿Te he hecho daño? —insistió en tono apremiante.

Mara se dio cuenta de que las lágrimas que había derramado le corrían ahora por las mejillas.

—No —se apresuró a responder, secándose la cara con las manos. Abrazó a Jared del cuello para tranquilizarlo y lo atrajo hacia sí para darle un suave beso—. No me había imaginado que fuera tan intenso —dijo cuando por fin volvió en sí.

—¿Eso es bueno o malo? —preguntó él con curiosidad, observándola con una mirada intensa.

Mara le apartó el pelo de la frente y respondió.

—Bueno. Tanto que he llorado de gusto. Supongo que es porque me he dado cuenta de todo lo que me he perdido al no estar con nadie durante tantos años. —Mara intentó rebajar la intensidad de la situación, consciente de que nadie podría haber puesto fin a su soledad y hacerla arder de deseo al mismo tiempo. Tenía que ser él. Tenía que ser Jared—. O quizá lo que ha pasado es que te estaba esperando a ti —murmuró ella, embelesada por la intensidad de su mirada.

—Me estabas esperando a mí —replicó Jared con tono posesivo—. No te merezco, Mara, pero te necesito.

Mara se conmovió al captar su mirada torturada y la emoción de sus palabras. Sabía que era una parte de su ser que Jared nunca había revelado a nadie y, sin embargo, confiaba tanto en ella que no le importaba mostrarle su lado más vulnerable. La única mujer a la que había amado se había ganado su confianza y la había acabado destruyendo. Y cuando ella murió, dejó a Jared vacío, acompañado únicamente del dolor y el sentimiento de culpa.

—Yo también te necesito —dijo Mara entre suspiros.

Sabía que acababa de entregarle su corazón a Jared. Durante los últimos días se había engañado a sí misma pensando que podría evitarlo. Desde el mismo momento en que él entró en su tienda, ella supo que Jared era distinto a los hombres que había conocido hasta entonces. La atracción que sintió por él fue instantánea. Antes podría haberlo definido como lujuria, un bálsamo para la soledad que invadía su vida desde la muerte de su madre. Pero ahora sabía que Jared era mucho más. Tras su fachada de hombre frío e impasible se escondía un corazón sensible y generoso. Era un hombre increíble y excepcional que había sacrificado mucho por los demás, incluida su autoestima.

—Si me necesitas, tómame. Soy tuyo. —La abrazó y con un rápido movimiento la puso encima de él.

—Creía que no querías hacerlo así —gimió ella.

—Oh, quiero hacerlo como tú prefieras. De este modo puedes controlar mejor la situación, llegar hasta donde te sientas cómoda sin que te haga daño. El preservativo está en mi bolsillo.

—Le pedí a Sarah que me diera la píldora cuando fui a hacerme la última revisión —le dijo ella con timidez. Sarah Baxter, que en breve se convertiría en Sarah Sinclair, era su doctora y le había tratado, por ejemplo, la lesión del tobillo. Mara le había pedido que le recetara un método anticonceptivo. Quizá, de forma subconsciente, sabía que lo que había ocurrido con Jared se repetiría. Su lado más pragmático le decía que no era más que una precaución, pero en el fondo sabía que Jared y ella acabarían acostándose si trabajaban juntos. Sí, había otros motivos para utilizar el preservativo, pero Mara quería que Jared supiera que confiaba en él—. Y lo hice en el momento perfecto. Estoy protegida y no tengo ningún problema de salud.

Jared la miró, asombrado.

—¿Confías en mí? Es verdad que no he estado con tantas mujeres como dicen por ahí, pero me he acostado con muchas, Mara, no quiero mentirte. Aun así, siempre lo he hecho con protección y no tengo ninguna enfermedad. Además, desde los últimos análisis solo he estado contigo.

Mara asintió lentamente.

—Confío en ti. Nunca me has dado motivo para no hacerlo. Solo quiero que me prometas que, si te acuestas con otra, me lo dirás.

Jared abrió los ojos, se incorporó con un movimiento rápido y la abrazó de la cintura.

—No habrá nadie más. Nunca —le prometió él con voz grave, acercando el rostro a su pelo.

Mara se dijo a sí misma que no debía creer lo que le estaba diciendo. Algún día habría otra mujer. Jared no iba a quedarse en Amesport para siempre y en esos momentos su relación se regía únicamente por la pasión. Aun así, el corazón le latía con fuerza después de oír la ferviente declaración de Jared y quería creer que era sincera. Su instinto le decía que nunca volvería a estar con alguien como él.

—Pues hazme el amor, Jared. Ahora. Por favor.

Ya se preocuparía de los cambios en su relación cuando fuera necesario. La vida no ofrecía garantías. Por el momento, lo importante eran ellos y que Jared sanara por fin las heridas tan profundas que el tiempo no había logrado curar.

Él deslizó las manos por su espalda en un gesto posesivo, la agarró del trasero y la cambió de postura para penetrarla sin problemas.

—Avísame si te duele.

—Seguro que no.

Mara soltó un grito ahogado al sentir que entraba en ella, pero aún estaba tan excitada y mojada del orgasmo anterior que la penetró sin ningún problema, como si sus cuerpos hubieran sido creados para acoplarse a la perfección.

Jared lanzó un gruñido y deslizó una mano codiciosa por su espalda mientras la agarraba de la cintura con la otra para embestirla.

—Estás muy caliente, muy mojada. Esto es tan increíble que no aguantaré mucho.

Mara sonrió y lo abrazó por los hombros. Sus cuerpos se fundieron en uno, piel contra piel, mientras él la embestía una y otra vez. En esa postura tan íntima, el contacto era absoluto mientras la excitación de ambos alcanzaba nuevos niveles. Ella cerró las piernas en torno a su cintura con fuerza, disfrutando de la simbiosis entre ambos, sintiendo el latido de su corazón en la piel desnuda cada vez que él entraba con fuerza y volvía a salir.

«No duraré mucho más».

¿A qué se debía su obsesión por aguantar el máximo antes de llegar al orgasmo?

«Controla».

Mara sabía que ella tenía razón. Jared se había protegido con una máscara de autoridad absoluta sobre sí mismo y sus acciones, de rígido control, tal vez en un intento de compensar la decisión visceral que le había provocado esa herida abierta que sangraba desde hacía años.

—No necesito que aguantes mucho. Solo te quiero a ti. Te necesito, Jared. Dámelo todo. —Le mordió el cuello, consciente de que lo estaba provocando para que dejara a un lado la disciplina y el autocontrol, el muro que había levantado a su alrededor para defenderse—. Me vuelves loca —le murmuró al oído entre jadeos, moviendo las caderas sensualmente para que las arremetidas fueran cada vez más profundas.

—No. Puedo. Perder. El. Control —dijo lentamente con voz grave y decidida—. Quiero que llegues al clímax conmigo.

Mara no tenía ninguna duda de que iba a ser un orgasmo fabuloso. Estaba a punto. Notaba que empezaba a estremecerse. Abrazada a Jared de aquel modo, sus pezones duros rozando el vello de su pecho, el aliento cálido en su cuello mientras él intentaba dominar su orgasmo... Era un cúmulo de sensaciones embriagadoras.

La intensidad de las embestidas aumentó, ya no había vuelta atrás. Mara echó la cabeza hacia atrás y cerró los ojos. Cuando llegó al clímax, todo su cuerpo se estremeció.

—¡Jared! —Mara gritó su nombre cuando un último espasmo provocó una contracción de su intimidad, que se aferró en torno al miembro aún erecto de su amante, resistiéndose a liberarlo.

—Sí, joder. Dámelo todo, nena. —La agarró del pelo y la atrajo hacia sí con brusquedad. La besó con un gesto dominante y posesivo que provocó el abandono de Mara, entregada a un orgasmo estremecedor. Al cabo de unos segundos se abrazó con más fuerza a él, para no separarse ni un milímetro de su cuerpo.

—Mía —gruñó Jared cuando apartó los labios—. Eres mía, Mara.

Ella le clavó las uñas en la espalda mientras reclamaba hasta la última gota de su esencia, con codicia, demostrando la misma actitud posesiva que él.

«Mi Jared. Mi dulce, atormentado y obstinado amante».

Él apoyó la cabeza de Mara en su hombro y, sin apartar las manos de su trasero, ambos cuerpos se mecieron al mismo compás.

—Desde que te vi sabía que me ibas a llevar por el camino de la perdición —murmuró él con voz ronca y un deje de diversión—. Y no me equivoqué.

Mara esbozó una sonrisa sin apartar el rostro del pecho sudado de Jared.

—Tú también me has llevado por el mal camino. Pero en el sentido más maravilloso de la expresión —replicó ella sin aliento, reproduciendo la conversación anterior y disfrutando de la nueva y fabulosa intimidad compartida con Jared.

Capítulo 14

—Estoy destrozado —confesó Jared al día siguiente a sus hermanos, en casa de Grady. Se reclinó en el sillón, se pasó la mano por el pelo en un gesto de frustración y tomó otro sorbo de cerveza.

Los cuatro iban a celebrar una despedida de soltero que Jared estaba seguro de que Dante no quería. Estaban en la cocina de Grady y el plan era acabar con las existencias de cerveza. Dante y Grady estallaron en carcajadas, mientras que Evan mantenía su habitual actitud fría y controladora.

—Cabrones —murmuró Jared al ver que las risas de sus hermanos no paraban.

—Bienvenido al tormento y éxtasis del amor, hermanito —le dijo Dante en tono burlón.

—No la amo —se apresuró a decir Jared, quizá de forma algo precipitada.

Diablos, a lo mejor no debería haberles contado nada a sus hermanos acerca de su relación con Mara, no debería haberles confesado que le estaba afectando, pero, a decir verdad, necesitaba hablar de ello con alguien. Y pensó que necesitaba a más de una persona, dada la particular situación.

Grady y Dante volvieron a reírse y Jared los fulminó con la mirada.

—Quizá sea así —comentó Evan, que tomó un sorbo de agua servido en vaso de cristal, según había exigido—. No todo el mundo está preparado para el amor obsesivo.

Dante miró fijamente a su hermano mayor.

—Tú podrías entenderlo si te quitaras el palo de escoba que tienes metido en el trasero. ¿Desde cuándo eres tan estirado?

Evan le dirigió una mirada estoica a su hermano.

—El palo de escoba me lo metió uno de los mayores expertos en torturar al prójimo. Y no todo el mundo está hecho para amar.

—¿Y eso quién lo dice? —preguntó Grady con curiosidad.

—Nuestro padre —respondió Evan sin apartar los ojos del agua.

Jared tragó saliva al recordar que Evan siempre se había ocupado de cuidar de los demás cuando eran jóvenes. Su hermano mayor nunca había logrado renunciar a esa costumbre. Quizá Jared odió a su hermano cuando este lo arrastró de vuelta a la realidad, pero Evan estuvo en todo momento a su lado, fuera un idiota o no. Algunos actos eran más reveladores que las palabras: Evan podía ser frío, pero no era un témpano de hielo.

Al ser el mayor, todo el mundo había dado por sentado que asumiría la dirección del negocio del padre. El viejo había muerto cuando Evan aún estaba estudiando Administración de Empresas en la universidad, pero para entonces ya hacía tiempo que casi pasaba más tiempo en la empresa, obligado, que en clase. Convertido en heredero al trono desde una tierna edad, empezó a recibir las enseñanzas del mayor cabrón desalmado del país, su padre alcohólico y maltratador, en cuanto empezó a hablar y a andar. Los remordimientos se apoderaron de Jared al caer en la cuenta de que Evan era el producto de la perversa educación que había recibido de su padre. Su hermano mayor había impedido que los demás se vieran obligados a pasar más tiempo del imprescindible con aquel hombre que solo conocía el desdén y la maldad. Sin embargo, nadie había podido salvar a Evan de aquella traumática experiencia, de modo que se convirtió en objetivo y víctima de su progenitor por el mero hecho de ser el primogénito. Aun así, nunca se quejó. En ocasiones, Grady había sido el blanco principal de su padre debido al escaso don que tenía para las relaciones sociales siendo niño y ya adolescente a causa de su tartamudez. Pero incluso entonces Evan hizo cuanto estuvo en sus manos para desviar la ira de su padre.

—Lo siento, Evan —dijo Grady al final, arrepentido—. Sé que el viejo era un cabrón y que tú pasaste mucho más tiempo con él que nosotros.

—Yo también lo siento —se apresuró a añadir Dante.

—Y yo —intervino Jared. Se le había hecho un nudo en la garganta al pensar en todo lo que le había hecho pasar su padre a su hijo mayor y heredero.

—Obviamente logré sobrevivir —replicó Evan con frialdad—. El negocio ha prosperado y en los últimos doce años he doblado mi patrimonio. No tengo motivo de queja.

Jared estuvo tentado de decirle a su hermano que aquello no eran más que sandeces. Si sus sospechas eran correctas, Evan tenía motivos de sobra para quejarse, cuestiones que podían haberlo convertido en el hombre amargado que fingía ser.

—¿Fue muy horrible? —preguntó Grady, vacilante—. El tiempo que pasaste a solas con él… ¿fue tan mal como creemos?

Evan se encogió de hombros con aire indiferente.

—Vosotros estabais allí. Ahora ya es agua pasada. Todos somos felices. —Dudó antes de añadir—: Salvo Jared, quizá.

El hermano menor sabía que Evan estaba negando la verdad, pero no quería presionarlo. Lo conocía muy bien y sabía que, si no estaba dispuesto a hablar de su infancia y adolescencia, nadie ni nada lo haría cambiar de opinión.

—Nuestro hermanito no quiere admitir que está enamorado de Mara —apuntó Dante antes de tomar otro sorbo de la cerveza.

—Porque no lo estoy —soltó Jared con vehemencia.

No lo estaba, ¿verdad? El simple hecho de que la deseara en todo momento, que quisiera estar a su lado cuando estaban separados, que pensara en ella todo el rato, que se preguntara si estaba bien... El amor no podía consistir en eso.

«¿No crees en el amor verdadero?».

La pregunta de Mara se apoderó de su mente mientras intentaba poner en orden sus emociones. No. No creía en el amor. O no había creído hasta entonces. En ese momento, sin embargo, no sabía qué diablos pensar. ¿Estaba menos obsesionado con las mujeres que sus hermanos? En el pasado había creído que estaban todos locos, pero ahora era él quien se comportaba como un lunático.

—¿Estarías dispuesto a lanzarte a las llamas por ella? —preguntó Grady en voz baja.

Evan le lanzó una mirada inquisitiva y Jared se revolvió en el asiento al responder, muy a su pesar:

—Sí.

—¿Qué harías si no quisiera volver a verte? —preguntó Dante.

—La seduciría. —«Estaría dispuesto a suplicar por primera vez en mi vida». Maldita sea. No quería decirlo en voz alta. Se estremecía solo de pensarlo, pero sabía que era verdad. Necesitaba desesperadamente a Mara—. Es mía. No se va a ir a ninguna parte —añadió.

—Es el instinto primario —observó Grady.

—Incapaz de vivir sin ella —añadió Dante.

—Reivindica su relación con ella —murmuró Grady.

—Seguro que no puede dejar de pensar en Mara —terció Dante.

—Estás jodido —sentenciaron Dante y Grady al unísono.

—Idiotas —gruñó Jared al ver las sonrisas de suficiencia de sus dos hermanos.

—Dejadlo en paz —ordenó Evan con autoridad—. No creo que a ninguno de los dos os hiciera gracia que señalaran vuestras debilidades en público si tuvierais problemas amorosos.

Grady y Dante recuperaron la compostura tras unos segundos y asintieron lentamente. Ambos se disculparon con Jared.

—Creía que habíamos venido a jugar al póquer —dijo Evan—, pero de momento no os he visto sacar el dinero ni repartir las cartas.

Aunque Jared estaba algo molesto, no pudo reprimir una sonrisa. Nadie podía ganar a Evan al póquer, y Grady y Dante sabían que iban a salir de ahí desplumados. Ninguno de los tres sabía descifrar a su hermano mayor cuando jugaban a las cartas. Nunca se le escapaba ninguna pista de la mano que tenía. Siempre les había ganado, a los tres, desde que empezaron a jugar de jóvenes.

Grady se levantó a regañadientes.

—Voy a por las cartas y las fichas.

Dante se frotó las manos.

—Soy el novio, tiene que ser mi noche de suerte.

—Eso ya lo veremos —dijo Evan con frialdad arrogante—. Pero yo no me haría muchas ilusiones. Afortunado en el juego, desgraciado en amores —le recordó secamente—. Creo que aquí soy el único que puede dar fe del dicho.

Tan solo unas semanas antes Jared habría discutido con Evan. Nadie había sido más desafortunado en el amor que él. Ahora, al pensar en Mara, prefirió guardar silencio. Estaría encantado de que su hermano le ganara todo el dinero si él conseguía a la mujer que quería.

Y así fue. Evan les dio una paliza a los tres y se fue con un sustancioso pagaré de cada uno.

Llevó a sus hermanos, que no estaban en condiciones de ponerse al volante, a casa sin esbozar siquiera una triste sonrisa después de vaciarles la cartera.

***

—Estoy arruinada —les dijo Mara a las cuatro mujeres que había en la sala de estar de Dante mientras apuraba el segundo daiquiri de fresa. La despedida de soltera era en *petit comité*: solo ella, Kristin, Randi, Sarah y Emily. Mara no estaba acostumbrada a beber, de forma que después de tomar dos daiquiris preparados por Randi, a la que se le había ido un poco la mano con el ron, se le soltó la lengua.

Vale. Sí. Les había confesado su relación con Jared y, acto seguido, les había contado todo lo demás, menos el sexo salvaje. Algunas cosas eran demasiado privadas y demasiado íntimas para compartirlas, aunque estuviera un poco borracha.

Mara tomó otra bolsa de satén y empezó a llenarla con los regalos que Sarah había elegido: botellitas de coñac, café gourmet, difusores de té y un cristal de la tienda de Beatrice, Natural Elements. Metió también una pequeña tarjeta, idea en la que había insistido Sarah para que todo el mundo supiera lo generoso que era su prometido. En ella se explicaba que uno de los regalos era un donativo para una asociación benéfica de ayuda a las mujeres maltratadas en nombre del invitado. Era una idea extraordinaria y Sarah les había contado a todas que Dante había donado una suma enorme de dinero. Se trataba de una organización gestionada por Jason Sutherland, el marido de Hope; un proyecto conjunto de los Harrison, los Hudson, Max y Mia Hamilton y los Colter de Colorado, todas familias de multimillonarios altruistas. ¿Cuántos millonarios había dispuestos a dedicar tanto tiempo a la beneficencia? Sarah le había dicho que Jason, el marido de Hope, gestionaba personalmente la contabilidad de la asociación, y que los otros millonarios donaban cantidades importantes de vez en cuando. ¿Acaso no era más habitual que gente tan rica se limitara a firmar un cheque de vez en cuando y olvidarse del tema? A Mara le parecía una causa maravillosa y se alegraba de que Dante hubiera hecho un donativo en su nombre.

«Es obvio que no todos se limitan a extender un cheque y olvidarse de la causa».

Sarah le había contado que incluso Evan estaba muy implicado en el proyecto, y Grady también había empezado a colaborar con él desde hacía un tiempo. Cuando Dante supo de su existencia, se le ocurrió la idea de hacer un donativo en nombre de cada invitado de la boda. Era un gesto muy generoso y solidario. Como médica que había atendido a un buen número de mujeres maltratadas, Sarah amaba aún más a Dante por la idea que había tenido... si es que eso era posible.

Después de anudar el lazo de la bolsa negra, personalizada con unas letras doradas, Mara la dejó en el montón de las demás y se puso manos a la obra con la siguiente.

—Es «él», ¿verdad? —preguntó Kristin, que estaba sentada a su lado en el sofá.

«Sí. Sí. Sí».

La palabra resonó en el corazón de Mara cuando respondió:

—¿Cómo se sabe? ¿Cómo lo sabéis las demás mujeres?

Mara lo sabía porque nunca se había sentido igual y notaba algo que le reconcomía las entrañas desde que había conocido a Jared. Ese hombre tenía algo distinto, el vínculo que había entre ambos era casi... mágico. No albergaba ninguna duda de que estaba enamorada de él. Locamente. Perdidamente. Irremediablemente.

Sarah dejó de llenar la bolsa y miró a Mara.

—Es algo que sabes y ya está. Creo que a veces intentamos resistirnos porque tenemos miedo, porque los sentimientos son muy intensos. Pero, en el fondo, lo sabemos. Si es tu media naranja, podrás hablar con él de cualquier tema sin vergüenza. Te querrá tal y como eres y no verá tus imperfecciones. Estará a dispuesto a arriesgarlo todo por ti y tú sentirás lo mismo por él.

Mara sabía que Dante le había salvado la vida a Sarah. Amesport era una ciudad pequeña y el incidente había ocupado la portada de los medios locales. Aunque Jared no había hecho algo así, había asumido un riesgo importante al mostrarse tal y como era. Confiaba ciegamente en ella, algo que la conmovía más allá de lo que podía expresar con palabras.

—Da un poco de miedo cuando te sientes así —murmuró. Pero también era una sensación estimulante, emocionante y arrebatadora.

—Tienes razón —admitió Emily—. Pero con el tiempo el miedo se desvanece y solo queda la felicidad. No es que la relación sea siempre perfecta. Grady y yo no estamos de acuerdo en muchas cosas; los dos somos muy tercos. Pero a pesar de todo nos queremos. —Hizo una pausa antes de preguntar—: ¿Estás enamorada de Jared?

Las miradas de ambas mujeres se cruzaron y Mara acabó asintiendo.

—Sí. No sé cómo ha ocurrido o por qué congeniamos tan bien. Somos muy distintos.

—¿Distintos porque él es rico? —preguntó Kristin.

—No, es algo que va más allá del dinero. La cuestión material no me importa. Me importa... él. —Jamás revelaría ninguno de los secretos de Jared, aunque hubiera bebido un poco—. Es un hombre educado, sofisticado. Ha tenido éxito en los negocios y es uno de los solteros más codiciados del mundo. Yo soy una mujer que ha pasado toda su vida en una ciudad pequeña, no soy elegante. Tuve que dejar los estudios porque mi madre estaba enferma y apenas he salido del estado unas cuantas veces. No soy cosmopolita y llevo una vida bastante vulgar. Soy del montón.

—Eso solo son diferencias superficiales. No importan. Creo que bajo esa fachada de bravucón se esconde un buen hombre

—murmuró Sarah—. Dante sabía que a su hermano le gustaba alguien de Amesport. Y me parece que hasta sabía que eras tú.

Mara volvió la cabeza con un movimiento brusco.

—¿Lo sabía? ¿Cómo es posible? Yo no tenía ni idea.

Sarah esbozó una sonrisa.

—Imagino que fue su instinto policial. Sabía que Jared no estaba saliendo con nadie.

—Hace ya un tiempo de eso. Que no sale con nadie, quiero decir —se apresuró a añadir Mara—. Me ha dicho que lo han visto con muchas mujeres, pero que la mayoría solo eran amigas. Y yo le creo.

—Haces bien —terció Emily—. Los medios sensacionalistas son implacables. Se dedican a especular sin comprobar los hechos. Creo que sería maravilloso que Jared y tú acabarais juntos. Te necesita.

«No te merezco, Mara, pero te necesito».

Lanzó un suspiro al recordar las palabras de Jared. La gran pregunta era... ¿la amaba? ¿Se estaba enamorando irremediablemente, como le había sucedido a ella?

—Imagino que tendremos que esperar a ver qué pasa.

El corazón de Mara estaba en manos de Jared, que podía atesorarlo o rompérselo. Ella se lo había jugado todo y esperaba que su instinto no la hubiera engañado porque, en tal caso, no podría soportarlo.

—Es tan guapo... —comentó Kristin con entusiasmo.

—Sí, lo es. Por eso no entiendo qué puede atraerle de mí. Debo de ser la mujer más vulgar y aburrida de la ciudad.

—Eso no es verdad —replicó Sarah—. Eres guapa y dulce. Hace tiempo Dante me dijo que las mujeres dulces eran la perdición de los Sinclair.

Randi dio un resoplido.

—Entonces nunca tendré que preocuparme de ser la perdición de ninguno de los hermanos Sinclair.

Mara miró a Randi. Era morena y menuda, y no creyó nada de lo que acababa de decir. Podía dárselas de dura, pero estaba convencida de que tenía un corazón de oro. Con ella siempre había sido muy amable, y trabajaba de voluntaria en el Centro Juvenil cuando no daba clase en la escuela.

—Grady me quiere y soy poco agraciada, alta y tengo mis buenas curvas —añadió Emily—. Es como si no viera ninguno de mis defectos.

—Jared hace lo mismo —admitió Mara, perpleja—. Me mira como si fuera una supermodelo. Cree que soy perfecta.

Puso los ojos en blanco ante la idea de que alguien pudiera considerarla una mujer perfecta, tanto desde el punto de vista físico como del emocional.

—Es tu media naranja —afirmó Kristin con una sonrisa.

—Sin duda —concedió Sarah.

—Está enamorado de ti —confirmó Emily, asintiendo con la cabeza.

Mara sintió que el corazón empezaba a latirle con fuerza. Le sudaban las manos. Deseaba con toda el alma que los vaticinios de sus amigas se hicieran realidad.

La conversación cambió de rumbo al cabo de unos segundos de silencio y retomaron el tema de la boda mientras seguían preparando las bolsas. Era una tarea sencilla, pero Mara nunca se había sentido tan cómoda, tan integrada con otras mujeres a las que podía definir como amigas. Ninguna de ellas tenía un ápice de maldad, y todas mostraban un gran cariño y afecto.

Dejó a un lado todo pensamiento negativo sobre Jared y decidió disfrutar del maravilloso recuerdo que conservaba en su memoria sobre el momento en que despertaron juntos a la mañana siguiente. Jared se había quedado dormido abrazado a ella, y cuando se despertaron sus musculosos brazos seguían rodeándola.

De momento iba a tener que conformarse con esa sensación de intimidad.

Capítulo 15

—Hola, guapa... La página web ya está en marcha.

Mara se quedó boquiabierta mirando a Jared, que estaba junto a la puerta que ella había abierto, con la primera taza de café del día en las manos. Él nunca se mostraba tan alegre por las mañanas y ese comportamiento era muy poco habitual antes de las nueve. Normalmente se levantaba, tomaba el café y bajaba al gimnasio refunfuñando. A juzgar por el pelo húmedo y su mirada pícara, ya había cumplido con su rutina habitual, que incluía una ducha después del ejercicio, y eso que solo eran las ocho.

«Ha madrugado».

Sin soltar la puerta, Mara se lo quedó mirando cuando Jared entró en la sala de estar y comprobó que olía a café, a aire fresco y a sándalo al pasar junto a ella.

«Qué bien huele, Dios».

Vestido con sus pantalones y camisa de cuello abotonado, como era habitual en él, estaba tan guapo que a Mara no le habría importado nada convertirlo en su desayuno, y tuvo que agarrar la taza con fuerza para no pasar a la acción.

—¿Está en marcha?

La irrupción de Jared en su casa la había distraído tanto que no había podido asimilar bien la noticia.

Jared se dirigió a la cocina, se sirvió un café y se volvió hacia ella con una sonrisa traviesa.

—Está «en marcha» desde que te vi por primera vez.

Mara dirigió la mirada a su entrepierna y de inmediato a sus ojos. Por desgracia no pudo ver nada porque la camisa lo tapaba todo.

—¿Te refieres a nuestra página web? ¿Ya funciona?

Jared sonrió.

—Ah, sí, también está activa y a pleno rendimiento.

«¿También? ¡Siempre con indirectas!».

Mara intentó reprimir una sonrisa, pero desistió al ver que tomaba el primer sorbo de café. Jared Sinclair era un hombre demasiado atractivo para pasar por alto sus comentarios picantes, y sus insinuaciones le alteraban el ritmo cardíaco.

«Tiene un aspecto impecable, y yo estoy hecha un desastre».

Ella acababa de salir de la cama. Intentó arreglarse el pelo alborotado, pero dudaba que su pijama de algodón rosa pudiera ponerlo a tono en esos momentos.

—Estás guapísima —dijo Jared lentamente, como si le hubiera leído la mente—. Tan seductora que dan ganas de abrazarte, como si acabaras de salir de la cama.

—Es que acabo de levantarme —le dijo algo avergonzada, intentando peinarse—. No imaginaba que vinieras tan temprano y no estoy muy presentable. —Se acercó al armario y sacó una caja de ibuprofeno para el dolor de cabeza—. Creo que me pasé con los daiquiris de fresa en la fiesta de anoche.

—Así que hubo fiesta de chicas, ¿no? —preguntó Jared, con gran regocijo.

Mara se encogió de hombros.

—Nos dedicamos a hablar y a preparar las bolsas de regalos para los invitados a la boda. Y a beber.

Se tomó la pastilla con el café, intentando olvidar todo aquello que podía haber dicho la noche anterior y de lo que pudiera arrepentirse ahora. Ojalá no les hubiera hablado de su relación con Jared. No porque tuviera miedo de que fueran a contárselo a toda la ciudad, sino porque llevaban muy poco tiempo juntos.

—¿Cuántos bebiste?

—¿Tres? Eso creo, vamos.

—Dime que no condujiste —gruñó Jared, arrinconándola contra el armario.

—No, tranquilo —le aseguró ella. Sabía que era un tema muy delicado para él después de lo que le había pasado a su amigo y a su novia—. Dante vive cerca y fui a pie. Pero ahora tampoco me digas que vosotros os comportasteis como angelitos en casa de Grady. —Le dirigió una mirada expectante.

Jared enarcó una ceja.

—Tomamos un trago. Pero fue todo muy tranquilo. Evan hizo de chófer porque no había bebido. —Jared se apartó y se dirigió a la sala de estar—. ¿Quieres ver tu página web o no?

Mara apuró el café y dejó la taza vacía en la mesa de la cocina.

—Sí —respondió alzando la voz, pero se arrepintió de inmediato al sentir un pinchazo en las sienes. Aun así, se moría de ganas de ver el fruto de sus esfuerzos. Se situó detrás de Jared, que había abierto el portátil. Lo abrazó de la cintura y apoyó la cabeza en su espalda—. Gracias.

Jared dejó el café en una de las mesitas que había cerca del sofá y sujetó el portátil con una mano mientras introducía la contraseña con la otra.

—Si bajas las manos quince centímetros no podrás ver la página web hasta la tarde —murmuró sin detenerse. Dejó el portátil en la mesita, se volvió hacia ella y la abrazó. Deslizó una mano por su espalda, esbozó una sonrisa y añadió—: Lo que yo decía... dan ganas de abrazarte.

Mara se estremeció al sentir el calor que desprendía su mano a través de la camiseta de algodón del pijama.

—Lo sé. Llevo lencería muy sexy. —La camiseta era fina, de tirantes y encaje, pero no era erótica ni mucho menos. Los pantalones a juego le llegaban casi a las rodillas. Era un pijama cómodo y ligero para el verano, pero nada que pudiera desatar la pasión de un hombre.

Jared le acarició el mentón con un dedo y le dio un beso largo, sensual y apasionado que la dejó sin aliento.

—Tú estás atractiva te pongas lo que te pongas —le dijo con voz ronca, sin apartarse de ella—. Pero nunca tan atractiva como cuando estás desnuda y puedo admirar tu piel suave y perfecta.

Mara lo abrazó del cuello, se inclinó hacia atrás y le dedicó una sonrisa juguetona.

—Venga, va, zalamero.

Jared agarró la mano con la que Mara le acariciaba la nuca y se la llevó a la entrepierna. Al notar su erección, ella se puso tensa.

—Nunca te diré nada que no sea verdad —le dijo Jared con brusquedad.

Mara negó con la cabeza.

—Lo siento, pero es que a veces me cuesta creer que sientas todo eso por mí.

—Lo mismo digo —replicó él con voz más suave, apartándole la mano de su entrepierna para devolverla a la nuca—. Anoche te eché de menos. Por eso me he despertado tan temprano. Me moría de ganas de verte, de saber cómo había ido todo. Quería llamarte, pero tenías la luz apagada y he preferido no despertarte. —La besó en la frente con ternura y se llevó la mano al bolsillo trasero—. Te he comprado esto. El tuyo se quemó en el incendio y lo necesitarás.

Mara se quedó boquiabierta al ver el elegante iPhone.

—¿Para mí? —preguntó con incredulidad mientras lo examinaba. Su antiguo teléfono era una reliquia y no tenía planes de cambiarlo a corto plazo. Todo el dinero que no destinaba a necesidades básicas lo reinvertía en el negocio.

—Cuando no podía verte, te enviaba mensajes de texto —le dijo él con voz grave.

Pulsó el botón para activar la pantalla y tocó el único mensaje no leído.

Te echo de menos.

Había recibido el mensaje a las dos de la madrugada. Cuatro palabras que le llegaron al corazón.

Se puso a toquetear el nuevo modelo, al que no estaba acostumbrada, y contestó sin mirar a Jared.

Yo también te he echado de menos.

Oyó el «ping» amortiguado de su teléfono y esperó con la respiración entrecortada a que él lo sacara del bolsillo.

Mara levantó la cabeza y tomó aire cuando Jared le acarició el mentón y la besó con una voracidad posesiva que la sumió en un fugaz estado de trance antes de devolverle el abrazo. La besaba como un hombre poseído, sin disimular su deseo mientras devoraba sus labios. Se estremeció, casi jadeante, cuando se apartó de ella.

—No quiero volver a echarte de menos. Tengo la sensación de que te he echado de menos durante toda mi vida. Quédate conmigo, Mara.

—Estoy contigo —le susurró al oído—. No voy a irme a ningún lado.

El anhelo desmedido que mostraba Jared alimentaba el deseo de Mara, que lo abrazó con más fuerza.

—No quiero que te pase nada. Quiero que vivas conmigo, que estés en mi cama todas las noches. Quiero que tu cara sea lo primero que vea por la mañana al despertarme, y que seas la última persona con la que hablo antes de dormirme. —La estrechó con fuerza, rodeándola con su musculoso cuerpo.

«Tiene miedo de que me pase algo».

En toda su vida Jared solo se había preocupado tanto por otra mujer, que había acabado muriendo en un trágico accidente de tráfico.

—Estaré aquí —le aseguró ella, acariciándole el vello de la nuca. Después del incendio había aprendido que la vida podía acabarse en el momento más inesperado. Pero sabía que nunca dejaría a Jared por voluntad propia, al menos mientras le demostrara que para él era importante y que la necesitaba.

Verlo así la sumía en un estado de euforia y, al mismo tiempo, despertaba su instinto más protector. Ese era el auténtico Jared Sinclair, un hombre corpulento y guapísimo con un corazón de oro. Le había mostrado sus sentimientos y emociones más íntimas, y Mara estaba dispuesta a creer ciegamente en él. Ella se había mostrado tan sincera como él, tan predispuesta a revelarle todos sus sentimientos. Tenía los mismos miedos, las mismas inseguridades, pero estas no eran tan dolorosamente intensas como las de Jared. Ella había tenido una madre que la amaba y no tenía que dejar atrás un pasado tormentoso. A pesar de que estaba libre de cargas, no le resultaba fácil abrirle por completo su corazón a un hombre por el que se preocupaba tanto. Lo quería de tal manera que ese mismo amor casi la aterraba. Los sentimientos que había entre ellos eran tan intensos que rozaban el dolor.

—Quédate —le pidió él cuando Mara intentó apartarse para mirarlo a la cara. Él se dejó caer en el sofá y la obligó a sentarse en su regazo, rodeándola por la cintura con un brazo mientras recuperaba el portátil con la otra mano—. Esta es tu página.

Mara dejó con cuidado el teléfono en la mesa, junto al café, y se puso el portátil en las rodillas.

«Increíble».

La página era fantástica, llamativa, pero con buen gusto, y el nombre del negocio aparecía en el logotipo que Jared y ella habían diseñado juntos. Transmitía una imagen de clase, profesional. No podría haber soñado nada mejor.

Jared le mostró cómo funcionaba todo, cómo ver los pedidos, el tráfico de visitas y las distintas páginas de cada producto.

Cuando acabó, Mara se quedó mirando la pantalla fijamente y levantó la mano para trazar el perfil del logotipo.

—Es real. La Cocina de Mara se ha hecho realidad. —Habían decidido la mayoría de los detalles, salvo el contrato empresarial, mientras ella había estado en casa de Jared, pero esto era mucho mejor de lo que esperaba. Él había tomado las ideas y las había hecho realidad. Entonces Mara dirigió la mirada a la pantalla e hizo clic en la sección de pedidos—. Oh, Dios mío. ¿Tantos encargos tengo ya? ¿Cómo puede haber pasado tan rápido? Si la acabamos de estrenar.

—Puede ser que me haya cobrado algún favor para anunciar el lanzamiento de la página —murmuró Jared medio avergonzado.

—¿Ya estás haciendo marketing? —Mara lo miró boquiabierta, sorprendida por la facilidad con que abordaba cualquier asunto.

—Soy un multimillonario con una buena agenda de contactos, cielo. No me supone un gran esfuerzo involucrar a otras empresas o hacer que corra la voz sobre el emocionante y nuevo proyecto que hemos iniciado.

—Tengo que ponerme manos a la obra si quiero preparar los pedidos y enviarlos antes de la boda de Sarah. ¿Qué tipo de favores te has cobrado?

Se volvió y lo miró a la cara. Jared lucía una de sus sonrisas radiantes de felicidad que a él le iluminaban los ojos y a ella la conmovían.

—Bueno, me he cobrado más de un favor. Esto no ha hecho más que empezar. Seguirán llegando pedidos.

—¿Estás obligando a tus amigos o socios a que me compren?

Jared levantó las manos en un gesto de rendición.

—No he obligado a nadie. Aquí lo único que importa es la calidad del producto. Tan solo he pedido algo de publicidad y algunas reseñas de gente que se dedica a esto. Les envié unas cuantas muestras para que pudieran probarlas. Por cierto, me debes unos cuantos botes de confitura y tofe. —Le dirigió una sonrisa de oreja a oreja.

—¿Y les ha gustado a todos? —preguntó Mara emocionada.

—Les ha encantado. Cielo, tienes una habilidad extraordinaria para la cocina. Yo ya me lo imaginaba y les pedí que fueran totalmente sinceros. Te juro que no le retorcí el brazo a nadie para conseguir una buena crítica.

—¿Me dejas leer alguna?

Jared apoyó la cabeza en el hombro de Mara para ver la pantalla y tecleó una dirección de internet.

—Mira esta.

Mara leyó la reseña con atención, sorprendida ante el hecho de que una importante crítica gastronómica hubiera probado sus productos. No había ni una sola palabra negativa, era un elogio tras otro. Al final de la reseña aparecía el enlace a su página en negrita.

—No me extraña que ya me hayan llegado pedidos. La mitad del país hace caso de sus consejos y recomendaciones. Todo aficionado a la cocina usa sus recetas. Yo lo hago, al menos.

—Lo sé —replicó Jared con un deje arrogante—. Esta casa y la maquinaria que compré se te quedará pequeña enseguida. Y necesitarás ayuda.

—Te tengo a ti.

Desde luego, no esperaba que Jared se pusiera el delantal y le echara una mano. Aun así, ella podía encargarse de la cocina. Hasta el momento él se había ocupado de todo lo demás con una facilidad pasmosa.

—Cielo, tú quieres que tus productos tengan éxito. Yo no cocino y tú necesitas que alguien te eche una mano en los fogones.

Mara dejó el portátil en el suelo. Con las manos libres, se sentó a horcajadas sobre Jared.

—Eres increíble. —Con los ojos empañados, le acarició la barbilla recién afeitada—. Creo que estarías muy guapo con delantal —dijo ella en tono burlón.

—Ni hablar. Pero me encargaré de todo lo demás para que el lanzamiento sea un éxito.

—Ya ha sido increíble. Venga, que tengo mucho trabajo.

Mara hizo el ademán de levantarse, pero un brazo de acero la agarró de la cintura y la inmovilizó.

—No tan rápido. Esperaba que supieras agradecérmelo. —Sus ojos verdes se clavaron en las pupilas oscuras de Mara.

—¿A qué te refieres? —Estaba dispuesta a darle lo que pidiera—. Si es por el teléfono y por todo lo que has hecho por el negocio, te devolveré el dinero. Es verdad que necesitaba un teléfono.

Si la empresa iba a prosperar tan rápido, tenía que estar localizable todo el día y tener acceso constante a internet.

—No quiero que me devuelvas nada. Ha sido un regalo. Quiero que me beses —exigió.

—Eso ya pensaba hacerlo. Todo lo que me has dado no tiene nada que ver con lo mucho que me importas.

Su amor por Jared era incondicional, y los detalles que había tenido con ella no hacían sino intensificarlo.

—Demuéstramelo —dijo Jared en tono exigente, pero con una mirada de súplica.

Mara agachó la cabeza y acercó la boca tanto a la de Jared que sintió su aliento cálido.

—Antes de ponerme a trabajar tenemos que solucionar tu gran problema —murmuró ella con gran seriedad.

—¿Tengo un gran problema?

Jared pareció desconcertado.

Mara movió las caderas para restregarse contra la potente erección de Jared.

—Enorme.

—Ahora mismo eres la única mujer que puede solucionarlo —replicó él con un deje de desafío y desesperación en la voz.

—Perfecto —susurró Mara, que se inclinó más y le dio un beso que lo dejó sin sentido.

No empezó a trabajar en los pedidos hasta mediodía, pero fueron unas horas muy bien invertidas. Cuando por fin comenzó a cocinar, lo hizo con una sonrisa de oreja a oreja.

CAPÍTULO 16

El nuevo negocio iba viento en popa y Jared estuvo ahí en todo
momento, solucionando los demás problemas para que ella se cen-
trara en los productos. Mara empezaba a trabajar a primera hora
de la mañana y no paraba hasta bien entrada la noche, pero nunca
había sido tan feliz.

La noche antes de la boda de Sarah, Jared y ella se sentaron a la
mesa de la sala de estar para firmar los contratos que los abogados
habían redactado. No le había resultado nada fácil llegar hasta allí.
De hecho, se había visto obligada a amenazar a Jared con asociarse
con Evan para que aceptara poner las condiciones por escrito. Mara
habría preferido no tener que recurrir a ese argumento, pero para
ella habría sido peor aún seguir aprovechándose de su generosidad.

Jared había contratado a unos cuantos jóvenes a tiempo par-
cial porque el número de pedidos empezaba a acumularse. Desde
entonces Nina le echaba una mano con las tareas más sencillas y
Todd se encargaba de limpiar las cazuelas y el resto de utensilios que
tenía que usar varias veces al día. Jared le había pedido a Emily que
le aconsejara en la contratación de esos adolescentes, que provenían
de familias que ella sabía que necesitaban el dinero, ya que dirigía el

Centro Juvenil y sabía quién pasaba por dificultades. Ambos jóvenes se dejaban la piel en las tareas que les asignaban y le quitaban una presión importante a Mara. Jared se encargaba de toda la parte más empresarial y relacionada con el marketing, algo que se le daba de fábula a juzgar por el gran número de encargos que recibía a diario. También estaba empezando a preparar una serie de contratos para restaurantes y negocios de fuera de Amesport que querían comprar sus productos con regularidad.

—Necesitamos un local más grande para trasladar la producción, y trabajadores a jornada completa —gruñó Jared mientras estampaba su firma a regañadientes en los contratos que le otorgaban una participación igualitaria en la empresa.

Mara sonrió. Estaban sentados ante una mesa cubierta de papeles y documentos.

—Creo que aún podemos aguantar así una temporada. Antes de poder gastar el dinero hay que ganarlo.

—Para ganar más dinero, antes hay que invertirlo —replicó Jared—. Y no puedes seguir trabajando durante tantas horas. —Hizo una pausa antes de preguntarle—: ¿Echas de menos la tienda de muñecas?

—No —respondió ella con sinceridad—. Es decir, lamento todo lo que perdí y que no podré recuperar, objetos que habían sido de mi madre, pero siempre he disfrutado más cocinando que haciendo muñecas. Más adelante, cuando tenga más tiempo libre, será una de mis aficiones, pero lo que siempre me ha gustado es cocinar. Es un desafío pensar en nuevos productos que puedan usarse para otras recetas. La cocina siempre ha sido mi primer amor. —Mara lanzó un suspiro—. Al principio quería aferrarme al legado de mi madre, pero me he dado cuenta de que para eso no necesito la tienda de muñecas. Mi madre siempre estará aquí. —Se llevó la mano al corazón y Jared vio la alianza que Mara había rescatado del incendio—. Creo que estaría orgullosa de lo que hago ahora.

Aunque no me dedique a lo mismo que ella, he sabido mantener las recetas que habían pasado de generación en generación en mi familia y darles mi toque personal. Si quieres que te diga la verdad, creo que no le habría importado a qué me dedicase siempre que fuera feliz.

Jared se acercó a ella, le agarró la mano que tenía al lado del corazón y se la besó con cariño.

—Yo también lo creo.

—¿Y tú? ¿Crees que alguna vez volverás a hacer aquello que te gusta de verdad? —le preguntó Mara con cierta cautela. Su antigua pasión, la restauración de edificios antiguos, era un tema espinoso.

—¿Cómo lo sabes? —Le soltó la mano y se puso a ordenar los papeles que había firmado.

—Evan me dijo que te gustaba restaurar casas antiguas, que siempre había sido tu primera opción como carrera profesional. Es lo que ibas a hacer con Alan, ¿no? Sé que no guardas buenos recuerdos de esa época, pero me gustaría verte feliz haciendo lo que te gusta.

¿Sería capaz algún día de recuperar las pasiones de juventud? Mara no sabía qué habría hecho ella de encontrarse en su lugar. Ni tan siquiera estaba convencida de que fuera la mejor opción, a menos que Jared pudiera dejar de lado la amargura asociada a ello. Sin embargo, era innegable cuál era su pasión auténtica, algo que le proporcionaba una gran satisfacción. Se le partía el corazón al pensar que Jared tal vez había renunciado por completo a su sueño.

Lanzó un fuerte suspiro y la miró fijamente.

—No lo sé. Nunca he dejado de informarme sobre los últimos métodos de restauración, o de mirar casas antiguas e imaginar cómo les podría devolver su antiguo esplendor. Pero el entusiasmo que tenía al acabar la universidad... nunca ha vuelto a ser igual.

A Mara se le humedecieron los ojos. A veces Jared constituía todo un enigma. Era un hombre guapísimo, con una arrolladora seguridad en sí mismo en todo lo relacionado con su inmobiliaria. Era arrogante, malhablado, el prototipo de macho alfa. Siempre estaba al mando de todo aquello en lo que intervenía. Pero otras veces se mostraba vulnerable y revelaba una personalidad cálida y sensible que sin duda solo conocía ella. Y ese era uno de tales momentos.

—Solo quiero que seas tan feliz como lo soy yo ahora. No me parece justo que mi sueño se haya hecho realidad y el tuyo no.

—Desde que te tengo a mi lado no podría ser más feliz, cielo. No llores por mí. —Se inclinó, la levantó de la silla y la sentó en su regazo—. Me gusta ayudarte a construir algo que deseas. Ahora mismo estoy disfrutando una barbaridad.

—Pero luego...

—Luego ya veremos qué pasa. Lo único que me importa ahora mismo eres tú —aseguró—. Con tu presencia has traído luz a los lugares más oscuros y tristes de mi alma. Y eso es un milagro para mí.

Las palabras de Jared desataron un torrente de lágrimas en Mara, que lo abrazó con fuerza. Solo quería que el destino nunca la separara de él.

—Te quiero.

Pronunció esas dos palabras de forma casi involuntaria. Hacía tiempo que quería decírselo, lo necesitaba, pero no estaba segura de que él deseara oírlas. Ahora era ella quien necesitaba que Jared la escuchara, necesitaba que supiera que le amaba. Entre su desdichada infancia y la gran traición, Jared Sinclair necesitaba a alguien que lo quisiera por encima de todo.

—¿Qué has dicho? —preguntó él con recelo, como si no la hubiera oído bien.

—Te he dicho que te quiero —respondió ella con firmeza—. No tiene por qué significar nada para ti, y no lo he dicho para atraparte en mis redes. Tan solo necesitaba pronunciar esas palabras en voz alta, quería que supieras lo que siento. Te prometí a ti y también a mí misma que sería muy franca. Y eso es lo que siento. Que te quiero. Así de fácil. No es necesario que hagamos nada más. Solo quería decírtelo.

—Repítemelo —le pidió, acariciándole el rostro con las manos y obligándola a mirarlo a los ojos—. Y sí que significa algo. Para mí lo es todo.

—Te quiero, Jared Sinclair —dijo Mara con voz más firme, segura de que él necesitaba oírla.

Él la atrajo hacia sí y la besó apasionadamente, como si intentara capturar las palabras con su boca. Mara lo abrazó del cuello, le devolvió el beso y se estremeció al sentir la fuerza de sus brazos. Jared la estaba devorando como si llevara varios días en ayuno. Buscaba sus labios, su lengua con una voracidad conmovedora. Era un beso de adoración y, al mismo tiempo, erótico, una combinación turbadora. Mara no rehuía el envite de Jared, necesitaba sentir su lengua con la misma desesperación que él.

Después de haber pronunciado las palabras, se sintió vulnerable, indefensa. Sin embargo, Jared la tranquilizó con su comunicación no verbal, protegiéndola con cada beso. Con las manos entrelazadas en su melena, la sujetó del modo más conveniente para besarla hasta dejarla sin aliento.

Cuando acabó, se apartó y apoyó la cabeza en sus cabellos, abrazándola con fuerza.

—Te necesito, Mara. Te necesito tanto que me falta el aire. No me dejes. No me dejes nunca, por favor.

Mara sintió una punzada de dolor. La voz angustiada de Jared le partió el alma. Todas las personas por las que él se había preocupado lo habían abandonado y traicionado. Si se sentía tan frágil como ella, debía de estar viviendo un auténtico infierno.

—Nunca lo haré.

Y lo decía en serio. Mara quería estar siempre a su lado, notar su presencia. Nunca lo abandonaría a menos que él le dijese que ya no la amaba. Deseaba estar a su lado para ayudarlo a curar las heridas. Quería que fuera un hombre feliz.

—Si te vas, te encontraré —le advirtió Jared con un gruñido.

Mara sonrió ante aquella muestra inesperada de arrogancia. Jared era desconcertante... de nuevo. Pero cada vez le resultaba más fácil interpretarlo. Frío y caliente. Exigente y amable. Dominante y vulnerable. Le gustaban todos los aspectos de ese hombre porque empezaba a comprender sus reacciones. Tenía una fuerza de carácter increíble. Aunque había intentado ocultar su lado más sensible para protegerse, no lo había hecho desaparecer por completo. Mara lo podía ver en todo lo que hacía Jared, por mucho que él se esforzara en ocultarlo.

—¿Me buscarías con todas tus fuerzas? —le preguntó ella en tono burlón.

—Seguiría tu precioso trasero hasta el fin del mundo —le prometió él—. Ahora que sé que me quieres, nunca te librarás de mí.

«Como si yo deseara eso. ¡Ni hablar!».

Mara se estremeció al oír sus palabras. Cuando Jared se mostraba posesivo y dominante, provocaba una reacción carnal en Mara que ella no podía reprimir.

El timbre del teléfono de Jared interrumpió sus pensamientos y ella miró el reloj.

—La cena familiar —le recordó a Jared, muy a su pesar—. Debe de ser Emily. Llegamos tarde.

—¿Crees que me importa algo en estos momentos? —Jared deslizó los labios por la suave piel de su cuello.

—Sí —respondió Mara, fingiendo una calma que no sentía—. También irán Hope y Jason, y aún no los has visto. —Hope y Jason Sutherland habían llegado esa misma tarde para asistir a la boda el día siguiente. Mara sabía que hacía mucho tiempo que Jared no veía a su hermana—. Responde al teléfono y dile que ya vamos.

Jared soltó a Mara lanzando un suspiro de disgusto.

—Ojalá pudiéramos quedarnos en casa —gruñó, contrariado, sacando el teléfono del bolsillo cuando ella se puso en pie.

Mara intentó reprimir la risa mientras él respondía la llamada.

**

La cena en casa de Grady fue informal, todos llevaban ropa cómoda... salvo Evan, claro, que se había puesto su habitual traje inmaculado. Cuando Mara lo vio, se juró que iba a comprarle algo más adecuado para su estancia en Amesport.

Emily se había encargado de la barbacoa y Sarah había decidido invitar únicamente a los hermanos Sinclair y sus respectivas parejas. Evan tenía que irse justo después del banquete nupcial; Dante y Sarah se iban de luna de miel solo durante una semana porque él tenía que empezar en su nuevo cargo de inspector del departamento de policía de Amesport justo a la vuelta. Como Hope estaba embarazada y tenía mareos, Jason no quería dejarla sola y ambos iban a regresar a Nueva York para que él pudiera zanjar los últimos asuntos pendientes. Al ver la mirada de Jason, Mara supo que no pensaba perder de vista a su mujer embarazada en ningún momento. Toda la familia se había puesto contentísima al saber que Hope y su marido iban a instalarse definitivamente en Amesport al cabo de unos meses. Jason tenía que solucionar varios temas en Nueva York, pero cuando lo hubiera hecho podrían hacer la mudanza.

Mara tampoco había pasado por alto la mirada de satisfacción de Jared después de la cena, cuando su hermana les comunicó oficialmente la noticia.

Sentada junto a él en el sofá, le preguntó al oído:

—Ese era tu plan desde el principio, ¿verdad? Construir en la península una casa para cada uno de los hermanos para reunir a toda la familia.

Mara sabía que era tan cierto como su amor por él. Jared no había tomado la decisión de construir una casa para cada hermano después del accidente solo porque estuviera aburrido o porque quisiera dejar atrás el dolor de haber perdido a su amigo y su novia. Hacía tiempo que soñaba con que todos los hermanos vivieran en la misma zona, después de pasar varios años desperdigados por el país y, en el caso de Evan, en el otro extremo del mundo. Mara se conmovió al pensar en aquel hombre que se sentía tan solo que había ido al lugar donde Grady ya tenía su hogar permanente y había utilizado todos sus conocimientos arquitectónicos para construir lo que esperaba que fuera algo más que una casa de vacaciones para cada uno de los hermanos. Durante años, el plan no había funcionado: todos estaban demasiado ocupados. Pero en ese momento Hope, Grady y Dante iban a vivir en el mismo sitio, algo que siempre había sido el deseo secreto de Jared.

—Por entonces no quería admitirlo, pero creo que en el fondo es lo que esperaba —le respondió también al oído—. Aún no puedo creerme que mi deseo vaya a hacerse realidad. Ahora solo me queda Evan.

A Mara le dio un vuelco el corazón. ¿Significaba eso que Jared pensaba quedarse en Amesport de forma indefinida? ¿Que su casa de la península iba a convertirse en su hogar permanente? Por supuesto, de vez en cuando tendría que viajar, ya que tenía varios proyectos en marcha repartidos por todo el mundo. Pero ¿estaba pensando en pasar gran parte del tiempo allí, en Maine?

—No sé si el pequeño aeropuerto de Amesport podrá dar cabida a tantos aviones privados —dijo Mara con un tono despreocupado que no se correspondía con lo que sentía en su interior, con el único fin de calmar los nervios.

Jared sonrió.

—Pues lo ampliaremos. Es lo bueno de que haya tantos millonarios en una ciudad: habrá mucho dinero disponible para hacer mejoras.

A Mara se le ocurrían muchas otras ventajas, la más importante de las cuales era que Jared pasaría más tiempo en Amesport. Abrió la boca para responder, pero perdió el hilo cuando Hope se sentó en el regazo de su marido y tomó la palabra.

—Aprovechando que estamos todos reunidos aquí, tengo que deciros otra cosa. Os pido disculpas por haber ocultado algunos hechos.

Mara vio que a Jason le cambiaba el semblante de inmediato y adoptó un gesto de preocupación mientras le acariciaba la espalda a su mujer.

—Cariño, quizá no sea el mejor momento... —dijo muy serio.

—Lo es —lo interrumpió Hope—. Nunca hemos estado todos juntos, y quiero que sepan la verdad. Dentro de poco volveremos a vivir cerca los unos de los otros, en el mismo lugar. Y necesito cerrar heridas, Jason. No quiero seguir viviendo una mentira ante mi familia. Los quiero. Ha llegado el momento de la verdad.

Mara observó el intercambio entre Hope y Jason, que se miraron y comunicaron sin palabras antes de que él asintiera. Era una señal inequívoca de que apoyaba a su mujer.

Hope, que lucía una preciosa melena caoba, abrió la boca, pero habló con un hilo de voz temblorosa.

—He mentido. Os he estado mintiendo desde hace varios años.

—¿Por qué? —preguntó Grady, confundido, mientras Emily entrelazaba su mano con la suya en el sofá de dos plazas.

—¿Cómo? —dijo Dante con voz grave mientras Sarah le echaba los brazos a los hombros.

Mara buscó y agarró la mano de Jared, convencida de que lo que iba a decir Hope tendría un gran impacto emocional en los hermanos.

A Hope se le inundaron los ojos de lágrimas cuando intentó continuar.

—Yo, yo... os he ocultado cosas —repitió con voz apesadumbrada.

Evan tomó la palabra con su voz de trueno, desde el sillón que ocupaba en el otro extremo de la sala.

—Hope decidió estudiar fotografía, algo que ninguno de nosotros sabía. Todos creíamos que había elegido una carrera inútil, pero, en realidad, cuando se graduó ya era una fotógrafa de gran talento y empezó a ganarse la vida viajando por todo el planeta, aceptando encargos como fotógrafa de condiciones meteorológicas extremas. Nunca nos confesó a qué se dedicaba o dónde iba porque sabía que habríamos intentado detenerla. —Evan dirigió sus ojos azules a su hermana, que lo miraba boquiabierta—. Y por supuesto que lo habríamos hecho. Habría viajado con un servicio de protección las veinticuatro horas del día. —Evan empleaba un tono muy natural, pero no apartó la mirada de su hermana—. Cuando estaba en la India persiguiendo un ciclón, la secuestraron, torturaron y... —tuvo que toser antes de pronunciar las últimas palabras—, le dieron una paliza y la violaron.

Por primera vez Mara percibió un tono de angustia y remordimiento en la voz siempre fría de Evan. Mantenía el semblante impertérrito, pero no había podido ocultar cómo se sentía por todo lo que le había ocurrido a Hope. Mara estrechó la mano a Jared al ver su mirada de incredulidad y sufrimiento.

—¿Cómo lo has sabido? —preguntó Hope, agachando la mirada.

—No lo supe hasta que empezaste a salir con Sutherland; de lo contrario habría hecho algo para poner fin a tus peligrosas actividades. Contraté a varios investigadores para que te siguieran el rastro cuando desapareciste en Colorado. Tenía la sensación de que algo no iba del todo bien —añadió Evan con voz seria y enfadado.

—Me encontraron el mismo día —replicó Hope.

—Me importa una mierda —le espetó Evan—. Eres mi hermana y quería saber qué te pasaba.

—¿Qué diablos te ocurrió cuando te secuestraron? —gruñó Jared.

—¿Quién te secuestró? —preguntó Dante, fuera de sí.

—¡Mataremos a ese cabrón! —exclamó Grady.

—Está muerto —les explicó Hope—. Era un loco, un radical. Nuestras Fuerzas Especiales sabían que se había ocultado en la India y le estaban siguiendo el rastro en una misión de alto secreto. Me salvaron la vida y lo mataron cuando asaltaron el edificio que usaba como escondite y donde me tenía retenida. —Respiró hondo antes de seguir—. Siento haberos mentido a todos. Después de la infancia que pasamos, solo quería ser libre. Todos sois muy protectores, y os lo agradezco enormemente, pero tenía que vivir mi propia vida.

Hope respondió a la avalancha de preguntas de los hermanos, intentando dejar de lado los sentimientos heridos. Las mujeres apoyaban la decisión de Hope. Intentaron hacerles ver a sus maridos que todos tenían una actitud sobreprotectora y que su hermana tenía derecho a llevar las riendas de su propia existencia. Aunque ello la obligara a mentirlos para conseguir la independencia.

—Admiro tu trabajo —le dijo Mara durante uno de los escasos momentos de silencio. Hope había mencionado su nombre profesional, H. L. Sinclair, mientras todos discutían—. No he visto ninguna de tus fotografías de fenómenos meteorológicos extremos, pero sí algunas de tus instantáneas sobre la naturaleza. Hace un tiempo me puse a buscar obras de ese estilo para colgarlas en mi casa y di con algunas de tus fotografías. Son fantásticas. —Mara miró a su alrededor y vio que todos la observaban—. Hope tiene un gran talento. ¿Alguno de vosotros ha visto sus fotografías?

—Es un genio. Debe de ser una de las fotógrafas más respetadas del mundo en su especialidad. Tiene un don especial y una habilidad asombrosa —dijo Jason en apoyo de su mujer—. Por suerte ahora se ha centrado únicamente en fotografía de paisajes y naturaleza. Ya no tiene que demostrar nada a nadie.

Jason y Hope intercambiaron una mirada de comprensión, algo que seguramente nadie entendía salvo ellos.

Todos confesaron que no conocían su obra... salvo Evan.

—He visto todas sus fotos —dijo el hermano mayor en tono despreocupado—. Es cierto que tiene un gran talento. En las paredes de mi casa hay varias de sus obras —admitió—. Aunque debo decir que es un alivio que haya decidido cambiar de especialidad. De lo contrario, mis guardaespaldas no la dejarían ni un momento.

—Tendrían que ponerse en la cola después de los míos —dijo Grady, resentido.

—Y de los míos —añadió Jared.

—Yo también contrataría a unos cuantos —dijo Dante con voz hosca.

—Demasiado tarde —replicó Jason a la defensiva—. Yo ya tenía preparado un plan de protección si ella no hubiera cambiado la dirección de su carrera. Y no me habría apartado de ella en ningún momento y en ningún lugar.

Hope le dio un beso tierno a su marido antes de mirar a Evan.

—¿De verdad tienes algunas de mis fotografías en tu casa? —preguntó, algo sorprendida.

Evan asintió con un gesto enérgico.

—Estoy orgulloso de ti, Hope.

Mara sabía que con su comentario Evan se refería a mucho más que al trabajo de su hermana como fotógrafa. Se le encogió el corazón al pensar en lo que debía de haber sufrido a manos de su secuestrador, a pesar de que Hope no había revelado los detalles más escabrosos. Aun así, no quería ni imaginarse el dolor físico y emocional que debía de haber padecido.

—Eres muy valiente —le dijo Mara a Hope con sinceridad—, y siento todo lo que has pasado.

Hope respondió con una sonrisa.

—Gracias. Con el tiempo logré sobreponerme y ahora soy más feliz de lo que podría haber soñado jamás.

Se volvió hacia su marido con una mirada de adoración y se acarició el vientre, aún plano, en un gesto protector.

—Deberíamos haber estado a tu lado. Podrías habérnoslo dicho —protestó Grady.

—Tenéis que entender que necesitaba tiempo. Os quiero mucho a todos, pero me hacía falta tiempo para que cicatrizaran las heridas —añadió Hope con voz suave.

—Si el incidente era de alto secreto y no llegó a la opinión pública, ¿cómo diablos lo supo Evan? —preguntó Dante, mirando a su hermano mayor.

Evan no rehuyó el envite, pero mantuvo una mirada neutral.

—Tengo contactos en casi todas las esferas —se limitó a decir, encogiéndose de hombros.

Jared le soltó la mano a Mara, se levantó y se acercó a su hermana.

—No estuvimos a tu lado entonces, pero sí lo estamos ahora. Dame un abrazo, maldita sea —le pidió.

Mara rompió a llorar y se mordió el labio cuando vio que Jason le soltaba la mano a su mujer y Hope, también entre lágrimas, se lanzó a los brazos de su hermano.

—Lo siento mucho. No os imagináis cuánto os quiero —dijo entre sollozos, aferrándose a su hermano más joven.

Se levantaron todos, incluidas también las mujeres, salvo Evan. Y uno a uno abrazaron a Hope en un gesto de perdón y de amor.

Aunque Evan no se perdió ni un instante de lo que ocurría, no se movió para abrazar a su hermana o participar en la íntima ceremonia familiar.

Se quedó solo.

Capítulo 17

—Tienes una familia increíble —le dijo Mara a Jared un par de horas después de la confesión que había conmovido sobremanera a todo el clan de los Sinclair. Aunque Evan intentó no parecer afectado por lo ocurrido, Mara sabía que no era así. Los demás miembros de la familia habían hablado del tema, se habían abrazado como gesto de perdón y apoyo, pero él se lo había guardado todo para sí. No se había desahogado y Mara sufría por él.

—Los echaba mucho de menos —admitió Jared en voz baja y pensativa mientras observaba a sus hermanos, que reían y bromeaban con todo, desde anécdotas de la infancia a sus preferencias deportivas—. Ojalá hubiera sabido lo de Hope.

—Nadie lo sabía. Ni siquiera Evan, que se enteró cuando ya había acabado todo. Me alegra que tu hermana os haya mostrado sus fotografías. Deberías estar orgulloso de ella. Es una gran profesional —comentó Mara pensativamente.

Los hermanos no la dejaron en paz hasta que Hope les mostró las fotografías que tenía en internet. Todos se quedaron maravillados con su talento, y Mara advirtió lo feliz y aliviada que se sentía ella ahora que por fin había obtenido el reconocimiento de su familia.

Aunque ya no fotografiaba fenómenos meteorológicos extremos y no viajaba por el mundo en busca de catástrofes naturales, su fama no había parado de aumentar. Y en su opinión bien que lo merecía.

—¿Jared? Tienes visita. Dice que es una vieja conocida —le dijo Emily con un deje de incertidumbre, tras acercarse al sofá donde estaban sentados.

El timbre de la puerta había sonado unos minutos antes y Emily se levantó de un salto, seguida de Grady, que no quería perderla de vista. Como toda la familia estaba en la casa, y la península era una propiedad privada, la inesperada visita había despertado su preocupación, sobre todo porque no se esperaban más invitados.

La sala se quedó en silencio y todas las miradas se posaron en Jared.

—¿Quién es? —preguntó él, confuso.

«¿Una mujer? Me dijo que no estaba saliendo con nadie», pensó Mara, cuyo corazón empezó a latir con fuerza. Tenía miedo de que fuera una antigua conquista con la que había compartido momentos de cama. Un escalofrío le recorrió la espalda.

«Él nunca me mentiría. Jamás. Aunque sea una vieja amiga, no se acostará con ella».

Emily se apartó y apareció una mujer de aspecto demacrado.

—Soy yo. Siento molestar, pero tenía que verte. —La mujer mayor estaba nerviosa y no paraba de frotarse las manos.

Mara se volvió justo a tiempo de ver una punzada de intenso dolor en el rostro de Jared. No creía que su relación hubiera sido sexual. La mujer era tan mayor que bien podía ser su madre, pero a juzgar por la reacción de Jared, estaba claro que la conocía.

—¿Señora Olsen? —A Jared se le rompió la voz cuando la reconoció.

Por primera vez en toda la velada, Evan se levantó y se dirigió a la visita.

—Ah... parece que esta noche todo el mundo ha decidido sacar del armario los esqueletos de la familia. Pero no es el momento adecuado para hablar de este secreto. Señora, le ruego que se vaya de inmediato porque, de lo contrario, llamaré a la policía para que se la lleven —dijo el primogénito de los Sinclair con una voz más fría que el hielo.

—La policía ya está aquí —gruñó Dante, que se levantó y se acercó hasta Evan—. ¿Qué demonios pasa?

—¿Quién es esta mujer? —preguntó casi sin aliento Mara, consciente de la tensión que se había apoderado de Jared.

—La madre de Selena —respondió este.

Mara se puso en pie, incapaz de contenerse ni un segundo más. Aquella mujer había tenido la indecencia de ir a buscar a Jared después de todo lo que este había sufrido, después de todo lo que él había hecho para proteger sus sentimientos en el pasado.

—Lamento la pérdida de su hija —dijo Mara apretando los dientes—, pero Jared ha padecido mucho en los últimos años. ¡Así que ya basta! Ahora, váyase.

No pensaba permitir que esa desconocida se acercara a Jared, de modo que se interpuso entre ambos, impidiendo que él tuviera que ver a la mujer que le había dado un bofetón y que lo culpaba de la muerte de su hija.

—No he venido para hacerle daño —dijo la recién llegada, hecha un manojo de nervios.

—Entonces, ¿qué quiere? —exigió Mara.

—Esperaba poder hablar a solas con él —respondió la señora Olsen en voz baja, frotándose las manos, incómoda.

—Ni en sueños —le espetó Mara con vehemencia. No quería dejar a esa mujer sola con Jared para que le vomitara toda la ira que llevaba dentro. Quizá hubiera sido una reacción comprensible cuando la muerte de Selena era reciente, pero después de tantos años, no iba a permitir que se le acercara.

—Aquí todos somos familia. Diga lo que tenga que decir, o váyase —exigió Evan con frialdad—. Pero tenga en cuenta que, si no me gusta lo que dice, la pondré de patitas en la calle en cuestión de segundos.

—No sé qué está pasando, pero te ayudaré a echarla —añadió Dante.

—Selena escribía un diario —dijo la señora Olsen de repente—. Cuando murió, fui incapaz de leerlo. Tampoco sabía si debía hacerlo. Hace un mes, lo encontré de nuevo y decidí que quería saber qué le pasaba por la cabeza durante el año previo a su muerte. Se había vuelto distante y quería saber el motivo. —Hizo una pausa y respiró hondo—. Sé que estaba enamorada de Alan y que se acostaba con él a pesar de que tenía una relación contigo, Jared. Me gustaría saber qué ocurrió exactamente la noche que murió. —Las lágrimas se deslizaron por el rostro demacrado de la mujer—. Ahora que he leído sus anotaciones, no podré descansar hasta que lo sepa.

Jared abrazó a Mara.

—De nada serviría que se lo contara —dijo él—. Selena y Alan ya no están entre nosotros, señora Olsen. Y aunque me duele, no podemos devolverles la vida. En su momento le dije lo mucho que lo sentía y supongo que nunca podrá dejar de odiarme. Pero no se aferre más al pasado.

—Tengo que saberlo —suplicó la mujer.

Jared no abrió la boca y negó con gesto apesadumbrado.

«No puede hacerlo. Es incapaz de pronunciar las palabras que sabe que harían daño a su madre».

Mara le agarró la mano con fuerza en un gesto de apoyo. Era obvio que Jared no quería contarle la verdad, a pesar de que la madre de Selena ya conocía la peor parte.

De modo que al final fue Evan quien tomó la palabra.

—Mi hermano ignoraba que Selena y Alan se acostaban. Estaba dedicado en cuerpo y alma a la empresa para sacar adelante el negocio que tan generosamente había creado a medias con su amigo. Esa noche Jared asistió a la fiesta y estaba sobrio, tal y como había prometido. Cuando su hija y Alan desaparecieron, mi hermano fue a buscarlos y los sorprendió en la cama. Destrozado, sintiéndose traicionado, Jared decidió irse. A fin de cuentas, fue una reacción normal en un hombre al que acababan de arrancarle el corazón del pecho. —Jared no apartaba sus ojos azules de la mujer—. Nadie sabe qué ocurrió a continuación, salvo los tres implicados, y los tres están muertos. Entiendo que usted quedó hundida cuando murió su hija, pero mi hermano también. Asumió la culpa de lo sucedido y tuvo que pagar un precio altísimo que afectó a su salud mental. Nunca habló mal de su hija, ni a usted ni a nadie, no contó que le había engañado. Quería que usted conservara un buen recuerdo de ella sin ensuciar su reputación.

Evan habló con una voz tan calmada que resultaba inquietante, como si estuviera tratando un asunto de negocios sin importancia. Se cruzó de brazos y no apartó la mirada de la mujer desconsolada.

—Ya basta, Evan. —Jared le puso una mano en el hombro—. Esto no cambiará nada.

Evan se apartó de su hermano y añadió:

—Espero, por tu bien, que esto cambie algo para ti.

—Debería haberme quedado —masculló Jared—. Debería haberlos llevado a casa por mucho que me doliera.

—No creo que Selena lo hubiera permitido. Quería que le pagaras el resto de los estudios y, cuando descubriste que Alan y ella tenían una aventura, sin duda comprendió que lo vuestro se había acabado. Hiciste lo que habría hecho cualquier otro en tu situación. Las dos personas más importantes de tu vida te traicionaron —dijo la señora Olsen entre sollozos—. Yo quería a mi hija, y ojalá no hubiera muerto, pero es verdad que te utilizó y lo lamento. Creía sinceramente que te amaba. En honor a la verdad hay que decir que Alan intentó poner fin a la aventura y quería contártelo todo. Lo leí en el diario de mi hija. Al parecer, la amaba de verdad. —Se secó las lágrimas y miró a Jared a los ojos—. Tú no hiciste nada malo, Jared. Lo siento mucho. No espero que me perdones, pero cuando leí el diario de Selena ya imaginé que debía de haber pasado algo parecido. Tenía que encontrarte. Debía conocer la verdad para saldar cuentas con el pasado. Quería a Selena con toda mi alma, pero no me gusta lo que hizo.

—La perdono —dijo Jared con voz ronca—. Serena era una mujer fantástica, no era mala persona. Pero se enamoró de otro hombre y quería acabar sus estudios. Sabía que usted no tenía el dinero. Y yo sí. No la odio y ojalá no hubiera muerto. El mundo la echará de menos.

A Mara se le partió el corazón al escuchar las palabras del maravilloso hombre que tenía a su lado. A pesar de todo lo que le había pasado, de todo lo que había descubierto de la mujer a la que amaba, no dejaba de llorar su ausencia.

—Te agradezco esas palabras tan amables después de cómo te traté en el funeral, después de que te culpara de lo sucedido —dijo la señora Olsen entre sollozos.

Jared se encogió de hombros.

—Lo entiendo. Estaba desolada por la muerte de su hija. No puedo imaginar nada más doloroso. Solo quería que recordara las cosas buenas de Selena.

—Eso intento —dijo ella con un hilo de voz.

Jared asintió.

—Me alegro. Es lo que yo haré. Guardo buenos recuerdos de mi relación con Alan y Selena. Éramos jóvenes y cometimos errores.

—Pero lo que ella te hizo...

—Ya no importa —dijo Jared, intentando zanjar la cuestión—. Estábamos en la universidad. Selena era una chica lista y con las ideas claras, y Alan se enamoró perdidamente de ella. Selena aún no había acabado los estudios, le faltaba madurar un poco más.

Céntrese en todo lo bueno que hizo. Todos cometemos errores cuando somos jóvenes. —Le puso una mano en el hombro.

—Eras un joven muy bueno, y te has convertido en un hombre fantástico. —La señora Olsen lo miró a los ojos—. ¿Eres feliz? —Miró a Mara—. ¿Es tu esposa?

—Soy feliz. Y ella es Mara, la mujer que me ha cambiado la vida —dijo Jared con voz áspera.

—Lamento la muerte de su hija, señora Olsen —dijo Mara, tendiendo una mano a la mujer que le había causado un dolor tan intenso a Jared. Sin embargo, por fin se sabía la verdad y Mara no podía por menos que admirar el valor que había demostrado aquella madre al buscar a Jared para averiguar lo que había ocurrido la noche de la muerte de su hija e intentar reparar, en la medida de lo posible, una parte de los daños. Muchos padres no querrían saber nada. En el fondo, Mara le estaba agradecida por haberle dado a Jared la oportunidad de cerrar las heridas a costa de su propio dolor. Era como si su relación hubiera cerrado el círculo. Jared había sufrido en silencio durante años, culpándose a sí mismo. La señora Olsen había sufrido, convencida de que había culpado a Jared injustamente, para luego culparse a sí misma. Al final ambos habían encontrado la paz, o eso era lo que deseaba Mara.

La señora Olsen le estrechó la mano a Mara y le dio unas palmaditas.

—Hazlo feliz, por favor.

—Ese es mi objetivo.

Cuando ambas se separaron, Jared se acercó a la señora Olsen y le dio un estrecho abrazo. Mara observó a la madre de Selena, que cerró los ojos y le devolvió el gesto. Al final no pudo contener las lágrimas cuando vio que Jared abrazaba a la causante de todo su dolor y la perdonaba, porque había perdido a su hija. La compasión y empatía de Jared fueron toda una lección de humildad.

Jared le rodeó los hombros con un brazo y la acompañó a su vehículo. Mara confiaba en que la mujer no volviera a causarle ningún daño emocional a Jared, y se quedó en la casa para que tuvieran unos minutos de intimidad. Cuando salieron por la puerta, llegó la avalancha de preguntas.

—¿Qué diablos ha pasado?

—¿Qué le ocurrió a Jared?

—¿Quién era esa mujer?

Evan les hizo un gesto para que se sentaran y respondió a sus preguntas. Mara le dirigió una sonrisa, consciente de que él estaba respondiendo a las cuestiones más difíciles para que no tuviera que hacerlo su hermano. Del mismo modo que había contado la historia de Hope para que ella no tuviera que pasar por el mismo trance.

Evan les refirió lo que había ocurrido, aunque sin entrar en demasiados detalles sobre los posteriores problemas de su hermano con el alcohol. Se limitó a decirles que había ido a verlo y que Jared se culpaba a sí mismo por la muerte de los amigos.

—Ojalá lo hubiera sabido —gruñó Dante—. ¿Cómo es posible que nos separáramos tanto? Hope y Jared han vivido un auténtico infierno y ninguno de nosotros lo sabía excepto Evan. ¿Por qué? Yo ya me había dado cuenta de que Jared no era el de antes, que había cambiado. Pero nunca quería hablar del tema. Quizá nos habría dicho algo si hubiéramos permanecido más unidos.

—Yo lo supe porque lo sé todo —respondió Evan con arrogancia—. Por entonces Jared no estaba preparado para hablar de ello. Nadie podría haberlo convencido de que lo que estaba pasando no era culpa suya. Necesitaba tiempo.

Quizá le habría servido de algo contar con algún tipo de apoyo, pero Mara vio que Evan no mencionaba el tema. Supuso que era porque lo peor ya había quedado atrás y no quería que sus hermanos se culparan por lo que le había pasado a Jared, como tampoco quería que tuvieran remordimientos por el asunto de Hope.

Grady miró fijamente a Evan.

—¿Por qué no nos dijiste nada de lo que les había pasado a Jared y a Hope?

Evan se encogió de hombros.

—No era yo quien tenía que contarlo. Sabía que tarde o temprano acabaríais sabiendo la verdad, y tampoco podíais hacer gran cosa cuando ya había pasado todo.

—¿Cómo creías que íbamos a descubrirlo? —preguntó Dante.

—Somos Sinclair —dijo Evan—. Podemos estar separados por una gran distancia, pero seguimos unidos por la sangre y por nuestras vivencias.

—Y porque sentís un amor mutuo y correspondido —se apresuró a añadir Sarah—. Siempre os habéis ayudado cuando alguien lo necesitaba. Quizá en su momento Jared y Hope no estaban en condiciones de contar lo ocurrido, pero ahora todos lo sabemos. Y habéis demostrado que podéis daros un gran apoyo.

—Me alegro de que volváis a estar juntos —dijo Emily con un suspiro, antes de mirar a Mara—. ¿Significa esto que Jared y tú vais a casaros y a quedaros en Amesport? —preguntó esperanzada.

—No —se apresuró a responder Mara, que no quería que Emily se hiciera falsas ilusiones—. Es decir, solo... hum... estamos saliendo.

Sarah resopló.

—Según Jared, eres la mujer que le ha cambiado la vida. No me parece que vaya a conformarse solo con «salir» contigo.

—Dejadla en paz —dijo Evan—. Comprometerse con Jared sería un paso muy importante para cualquier mujer. Los Sinclair no son de trato fácil y nuestro hermano no es ninguna excepción. Puede ser un auténtico idiota.

Dante se rio.

—No lo digas muy alto, que mañana me caso.

—Estoy seguro de que Sarah me ha oído y que sabe perfectamente lo idiota que puedes llegar a ser —respondió Evan con cara de póquer.

Sarah también se rio.

—A veces lo es. —Intercambió una mirada seductora con su prometido.

—Por suerte, yo soy perfecto —dijo Grady con tono presuntuoso.

Emily soltó una carcajada.

—Eso será en sueños, campeón. Pero debo admitir que no andas muy lejos.

Una enorme sensación de bienestar invadió a Mara al ver que el clan Sinclair era capaz de reunirse y bromear entre sí. Era fantástico que después de una noche en la que habían compartido tantos secretos, tantas experiencias traumáticas y tanto dolor, todos siguieran llevándose de fábula. Se habían sobrepuesto a las adversidades y tenían una capacidad de resistencia tan grande que no podía más que admirarlos.

Entonces se dio cuenta de que formar parte de la ceremonia de boda que iba a celebrarse al día siguiente era un honor, más que una carga. Era una familia especial, adinerada y muy privilegiada, pero con un corazón inmenso.

Esperaba que el encuentro con la madre de Selena fuera un punto de inflexión para Jared. Cada día que pasaba se mostraba más abierto, pero sabía que le costaba un gran esfuerzo cambiar. Quizá esa noche por fin había logrado saldar las deudas con el pasado y hallado el camino de vuelta a una vida normal. Lo deseaba con toda el alma.

—¿Alguien tiene ganas de postre? —preguntó Emily en voz alta—. Mara ha preparado un pastel de queso y chocolate. Si queréis me encargo del café para acompañar.

—Yo pongo los platos —se ofreció Dante, que se levantó de un salto del asiento.

—Yo te ayudo —declaró Jason, poniéndose en pie.

—Ni hablar —dijo Hope con una sonrisa—. Antes de que podáis servirlo ya no quedará ni una miga. Es un adicto al chocolate —acusó a su marido, siguiéndolo a la cocina.

Sarah y Emily se acercaron a Mara y le tomaron las manos.

—Venga, hay que darse prisa si no quieres quedarte sin postre. El pobre Jared llegará demasiado tarde. Dante y Grady están jugando sucio —dijo Emily en broma.

Mara no pudo contener la risa cuando las dos mujeres la obligaron a levantarse.

—¿Evan? —Mara miró al primogénito—. ¿Te apetece un pedazo?

—No, gracias —respondió él con altivez—. Intento evitar los hidratos y los alimentos con azúcar sin valor nutritivo.

—¿Siempre evitas la comida basura? —preguntó Mara boquiabierta—. Pues no sabes lo que te pierdes.

—Ya estoy acostumbrado —murmuró Evan en voz baja.

Mara lo oyó, o eso le pareció. Quizá no lo había entendido bien.

—¿Has dicho algo?

—No —respondió él en plan cascarrabias.

Mara le lanzó una mirada inquisitiva, intentando entender al mayor de los Sinclair. Si se quedaba en la superficie, era un cretino y no tenía la menor duda de que la arrogancia y la tozudez formaban parte consustancial de su personalidad. Pero había algo más, algo que no sabía identificar. En ocasiones, Evan dejaba traslucir su yo más personal, habitualmente cuando se trataba de algo relacionado con su familia. ¿Había alguien que supiera lo entregado que estaba a sus hermanos? ¿O era ella la única que veía algo más bajo aquella imagen de esnobismo y autocontrol modelada a conciencia?

Sintió un poco de pena por Evan, sentado solo en la sala de estar, con rostro impasible. Parecía tan distante, tan... solo. A decir verdad, Mara creía que Evan tampoco se sentía feliz consigo mismo y el papel que le había tocado interpretar. ¿Por qué seguía llevando esa vida?

—¿Vienes, Mara? ¡Grady va a acabar con el pastel! —la llamó Emily desde la cocina.

Dejando a un lado la tristeza que le había provocado la imagen de Evan sentado solo en la sala de estar, sonrió y se dirigió a la cocina. Cuando llegó, vio el caos que se había desatado: todos estaban luchando por hacerse con un pedazo de tarta.

—¿Qué haces? —Jared apareció por detrás y la abrazó de la cintura.

—Luchar por un trocito del pastel de queso y chocolate que he traído —respondió ella entre risas.

—Quizá debería echarte una mano. —La estrechó con fuerza y le dio un beso en la sien.

—No es necesario. —Mara se dio la vuelta, lo besó en el cuello y le susurró al oído—: No se lo digas a nadie, pero he hecho otro solo para ti. Está en casa, en la nevera.

Él la miró con unos ojos que brillaban de alegría.

—Luego te extraña que te adore tanto, joder.

—¿Es por mis pasteles? —preguntó ella en tono burlón.

—Es porque te has tomado la molestia de hacer uno para mí, y por un millón de motivos más. —Agachó la cabeza—. Pero voy a dejar el pastel para luego. Te prefiero a ti de postre. Vámonos a casa… a menos que quieras pelearte por la tarta.

Cielo santo. Lo que más deseaba ella en ese momento era recorrer todo su cuerpo con la lengua. Era tan guapo que la dejaba sin habla.

—Seguro que lo compartirás conmigo.

—Lo compartiré todo —dijo él con un tono que parecía una promesa solemne.

—Voy a lamerte de arriba abajo. Ese será mi postre —le susurró Mara al oído y le dio un suave mordisco en el lóbulo.

—Joder, nos vamos ahora mismo —dijo Jared, que la tomó de la mano y la condujo hacia la puerta.

—¿No nos despedimos?

—¡Hasta luego! —dijo Jared a sus hermanos, sin apartar los ojos de Mara.

De espaldas a su familia, Jared no vio que todos dejaban de pelearse unos segundos para ver cómo se marchaban, con una mirada teñida de un brillo especial y de esperanza.

Capítulo 18

—¿Así que construiste las casas de la península de Amesport con la esperanza de que toda tu familia viniera a vivir aquí algún día?

Mara, que tenía unas ganas locas de tocar a Jared, intentó distraerse con la pregunta mientras volvían a su casa en el todoterreno.

—Creo que sí —respondió Jared en voz baja y pensativa—. Cuando Evan logró que dejara el alcohol y volví a centrarme en los negocios, sentí la necesidad de hacer algo útil. Les dije a mis hermanos que iba a construir una casa cuando vine a ver a Grady y vi la península. Fue una especie de reacción instintiva. Ninguno de ellos se opuso, así que les pregunté qué les gustaba y lo hice. Quería que todo saliera a la perfección porque quizá, en el fondo, deseaba que se quedaran.

—¿En esa época te quedaste en casa de Grady?

—No, me instalé en el hostal El Faro. Sirven un desayuno excelente, por cierto —añadió.

Mara conocía el entrañable establecimiento que llevaba varios años abierto en Amesport.

—No sé por qué, pero me cuesta imaginarte en un lugar así.

—¿Por qué? Me gustaba mucho.

Era un hostal bonito, pero algo rústico.

—Es agradable, pero digamos que tú, guapito de cara, no encajas demasiado con un lugar tan rústico. —Sabía que iba a meterse en un problema, pero no pudo resistir la tentación.

—Te la estás buscando —le advirtió él en tono amenazador.

—Genial. Me encantan los problemas.

Mara se quitó el cinturón de seguridad cuando enfilaron el camino de casa de Jared. Se puso de rodillas en el asiento, se inclinó hacia él y empezó a desabrocharle la camisa con una mano, mientras deslizaba la otra por la piel cálida.

—Eh, que estoy conduciendo —dijo Jared con poca convicción.

—Eso es tu problema —replicó Mara con picardía, mientras le desabrochaba el botón de los pantalones y le bajaba la cremallera—. Qué dura está.

—Es un problema crónico que me afecta siempre que andas cerca. Es más, me pasa incluso cuando no estás, porque solo puedo pensar en ti.

—Te quiero, Jared. Y ya no aguanto más, necesito tocarte. —Mara no podía reprimir más tiempo lo que sentía por él, presa del dictado de su corazón. Había sido una velada muy intensa y quería tocarlo, consolarlo como fuera.

—¡Dios, me estás matando!

—Sobrevivirás —gimió ella, liberando el miembro. En cuanto lo vio empezó a masturbarlo. Era una sensación maravillosa. Jared tenía un cuerpo duro como el acero envuelto en seda y era una auténtica delicia darle placer de aquel modo—. Si no te toco, me matarán las ganas.

—¿Sabes lo que me estás haciendo? ¿Tienes idea de lo que siento y de lo increíble que es para mí que me desees de este modo? Por eso me vuelvo loco cuando me pides que te lleve al clímax. Ninguna mujer me había deseado como tú —dijo Jared con un gruñido.

Mara tenía las bragas mojadas y el corazón le latía desbocado, como si hubiera corrido un maratón. Jared merecía que lo amaran con tanta intensidad, lo necesitaba. No entendía a las mujeres que habían estado antes con él. ¿Cómo era posible que no sintieran el mismo deseo irrefrenable que ella?

—No solo te quiero, sino que te necesito. —Y se agachó para metérsela entera en la boca, con un gemido.

Jared lanzó un gruñido desesperado cuando frenó el vehículo frente a su casa y apagó el motor. Acto seguido la agarró del pelo con fuerza y desesperación.

—No. Así. No.

Cuando Jared le levantó la cabeza y abrió la puerta del todoterreno, Mara se incorporó a regañadientes relamiéndose los labios, todavía embriagada por su esencia, y sus ojos se encontraron. El corazón se le aceleró al ver la mirada salvaje y peligrosa de Jared.

—Lo siento. Creía que te gustaría...

—No vuelvas a disculparte por haberme tocado —le ordenó Jared, que se apeó, se dirigió a su lado del vehículo con agilidad felina y la arrancó del asiento. Ella le rodeó la cintura con las piernas en un gesto instintivo—. Necesito sentir tu roce. Este cuerpo es tuyo. ¿Entendido?

Mara asintió casi sin aliento, incapaz de apartar la mirada de sus ojos, que la hacían estremecer de deseo.

«Me pertenece».

—Entonces, ¿por qué me has parado?

—Porque si hubieras seguido así, tus deliciosos labios y tu lengua me habrían hecho acabar en pocos segundos. Créeme que nada me gustaría más que eso, pero no es lo que necesito ahora, y me parece que tú tampoco.

Mara puso los pies en el suelo cuando Jared había dado unos cuantos pasos. Las luces automáticas se habían encendido cuando entraron en la propiedad, y Mara se mordió los labios al ver su torso escultural, desnudo gracias a la habilidad que había demostrado ella en desabrocharle la camisa. Los faldones le colgaban junto a las caderas y llevaba los pantalones caídos, con la cremallera bajada y su glorioso sexo al aire, duro y erecto como el mástil de una bandera.

—Eres irresistible, Jared —dijo ella en voz baja—. Dime qué necesitas. —Mara se moría por darle lo que quisiera.

Entonces Jared le levantó los brazos y, en un abrir y cerrar de ojos, le quitó la blusa y el sujetador. Se arrodilló en el camino de cemento, le desabrochó los pantalones y se los bajó junto con las bragas para que se lo quitara todo.

Se puso en pie y la arrinconó contra el parachoques del todoterreno.

—Quiero que nos fundamos, que seamos uno solo. Necesito sentir que te aferras a mí, que me tocas como si no quisieras separarte nunca. Yo necesito tocarte y hacerte el amor hasta que solo puedas pensar en mí. Quiero que tus labios pronuncien mi nombre con cada aliento hasta que un orgasmo estremecedor recorra tu cuerpo. —Apoyó las manos en el capó del vehículo, una a cada lado de Mara, con una intensa mirada de deseo. Entonces agachó la cabeza y le besó el cuello—. Hueles tan bien... Quiero que todas las células de mi cuerpo se empapen de tu aroma para que tu esencia me acompañe siempre.

Mara jadeaba solo con escuchar las románticas y eróticas palabras que le dedicaba Jared con su sensual voz ávida de sexo.

—Jared. Por favor. Te necesito. —Deslizó las manos hasta los hombros y le bajó la camisa por los brazos. Él acabó de quitársela con impaciencia y ella le acarició el pecho, jugueteando lascivamente con el vello. Necesitaba más y más, era algo insaciable—. Hazme el amor, Jared. Ahora.

Él la besó apasionadamente y le rodeó la cintura con sus brazos musculosos. La agarró del pelo con una mano y le inclinó la cabeza para someterla a su antojo. Cuando le levantó las piernas desnudas,

Mara lanzó un gemido de placer y se restregó contra su verga erecta, desesperada por sentirla dentro de ella.

Jared conquistó su boca, devorándole los labios con una serie de incursiones desenfrenadas hasta dejarla sin aliento.

—Por favor —le suplicó ella, jadeando.

—¿Qué quieres?

—A ti. Solo a ti. Quiero sexo duro, quiero vicio. Necesito que me hagas tuya —dijo casi entre sollozos. Era tan intensa la necesidad de que Jared la poseyera para satisfacer sus anhelos que ya no sabía qué hacer.

Al final Jared le obligó a bajar las piernas, la puso de espaldas y le hizo apoyar las manos en el capó del todoterreno.

—¿Así? —le preguntó bruscamente, exigiendo respuesta inmediata mientras le acariciaba la espalda y las nalgas.

«Oh, Dios, sí».

—Sí, por favor.

Jared le abrió los muslos y deslizó los dedos por el sexo de Mara, ya empapado.

Ella echó la cabeza hacia atrás mientras él le introducía dos dedos con movimientos expertos, manteniendo el trasero en pompa y las manos apoyadas en el vehículo. Jared le acariciaba el clítoris de tal modo que Mara no podía reprimir los gemidos.

Entonces se estremeció cuando él le dio un azote en las nalgas. Con fuerza.

¡Plas!

El placer físico de aquel castigo erótico estuvo a punto de hacerle llegar al clímax en ese momento. La tenía sometida en una posición vulnerable. Podía acariciarle el sexo y excitarla con una mano, y azotarla con la otra simultáneamente. La sensación de placer y dolor la estaba volviendo loca, y ella gritó su nombre cuando la azotó de nuevo.

¡Plas!

—Eso por llamarme «guapito de cara» —le dijo en tono dominante.

Si ese iba a ser su castigo, estaba dispuesta a llamarlo «guapito de cara» diez veces al día.

—Quiero llegar al orgasmo, Jared. —La tensión que sentía en las entrañas era casi insoportable.

Entonces Jared se situó detrás de ella y la agarró de las caderas.

—Voy a metértela hasta el fondo —le advirtió con un gruñido.

—Dios. Sí, hasta el final —suplicó ella entre jadeos, lista para sentirlo dentro—. Y no tengas piedad. Hazme tuya. Por favor. —Deseaba más que nada que Jared perdiera el control. Sabía que nunca le haría daño, pero quería disfrutar de él en estado salvaje.

La penetró bruscamente, sin aviso. Mara sabía que él ejercía el control de la situación, con un deseo elemental e instintivo.

—Eres increíble. Es como si hubiéramos nacido para estar juntos. —Jared se apartó y volvió a penetrarla.

Mara quería decirle que sentía lo mismo, pero lo único que podía hacer en esos instantes era gemir. Era incapaz de hilvanar dos palabras. Las embestidas de Jared aumentaron de intensidad y ella contribuyó con sus movimientos de cadera, para sentir sus frenéticas arremetidas y llegar al prometedor clímax.

«Ya casi estoy. Ya llego».

—Jared. Jared. Jared —pronunció su nombre cada vez que tomaba aire. Ya no había marcha atrás. Nada importaba. Solo existía él.

—Quiero que acabes para mí —le ordenó Jared, que empezó a masturbarla con una mano.

Mara perdió el mundo de vista cuando Jared combinó las embestidas con los estímulos del clítoris. Al final alcanzó el orgasmo gritando su nombre, entre espasmos.

Jared la agarró de un mechón de pelo, le inclinó la cabeza hacia atrás y le mordisqueó el cuello, lo que le provocó un nuevo escalofrío. Lo único que la mantenía en pie eran las manos firmes y posesivas de su amante.

Él mantuvo el ritmo de las acometidas hasta que también acabó dentro de ella, con un gruñido animal. Se inclinó sobre ella derrotado, le giró la cabeza y le dio un beso descarnado. Ambos habían llegado al límite del placer, sin aliento, y Jared apoyó la cabeza en su melena.

—¿Te he hecho daño? —le preguntó con voz grave.

Mara intentó contener la risa.

—No. Aunque empiezo a pensar que me gusta el sexo duro. ¿Te ha parecido que ese orgasmo me ha provocado dolor? —le preguntó en tono burlón.

Jared se irguió, le dio la vuelta a Mara, la sentó en el capó y la abrazó en un gesto protector.

—Es que no quiero hacerte daño.

—No me lo harás —le aseguró ella, que lo abrazó. Ambos cuerpos se fundieron en uno cuando ella entrelazó las piernas en su cintura para atraerlo más cerca.

—Ha sido una buena forma de estrenar tu nuevo todoterreno —dijo Jared, entre risas—. A partir de ahora, siempre que lo vea se me pondrá dura.

—¿De qué hablas? —preguntó Mara, confundida.

—Del todoterreno en el que tienes apoyado tu bonito trasero.

Jared se apartó un poco y esbozó una sonrisa.

«Oh, Dios, ¿qué ha hecho?», pensó ella.

Mara se dio la vuelta y descubrió que el vehículo que habían utilizado como cama improvisada no era el todoterreno de Jared, que estaba aparcado al lado. Ese vehículo nuevo y resplandeciente era muy parecido, pero cuando se fijó bien advirtió que era de un rojo metálico intenso. Al final bajó de un salto con la ayuda de Jared. Cuando apoyó los pies en el suelo, se quedó boquiabierta.

—¿Has comprado otro Mercedes todoterreno?

—Es un vehículo de empresa. No puedes ir por ahí con tu vieja furgoneta. Necesitaba tantas reparaciones que no valía la pena arreglarla. El negocio está creciendo y tú necesitas un vehículo que esté a la altura.

Mara se quedó mirando a Jared mientras él se ponía los pantalones y se subía la cremallera. La camisa quedó desabrochada. No salía de su asombro mientras admiraba el precioso todoterreno.

—No puedo quedármelo. Es demasiado caro. Sé que necesitaba un vehículo nuevo, pero esto es excesivo. —Miró a su alrededor—. ¿Dónde está mi furgoneta?

—Todd ha dicho que se la quedaba. Es mecánico y puede repararla con su sueldo. Así su familia podrá aprovecharla. Tiene diecisiete años y necesita un medio de transporte.

—¿Se la has regalado? —preguntó ella, indignada, mientras recogía la ropa. Se puso el sujetador, la blusa y los pantalones deprisa y corriendo, consciente del meticuloso escrutinio al que la estaba sometiendo Jared.

—Tendrás que firmar los papeles de cesión, pero quería ponerse a trabajar en ella de inmediato. Está muy emocionado.

—Qué sinvergüenza. Sabías que no querría recuperarla si se la entregabas a Todd.

Se cruzó de brazos y fulminó a Jared con la mirada. Lo amaba con toda su alma, pero había actuado de un modo prepotente, sin encomendarse a Dios ni al diablo.

—¿Por qué demonios ibas a querer recuperarla? Si no te gusta este, te compro otro. —La miró desconcertado.

Mara dio un fuerte pisotón contra el suelo, intentando contener la ira.

—Porque era mi furgoneta y porque no puedo aceptar un regalo tan caro. Ya me has ayudado muchísimo, te aseguro que no sé qué habría hecho sin ti. Pero esto es demasiado. —A decir verdad, no sabía qué habría hecho si Jared no hubiera aparecido en su vida.

A fin de cuentas, la había salvado de acabar en la calle. Para él, nada de lo que hacía era extraordinario—. ¿Por qué no me lo preguntaste antes?

Él se encogió de hombros.

—¿Por qué? Pues porque me encargo de la parte empresarial de La Cocina de Mara y el contrato que firmamos estipulaba la compra de un vehículo. Supongo que debería haberte consultado si podía darle tu furgoneta a Todd, pero creí que al tener un todoterreno no te importaría.

Oh, Dios. Mara no había leído la letra pequeña del contrato. Confiaba en Jared y se había limitado a comprobar que él no saldría perjudicado de ningún modo. Era cierto que si se lo hubiera dicho no le habría importado que le diera su furgoneta a Todd. Su familia tenía muy poco y si el vehículo podía ayudarlos en algo, ella habría estado encantada de regalárselo.

—Tendrías que habérmelo consultado. Somos socios y era mío.

—Tienes razón. Debería haberlo hecho. Pero tú estás siempre trabajando y me pareció que era algo que podía hacer para no incordiarte.

A Mara se le cayó el alma a los pies cuando vio el gesto de arrepentimiento de Jared. Él solo quería ayudarla y ahora era ella la que se sentía mal.

—Realmente, venimos de dos mundos muy distintos —murmuró ella, incapaz de apenarlo aún más con su enfado—. La próxima vez, si vas a tomar una decisión relacionada con algo de mi propiedad, te agradecería que me lo consultaras.

Maldita sea, era demasiado blanda. Siempre daba el brazo a torcer, pero es que Jared había tenido un día tan intenso que no quería volver a discutir con él. Quería hablar de cómo había ido todo con la señora Olsen, saber si se sentía mejor, si le había servido de algo. Lo único que deseaba era estar a su lado y sentir su abrazo.

—De acuerdo —accedió él con brusquedad—. Pero te advierto que tampoco habría tenido ningún reparo en pedirle a alguien que te robara la furgoneta. Era muy peligrosa. Y necesitabas un vehículo nuevo, maldita sea.

Bueno... quizá Jared no estaba tan arrepentido como había creído ella al principio. Mara tuvo que hacer un gran esfuerzo para contener la sonrisa. Él era incorregible y tan sincero que se metía en problemas casi sin darse cuenta. Pero en ese momento solo le importaba lo mucho que se preocupaba por ella. No se comportaba de aquel modo por ningún otro oscuro motivo.

—Tienes suerte de que acabe de tener un orgasmo memorable. Estoy demasiado agotada para discutir contigo.

—¿Eso es lo que tengo que hacer para salirme con la mía? ¿Llevarte al éxtasis? —Jared le dirigió una sonrisa provocativa sin dejar de mirarla con avidez.

Mara no pudo contenerse y le siguió el juego.

—Es probable que eso te sea de ayuda.

—Si quieres algo de mí, lo único que tienes que hacer es sonreírme como ahora. Y te daré lo que quieras —le confesó él con sinceridad.

—Sabes que es casi imposible que aguante mucho tiempo enfadada contigo. —Le acarició la irresistible barba de dos días—. ¿Y si quiero que dejes de comprarme cosas? —Sonrió de oreja a oreja.

—Imposible —gruñó él, que agachó la cabeza para besarla—. Si necesitas algo, quiero ser yo quien te lo dé.

—Gracias por el Mercedes. Es precioso. Pero ¿desde cuándo un vehículo forma parte de un contrato empresarial?

La sonrisa de Jared se hizo aún más grande.

—Desde que le pedí al abogado que lo incluyera con la esperanza de que se te pasara por alto.

Mara enarcó una ceja.

—¿De modo que esperabas que no leyera la letra pequeña?

—Sí —admitió él, avergonzado.

Cielo santo. Jared era un hombre irresistiblemente atractivo hasta cuando se comportaba como un cretino arrogante.

—Tú ganas. Al menos por esta vez.

—¿Tan difícil es permitir que te dé lo que necesitas? Quiero que te sientas a salvo —insistió Jared en tono vacilante y confuso.

—Sí —respondió ella con un suspiro. Sabía que Jared había vivido la traumática experiencia de perder a seres queridos y comprendía su deseo de proteger a toda aquella persona que fuera importante para él—. Todas las mujeres que han pasado por tu vida se han aprovechado de ti y de tu dinero. Yo quiero que confíes en mí y que sepas que no estoy contigo por tu cuenta bancaria.

—Eso ya lo sé. Tú siempre has salido adelante, Mara, toda tu vida. Deja que ahora haga algo por ti. No sé cocinar, de modo que no puedo prepararte un plato delicioso, y también sería incapaz de hacerte un pastel que sé que te gusta. Déjame hacer lo que sí puedo. Por favor.

Mara creía que no era justo comparar ambas cosas, pero entendía a qué se refería. Para Jared, proporcionarle cuanto pudiera necesitar era su forma de demostrarle que se preocupaba por ella. Devolverle esos regalos le dolería tanto como si él se negara a probar los platos que ella le cocinaba.

—Te lo agradezco, aunque no sé muy bien cómo aceptarlos. En mi mundo, un hombre no regala a la mujer con la que sale un todoterreno que cuesta más que la casa de muchas personas.

Jared se encogió de hombros.

—En mi mundo, las mujeres no tienen por qué malgastar el tiempo preparando pasteles para sus hombres. Seguro que tú has invertido más tiempo cocinando para mí que yo en comprar el todoterreno.

Mara acabó cediendo. Entendía lo que Jared quería decirle. Si los dos iban a mantener una relación formal, durante el tiempo que durase no le quedaba más remedio que aceptarlo tal y como era.

Hecho irrefutable: era multimillonario.

Hecho irrefutable: el dinero que gastaba en ella carecía de importancia.

Hecho irrefutable: quería hacer algo por ella y ese era el modo que tenía de demostrárselo. Algo muy parecido a lo que hacía ella por él.

—De acuerdo —accedió Mara—. Ya me acostumbraré. Pero no vuelvas a deshacerte de algo mío sin preguntármelo antes.

—Tienes toda la razón. Creía que te estaba ayudando, pero tal y como tú dices, entiendo que te disgustaras —respondió él—. ¿Ahora ya puedo comprarte lo que quiera?

Dios, era imposible no amar a ese hombre.

—No necesito nada, solo a ti. Déjame acostumbrarme a la nueva situación antes de volver a hacer de las tuyas, ¿de acuerdo? Será un proceso lento. —Le tendió la mano—. ¿Me das las llaves? Quiero examinar mi regalo.

Él sacó las llaves del bolsillo y se las dio.

—No es nada espectacular. Creía que lo preferías así, más práctico.

Mara sonrió, pensando que el lujoso vehículo era cualquier cosa menos práctico. Era un Mercedes, por el amor de Dios.

«Recuerda de dónde viene Jared. Para él es algo práctico».

Le arrebató las llaves y deslizó la mano por la resplandeciente carrocería.

—No me puedo creer que haya hecho el amor en un Mercedes —murmuró.

—Bueno, no es que lo hayamos hecho exactamente en él —añadió Jared, con un falso deje de decepción.

Mara empezó a tocar los botones hasta que desbloqueó las puertas. Se quedó sin aliento al ver los asientos de piel, incapaz de creer que fuera suyo.

—¿Quieres ir a dar una vuelta? —le preguntó. El corazón le latía con fuerza solo de pensar que iba a conducir un vehículo tan caro.

Jared ocupó el asiento del acompañante como un adolescente emocionado y ella se puso al volante.

—Me encanta el olor del cuero —dijo, respirando hondo.

—¿Significa eso que te gusta? —preguntó Jared—. Porque si me dices que no, puedo comprarte...

Mara le tapó la boca con la mano y lo miró fijamente a los ojos.

—Ni se te ocurra. Me encanta. Pero no tanto como me gustas tú. —No cabía en sí de felicidad cuando apartó la mano y lo besó, deleitándose con el dulce sabor de sus labios.

—¿Seguro que quieres ir a dar un paseo? —preguntó Jared cuando ella se apartó para arrancar el vehículo.

—Uno cortito —le dijo Mara, que tenía ganas de volver a sentir el cuerpo de Jared contra el suyo—. Primero te montas en mi Mercedes nuevo y luego te monto yo a ti.

—¿Eso será antes o después de que me des mi pastel de queso y chocolate? —preguntó con su voz lujuriosa de barítono mientras le mordisqueaba el cuello, acariciándole la zona interior del muslo.

Mara estaba tan excitada que se volvió a mojar.

—Antes y después. —Tuvo ciertas dificultades para pensar con claridad mientras arrancaba el vehículo. Iba a ser un paseo muy corto.

—Me gusta tu forma de pensar —dijo Jared entre risas y sin apartar la mano de su entrepierna.

—Eh, que estoy conduciendo —dijo Mara, repitiendo las palabras que él había pronunciado un poco antes.

Jared respondió con una carcajada.

Capítulo 19

Dante y Sarah quisieron celebrar una boda informal en el Centro Juvenil de Amesport, el mismo lugar donde él le había salvado la vida y el edificio que tenía la sala de baile más grande de la ciudad. Gracias a Emily, que era directora del centro, Grady Sinclair había donado una gran cantidad de dinero para reformar todo el edificio, y lo que antiguamente había sido un espacio polivalente era ahora una preciosa sala de baile, el lugar donde se celebró la ceremonia y el banquete.

Era domingo y el Centro Juvenil estaba cerrado. Los invitados habían empezado a llegar temprano a la ceremonia, que debía celebrarse a mediodía. Todos tenían ganas de asistir al enlace entre el nuevo detective del departamento de policía de Amesport y una de las médicas de la pequeña ciudad.

Los tres primos de Dante, tan guapos como cotizados, ya habían llegado, y cuando Mara asomó la cabeza entre bambalinas y vio a todos los hermanos Sinclair y a Jason Sutherland hablando con sus primos, Micha, Julian y Xander, se le cortó la respiración.

—Cielo santo —murmuró.

—¿Qué pasa? —preguntó Randi por detrás.

—Los Sinclair y Jason Sutherland —respondió Mara, que se hizo a un lado para que Randi pudiera verlo por sí misma. Aunque dirigió la mirada automáticamente hacia Jared, los ocho hombres allí reunidos eran arrebatadores. Dante, Jared, Grady y Evan llevaban esmoquin negro, y Jason, Micha, Julian y Xander, trajes confeccionados a medida.

—Madre mía —susurró Randi—. Más que una boda esto parece un pase de modelos masculinos.

—¿Cómo es posible que ocho hombres, siete de los cuales son Sinclair, sean tan perfectos? —preguntó Emily, que también asomó la cabeza.

—Una herencia genética excelente —susurró Sarah, que no se molestó en mirar porque le habían presentado a los primos un poco antes—. Por estadística, es casi imposible que al menos uno de ellos no saliera guapo, pero lo de los Sinclair es algo que desafía la sabiduría convencional.

Lanzó un suspiro mientras se ajustaba la pequeña corona de rosas rojas de la cabeza y la cola de encaje. Sarah no había querido usar el típico velo de novia, les había dicho a todas, entre risas, que no quería que le cubrieran la cabeza. Quería ver a Dante con el esmoquin sin ningún tipo de estorbos.

Era una novia preciosa y Mara se moría de ganas de que Dante viera por fin a su futura esposa. Con un maquillaje perfecto y su preciosa melena rubia peinada en un recogido alto, Sarah era la viva imagen de una novia elegante, con un traje blanco con escote palabra de honor y la falda bordada con perlas y encaje.

—Estás guapísima —le dijo Mara en tono reverencial.

—Gracias. Pero estoy hecha un manojo de nervios. Hay muchísima gente.

Sarah era superdotada, pero les había confesado que no se manejaba muy bien en público, y menos aún delante de una multitud.

—Cuando veas a Dante olvidarás a los demás —le aseguró Emily para calmarla—. Las bodas pasan como una estrella fugaz. Cuando te des cuenta ya estarás casada.

Sarah se alisó unas arrugas del vestido de novia que solo ella veía.

—Ojalá nos hubiéramos fugado para casarnos. Dante y yo hablamos del tema, pero creo que quería reunir a toda la familia por algún motivo.

—Tengo la sensación de que se echan todos de menos —dijo Mara, que dejó de espiar a los invitados y se llevó la mano al collar de perlas, el regalo de Sarah para las damas de honor. Y los ojos se le anegaron en lágrimas al pensar en la confesión de Jared acerca de que había construido las casas de la península con la intención de reunir de nuevo a su familia.

«No llores o se te correrá el maquillaje y parecerás un mapache».

Mara quería estar espléndida para las fotos de boda de Sarah y había dejado que Randi se ocupara del maquillaje, mucho más recargado de lo habitual en ella.

—Ya vale de mirar así a mis primos. Es de vergüenza ajena —dijo Hope desde el otro extremo de la sala. Estaba sentada en una silla esperando a que empezara la ceremonia para tomar asiento, comiendo galletas saladas porque aún tenía náuseas matutinas.

Mara pensó que Hope tenía mejor aspecto que una hora antes, cuando la había visto pálida como la cera.

—¿Te encuentras bien? Jason está ahí fuera hablando con tus hermanos. Si quieres voy a buscarlo.

—¡Ni se te ocurra! —Le lanzó una mirada de advertencia—. Le quiero con locura, pero como intente meterme una vez más en la cama porque cree que estoy enferma, lo mataré. —Le dio un mordisco a la galleta y se acarició el vientre—. Ahora ya me encuentro mejor. Si quisiera llevarme a la cama por algún otro motivo, te pediría que fueras a buscarlo de inmediato. Desde que estoy embarazada me trata como si fuera una figurita de cristal.

Mara sonrió al ver la expresión contrariada de Hope.

—Es un hombre increíble.

—Sí. Es tan guapo que cualquiera perdería la cabeza por él. Aún no puedo creerme que sea mío. —Hizo una pausa antes de preguntarle—: Y, bueno, ¿tendré que volver a Amesport para asistir a la boda de Jared en un futuro cercano?

—¿De Jared?

—Jared y tú —le aclaró Hope—. ¿Me obligaréis a volver aquí antes de que nos traslademos de forma permanente? No me molestaría en absoluto. No creo que mis náuseas matutinas duren mucho más.

A Mara se le aceleró el pulso.

—No. Ni hablar. Jared y yo solo... —¿Qué demonios eran?—. Estamos saliendo —dijo al final—. Jared me ha dicho que no cree en el amor.

Hope soltó un resoplido y estuvo a punto de atragantarse con la galleta salada. Sarah, Kristin, Randi y Emily la imitaron.

—Ajá... Claro, anoche quedó clarísimo que no está enamorado cuando os fuisteis a toda prisa de casa de Grady y casi te llevó a rastras, por miedo a que no quisieras acompañarlo.

—No ha tenido mucha suerte con las mujeres.

—¿Te refieres a su novia de la universidad? —preguntó Hope con curiosidad—. Ayer, cuando os fuisteis, Evan nos contó más cosas. Jared pasó una mala racha, pero no creo que haya renunciado al amor. No es algo tan fácil, a pesar de que a él le gustaría pensar que sí. A decir verdad, siempre ha sido el más sensible de los hermanos. Ojalá yo hubiera sabido lo que le pasaba. No soporto que sufriera y solo Evan estuviera al tanto. Quiero mucho a mi hermano mayor, pero no es el hombre más compasivo en situaciones de ese tipo.

—Creo que el hecho de que la madre de Selena ya no lo culpe ha sido muy beneficioso para él. Y yo diría que Evan lo ayudó mucho, aunque lo hiciese a su manera. —Mara no quería contarles cómo había tocado fondo y estaba segura de que Evan tampoco revelaría el secreto.

—Me preocupa Evan —confesó Hope—. Parece tan... solo.

Mara pensó que Evan debía de ser el hombre que se sentía más solo de la tierra, a pesar de que casi siempre estaba rodeado de gente.

—¿No sale con nadie?

Hope puso cara de concentración mientras buscaba una respuesta.

—Si quieres que te diga la verdad, no recuerdo haberlo visto con nadie. Creo que ni siquiera lo hemos visto en compañía de una mujer, a diferencia de Jared. Evan siempre está solo.

—Quizá haya algunos hombres que sean más felices solos —dijo Kristin fríamente, sentada al lado de Hope y con el tobillo apoyado en una silla.

Randi asintió.

—Yo soy feliz sola. Lo tengo comprobadísimo.

Mara dirigió una mirada a Sarah, Hope y Emily, que negaron lentamente con la cabeza. Al final fue Hope quien tomó la palabra.

—Yo no creo que él sea feliz. Me parece que ha decidido llevar esa vida por algún motivo.

—Coincido contigo —susurró Mara, con la esperanza de que Evan Sinclair encontrara a la mujer adecuada que pudiera romper la cárcel de hielo que lo rodeaba. Pero sin duda tendría que ser una mujer extraordinaria la que fuera capaz de acometer semejante tarea.

—Algún día encontrará a alguien —afirmó Hope con optimismo.

Mara confió en que la hermana de Evan tuviera razón cuando la organizadora de la boda entró para decirles que debían ocupar su lugar para desfilar hasta el altar.

***

La ceremonia fue preciosa y cuando hubo acabado Mara supo que, inevitablemente, se le había corrido el rímel, porque cuando vio a Dante y Sarah leyendo los votos, perdidamente enamorados, rompió a llorar.

Durante los esponsales se dio cuenta de que Jared la miraba con insistencia, incapaz de apartar los ojos del escote de vértigo del precioso vestido negro hasta las rodillas que lucían las damas de honor. De hecho, ya la había visto en casa, y aunque le había dicho lo guapa que estaba, no había hecho referencia al atrevido escote.

Mara sonrió al verse en el espejo del baño mientras se limpiaba las manchas de rímel. Jared le había dicho que le encantaba que se pusiera ese vestido, pero también la había avisado de que estaría distraído durante toda la ceremonia y el banquete, ejerciendo tareas de vigilante de vestuario para asegurarse de que el escote no le jugaba una mala pasada.

Tiró el pañuelo húmedo a la papelera y se ajustó el busto. Todo seguía en su sitio. No se había escapado nada. Sin duda era un poco demasiado ceñido. Al no disponer de mucho tiempo para los arreglos, se había concentrado en ajustar la cintura y no se había preocupado demasiado por el escote. Kristin tenía algo menos de pecho que ella, pero no tanto.

Se retocó los labios y guardó el lápiz en el pequeño bolso que llevaba. En algún momento de la ceremonia debía de haberse mordido el labio porque el color había desaparecido casi por completo.

«Seguramente porque se me caía la baba al ver a Jared con esmoquin».

Había tenido que hacer un esfuerzo titánico para apartar los ojos de su pareja, que se encontraba frente a ella y lucía su traje negro y formal con la misma naturalidad con que llevaría unos pantalones de *sport*. No parecía conocer el significado de la palabra «incómodo».

«Es multimillonario».

Estaba claro que no era la primera vez que se vestía de gala. Mara lanzó un suspiro. Ya no se preguntaba si Jared la quería, pero no dejaba de darle vueltas al motivo. No se consideraba fea, pero tampoco era una belleza despampanante.

«Vive el momento. ¿A quién le importa el porqué? Está claro que su interés y su deseo no son fingidos. Deja que te haga sentir como una diosa. Es fantástico. Te has sentido sola y perdida desde que tu madre murió. Jared te hace sentir querida, a pesar de que no lo haya dicho con esas palabras».

Jared Sinclair le había dado un vuelco definitivo a su vida, de un modo que ella no habría podido imaginar. La sensación de soledad era cosa del pasado, y participar en la boda de Sarah y formar parte del clan de los Sinclair era increíble. Echaba de menos tener familia, alguien con quien hablar cuando el mundo parecía un lugar inhóspito.

«Ahora lo tienes a él».

Mara sabía la gran influencia que había tenido Jared en su vida, y ella intentaba no pensar dónde estaría ahora si él no hubiera aparecido de la nada para ayudarla, para ser su confidente y su amante.

Se sentía distinta.

Era distinta.

Y sentirse así era fabuloso.

Se negó a sabotearse a sí misma con emociones negativas. ¿Cuál era el problema si Jared no creía en el amor? Se preocupaba por ella. ¿Qué importaba el nombre que él le diera a esas emociones? La gente pronunciaba esas palabras continuamente y a menudo no las sentía. Los actos de Jared, el modo en que la trataba, eran lo que verdaderamente importaba.

«Quiero dejar de tener la necesidad de oír las palabras».

Se apartó del espejo, resuelta a sentirse agradecida por la aparición de Jared en su vida y a dejar de preguntarse qué sentía él por ella. No acababa de saber el rumbo que iba a tomar su relación, pero el negocio había arrancado a pedir de boca. Su vida estaba cambiando para bien. Y estaba con un hombre que la apoyaba para que hiciera realidad sus sueños y que la amaba con locura. Mara prefería disfrutar de su buena suerte más que de analizarla hasta la extenuación.

Al salir del baño, examinó la sala de baile en busca de Jared. A pesar de que el lugar estaba abarrotado de gente lo vio casi de inmediato, de espaldas a ella, sentado a una mesa con sus hermanos y Jason Sutherland, esperando a que se abriera el suntuoso bufet.

Esquivando a la multitud mientras cruzaba la sala, Mara se frenó en seco al notar una mano que la agarraba del antebrazo y le impedía llegar a su objetivo.

—Tu aura ya casi ha sanado, cielo. —Ataviada con un vestido morado y zapatos a juego, Beatrice le sonrió a Mara.

—¿Ah, sí? —Mara sonrió a la anciana.

—Sí. Y tu novio también tiene muy buen aspecto... En varios sentidos. Ahora me gusta su aura. Le ha pasado algo positivo. Ya casi se ha curado.

Mara quiso decirle a Beatrice que Jared nunca había estado enfermo, pero sabía que no era verdad. Su lado más sensible había quedado herido de muerte y le había costado horrores salir del agujero.

—Me alegro. Pero no es exactamente mi novio, Beatrice.

—Lo será —le dijo la anciana con picardía—. Me alegra que ya no te sientas sola. Una jovencita tan dulce como tú no debería estar sola.

«Oh, Dios. Espero que Jared sea mío para siempre algún día. Me digo a mí misma que no debo aferrarme a ese deseo, pero no puedo evitarlo».

Le dio un fuerte abrazo a Beatrice, con una sonrisa de oreja a oreja por haberla llamado «jovencita dulce». Ya no era tan joven, y tampoco tan dulce, pero sabía que era una expresión de afecto.

—Yo también me alegro —susurró Mara.

Beatrice le dio una palmada en el hombro.

—Me voy a buscar a Elsie. Si bebe mucho champán pierde los papeles.

—Pues no te entretengo —le dijo Mara, que tuvo que morderse los labios para borrar de su cabeza la imagen de una mujer de ochenta años bailando sobre las mesas después de haber bebido más de la cuenta.

Beatrice se despidió con un gesto de la mano y se volvió para ir a buscar a su amiga.

Mara se rio cuando la anciana ya no podía oírla y siguió con su tortuoso avance por la pista de baile en busca de Jared. Conocía a Elsie y Beatrice desde que era pequeña y adoraba a ambas mujeres.

Al final se detuvo, incapaz de sortear a un hombre mayor muy corpulento. Mara dudó al oír su nombre. No sabía si debía entrometerse en una conversación sobre ella.

—Tengo que decírselo a Mara —dijo Jared, incómodo—. No lo sé. Ahora le importo. Tenemos un negocio a medias. ¿Cómo voy a decirle que compré su casa, que quería desahuciarla cuanto antes?

A Mara se le encogió el corazón. ¿Jared era el comprador de su casa? ¿La había comprado y quería echarla a la calle?

—Tienes que decírselo porque, tarde o temprano, lo averiguará. La investigación sobre las causas del incendio sigue su curso, pero lo sabrá cuando empieces a reconstruirla —le dijo Jason con serenidad—. Supongo que por eso la compraste. Es una propiedad en una ubicación fantástica, en una ciudad costera, pero el edificio estaba a punto de venirse abajo. La conseguiste por un buen precio, ¿no?

—Sí —respondió Jared, enfadado.

«Oh, Dios mío. Solo quería mi casa. Sentía pena por mí porque iba a dejarme en la calle, pero su objetivo principal era conseguir el edificio, que en el pasado había pertenecido a su familia. Por estaba interesado en la historia de la finca, en la historia de su familia. ¡Cabrón! ¡Y pensar que yo le ayudé a averiguar todo lo que quería saber!».

Ahora entendía por qué la había ayudado, porque quería que creara su propio negocio. Porque se sentía culpable. El remordimiento era su talón de Aquiles. Se lo había demostrado en varias ocasiones, en especial cuando no se perdonó a sí mismo por la muerte de Selena y Alan.

«Le doy pena».

—Nunca se ha preocupado por mí —susurró, horrorizada por haber permitido que la ayudara y no sentirse culpable.

«Ahora le importo». Su voz, esas palabras no dejaban de resonar en su cabeza. Ella le había dicho que lo amaba y ahora él estaba preocupado por cómo iba a romper con ella sin hacerle daño. El deseo sexual de Jared era real, eso no podía fingirlo. Pero no la amaba, tan solo se compadecía de ella.

Mara empezó a hiperventilar cuando el hombre que había frente a ella se hizo a un lado y vio la mirada gélida de Jared.

—Mara —dijo Evan para poner fin a la conversación.

Ella negó con la cabeza. Intentaba negar la traición de Jared, pero no podía.

«No montes un número. Estás en la boda de Sarah. Es su día».

Las lágrimas empezaron a correrle por la cara y sintió que le faltaba el aire, por lo que hizo lo único que podía. Se sentía como si le estuvieran arrancando el corazón del pecho, de modo que procuró reprimir el llanto y se fue.

Capítulo 20

Lejos de las miradas curiosas, Mara rompió a llorar en la casa donde había vivido desde siempre. Sentada en el suelo cubierto de hollín de la cocina, la única habitación que aguantaba en pie, dio rienda suelta a su pena: su soledad, su desesperación, el dolor de echar de menos a su madre y, por encima de todo, la traición del hombre al que amaba.

Abrazándose a sí misma, se balanceaba en el suelo, preguntándose qué iba a hacer en adelante. Por un momento pensó que hallaría consuelo en la vieja cocina donde había pasado tantas horas con su madre, pero lo único que sentía era vergüenza y fracaso, sentada entre los restos de lo que había sido su hogar.

—No creo que lo vea todo de otro modo por la mañana, mamá —susurró con la voz rota por el llanto, como si su madre la estuviera escuchando—. Y no creo que te sintieras muy orgullosa de mí al ver lo idiota que soy. Supongo que llegué a pensar que mi amor podía compensar el de ambos, pero estaba equivocada. Muy equivocada. Él me dijo que no creía en el amor y es verdad. La culpa es mía por no hacerle caso.

—Te quiere —dijo una voz grave detrás de ella que la sobresaltó. Lo último que esperaba era que alguien respondiera a sus penas de amor.

Mara se secó las lágrimas y cuando levantó la cabeza vio a Evan Sinclair, imponente e intimidador. Por algún extraño motivo, no le sorprendió verlo ahí. ¿Había algo que no supiera ese hombre?

—¿Qué estás haciendo aquí?

Evan hizo una mueca y se sentó junto a ella.

—Es mi esmoquin favorito —rezongó, no muy contento ante la posibilidad de mancharlo.

—Pues por mí ya puedes marcharte. No tiene sentido que te quedes. La casa no es segura y aún están investigando las causas del incendio. —Se sentía devastada hasta tal punto que no le importaba estar en un lugar restringido y peligroso, pero no quería que Evan resultara herido.

No llegaban a tocarse, pero sus hombros casi se rozaron cuando se apoyaron en el armario de la antigua cocina.

—Tú estás aquí —respondió Evan, como si aquello lo explicara todo—. Jared te ama. Creo que debes saberlo. Te está buscando. Dudo que tarde mucho en llegar.

—¿Por qué has venido?

—Porque aquí es donde empezó todo. Me parece una reacción muy humana regresar al lugar donde fuiste feliz cuando lo estás pasando mal —dijo Evan con voz grave.

Mara lo miró boquiabierta, sorprendida por su perspicacia.

—Mi relación con él se ha acabado. No sé qué pasará con la empresa ahora, pero no puedo vivir con él. Es obvio que todo lo que ha hecho es por lástima y para evitar el sentimiento de culpa.

—Pues quédate en mi casa —le ofreció Evan estoicamente—. Y mi oferta de ayudarte con el negocio sigue en pie. Con las mismas condiciones. Aunque dudo que sea necesario.

—También te doy pena —dijo Mara, desolada.

—Yo no me meto en negocios porque sienta lástima por el otro, Mara. Lo hago para ganar dinero. Tu negocio es muy viable y el potencial de crecimiento es enorme.

—Jared y yo firmamos un contrato.

«Un acuerdo en el que insistí yo». Ahora preferiría no haberlo hecho. Iba a resultarle mucho más difícil poner fin a un acuerdo de negocio que estaba sellado por escrito.

—Hiciste algo más que eso —dijo Evan, irritado—. Quizá mi hermano no siempre creyó en el amor, pero desde que apareciste en su vida ha cambiado de opinión. Compró la casa porque ya estaba perdidamente enamorado de ti. A lo mejor no era plenamente consciente de ello por entonces, pero ahora lo sabe.

—¿Por qué lo hizo, si tanto le importaba? —preguntó Mara, desconcertada por el comentario. Se sentía obligada a escucharlo porque, le gustase o no, Evan Sinclair solía tener razón en sus análisis.

—Por el mismo motivo por el que estuvo a punto de morir la noche del incendio. Para protegerte. Si no llego a detenerlo a tiempo, se habría metido de cabeza en las llamas para encontrarte. No sabía que ya estabas a salvo y, como es un inconsciente, iba a entrar en la casa que estaba a punto de derrumbarse. Lo detuve en el último momento.

—¿Jared quería meterse en el incendio?

—Sí.

—Podría haber muerto —dijo Mara con la voz entrecortada.

—No podría... Habría muerto. La casa se derrumbó en cuanto lo saqué —la corrigió, indignado—. ¿Cómo diablos puedes dudar de lo que siente por ti? Se lanzó a las llamas, literalmente, para salvarte. Y puedo asegurarte que no le importaba morir en el intento.

—No lo sabía —se justificó Mara, asombrada por el secreto que le había revelado Evan—. Entonces, ¿por qué compró el edificio?

—No por los motivos que crees —respondió enigmáticamente—. Tendrás que preguntárselo.

—¿No lo hizo para ganar dinero o porque había pertenecido a los Sinclair y quería recuperar la propiedad para que volviera a manos de la familia?

—¿De verdad crees que alguno de los hermanos necesita el dinero? Tenemos cientos de propiedades que un día pertenecieron a nuestros antepasados, fincas históricas. ¿Por qué iba a estar tan obsesionado por esa casa en concreto? Piensa, Mara. Tu razonamiento no sigue un curso lógico.

—Se rige por los sentimientos —confesó ella—. No puedo evitarlo, pero él nunca me ha dicho que me ama.

Evan se puso en pie con una serie de movimientos bastante elegantes para un hombre tan corpulento como él y le tendió la mano.

—Después de que arriesgara la vida por ti, ¿no crees que le debes al menos una oportunidad para que se explique y para que te diga si tus sentimientos son correspondidos? —le preguntó Evan enarcando una ceja.

Mara aún estaba asimilando que Jared había estado a punto de morir porque creía que ella estaba atrapada en el interior de la casa en llamas.

—Habría muerto por mí. Habría muerto por la remota posibilidad de que yo siguiera en la casa. Ni tan siquiera se aseguró antes. —Le dio una mano temblorosa a Evan, que la ayudó a levantarse.

—Las emociones tienen un efecto extraño en la gente —replicó Evan secamente.

—Pero tú sí que entraste —le recordó Mara.

Evan se encogió de hombros.

—Sabía que estabas ahí dentro y estaba seguro de que me daría tiempo de entrar y sacarte.

Mara no dejaba de dar vueltas a la actitud distante de Evan.

—Pero aun así fue un riesgo.

—Un riesgo calculado —insistió él—. En el mundo de los negocios es el pan de cada día.

Mara decidió asumir también un riesgo calculado y abrazó a Evan.

—Sea como sea, me salvaste. Gracias.

Apoyó la cabeza en su pecho, lo estrechó con fuerza, esperó y lanzó un suspiro de alivio cuando él le devolvió el abrazo.

—No es necesario montar este espectáculo —dijo Evan con cierta incomodidad.

—Ya lo creo que sí —replicó Mara. Evan Sinclair necesitaba a alguien que se preocupara por él, que le demostrara algún tipo de afecto. Y aunque era fácil que le cayera mal a la gente, Mara sentía lo opuesto. Le gustaba su personalidad manipuladora porque la consideraba una prueba de lo mucho que se preocupaba por los demás, aunque no estuviera dispuesto a reconocerlo.

—Juro por Dios que te mataré —gritó Jared, furioso, detrás de él.

Mara soltó a Evan lentamente y se volvió hacia Jared. Su expresión de ira desatada la hizo reaccionar de inmediato.

—Ya te dije que debías formalizar la relación para que no se te adelantara otro —le engañó Evan, que se limpió el hollín del esmoquin, dio media vuelta y se fue.

—Maldita sea, vuelve aquí. Voy a darte una paliza hasta que no puedas andar por tu propio pie —lo amenazó Jared, apretando los dientes.

Mara se lanzó hacia Jared, que se precipitaba hacia su hermano.

—No, Jared. Por favor, no. Te arrepentirás. Estaba intentando ayudarme.

Lo agarró del cuello y le rodeó la cintura con las piernas para que tuviera que cargar con todo su peso. O la tiraba al suelo o renunciaba a ir tras Evan.

Un riesgo calculado.

Jared se detuvo y la agarró del trasero para sujetarla.

—Lo encontraré.

—Ni hablar —le dijo Mara en tono conciliador, acariciándole la mandíbula—. Lo que has visto era un abrazo inocente. Tienes que creerme.

Jared se relajó un poco.

—Siempre te he creído —gruñó.

—Pues llévame a casa —le pidió ella—. Por favor.

Jared vaciló durante una fracción de segundo. Era obvio que aún estaba enfadado. Mara lo abrazó con más fuerza y apoyó la cabeza en su hombro. Confiaba en que iba a tomar la decisión correcta. Lo último que quería era abrir una herida incurable entre Jared y Evan. No sabía por qué el primogénito había decidido provocar a su hermano como si fuera un animal enjaulado, pero después de que le hubiera salvado la vida y de demostrarle que se preocupaba por ella, aunque fuera a su manera, no quería que resultara herido. Además, sabía que si Jared le daba un puñetazo, eso le haría mucho daño, y no solo físicamente. Con el tiempo se arrepentiría de haber pegado a su hermano cegado por la ira. No podía permitirlo.

—De acuerdo. Nos vamos a casa y allí me cuentas por qué os estabais abrazando mi hermano y tú. Otra vez —exigió con voz ronca.

—Te lo contaré.

Sin añadir una palabra más, Jared la sacó en brazos de la casa y se la llevó al todoterreno. Al dejarla suavemente en el asiento le dijo:

—Quiero. Que. Estés. Conmigo.

Sus modales y sus palabras imperiosas le templaron el alma. Aún no había averiguado por qué Jared había comprado su casa, pero sí sabía que no lo había hecho por motivos indignos. Confiaba en él y en ese preciso instante se prometió a sí misma que no volvería a dudar de sus intenciones. Jared había confiado en ella al no ir detrás de su hermano y se había mostrado dispuesto a morir por salvarla. Si no quería decirle la verdadera razón por la que había comprado la casa, no le importaba. Le amaba y por fin sabía, con absoluta certeza, que él también la quería.

***

Jared guardó silencio cuando entraron en su casa, en lugar de la de invitados, y la agarró de la mano como si tuviera miedo de que fuera a desaparecer.

—Cuéntamelo —dijo molesto—. ¿A qué diablos se refería Evan con su comentario? ¿Estáis enamorados? ¿Lo quieres a él? ¿Te quiere él a ti?

Mara se puso a preparar café.

—Siéntate —le pidió. Jared no paraba de dar vueltas a la cocina.

Se sentó a la mesa y no apartó los ojos de ella.

—Evan se dio cuenta de que me había enfadado cuando oí que habías comprado mi casa. —Levantó la mano para que le permitiera explicarse—. Me encontró antes que tú. Supongo que lo único que yo quería era encontrar un refugio, pero ese ya no es mi hogar. Él me hizo entender que no te había dado la posibilidad de que te explicaras y que debía hacerlo. También me dijo que cometiste la estupidez de entrar corriendo en mi casa en llamas para intentar salvarme. —Puso una taza en la cafetera con más fuerza de la conveniente—. Podrías haber muerto.

—No me pasó nada —gruñó—. Y no estaba dispuesto a permitir que murieras en el incendio.

—Pero podrías haber muerto tú, insisto. De hecho, probablemente habría ocurrido si Evan no te hubiera detenido. —Mara se dio cuenta de la gravedad de lo sucedido y sintió un nudo en la garganta—. Lo abracé. Quería darle las gracias por haberme salvado y quería que supiera que hay alguien que se preocupa por él. Evan tiene problemas. No creo que sea muy feliz. Y quería comprobar si era capaz de devolverme el abrazo.

—Y lo hizo. El muy cabrón.

—De mala gana —murmuró Mara, dándole la taza de café—. No está acostumbrado a las muestras de afecto. Y no, no estoy enamorada en secreto de Evan. Te quiero a ti. Tanto, que perdí la cabeza cuando creí que me habías traicionado. Lo siento.

Puso otra taza en la cafetera.

—No es necesario que te disculpes. Debería habértelo dicho hace mucho tiempo, pero tenía miedo de que acabaras odiándome —admitió, abatido.

—No te enfades con Evan. No sé por qué te ha provocado, pero no le intereso en el sentido que tú crees. Para mí ha sido más un hermano o un amigo. Y creo que tú ya sabes que él solo estaba jugando contigo. Nunca te traicionaría así. Ninguno de tus hermanos lo haría. —Sacó la taza de la cafetera y le añadió leche—. Espero que me creas porque es la verdad.

—Te creo. —Tomó un sorbo sin mirarla—. Creo que Evan quería que hiciera algo que debería haber hecho hace mucho tiempo.

—¿Qué? —Se sentó a la mesa junto a él.

—Decirte que eres mía.

—No creo que Evan pueda obligarte a hacer algo que no quieres...

—Deseo hacerlo. Siempre te he amado y Evan lo sabe. Quiero mucho a ese cabrón, pero es un manipulador.

Mara sonrió al ver la mirada contrariada de Jared.

—Estoy segura de que lo hace por tu bien.

—Nunca da puntada sin hilo —gruñó él—. Le gusta que las cosas se hagan como quiere, o como cree que deberían ser. —Lanzó un hondo suspiro—. Debería haberte dicho lo de la compra de tu casa.

El corazón de Mara latía con fuerza cuando preguntó:

—¿Me ofreciste ayuda porque te daba pena que fuera a quedarme sin casa?

Al final la miró fijamente con sus ojos verde jade.

—No. Quería acostarme contigo. Bueno, quería algo más que eso, pero ese era el objetivo principal al principio, cuando te ofrecí ayuda. No te mentiré. Te deseo desde la primera vez que te vi. Mi entrepierna supo de inmediato mis verdaderos sentimientos, pero a mi cerebro le costó un poco más entenderlos.

La mirada penetrante de Jared la dejó sin aliento.

—Dime por qué compraste la casa.

—Porque sabía que era una trampa mortal. Soy arquitecto y conozco los edificios antiguos. No podía inspeccionarlo, así que lo compré y analicé lo que habían hecho, o más bien dejado de hacer, durante los últimos años. El incendio fue mi mayor pesadilla hecha realidad. Antes de que se produjera ya quería sacarte de ahí. Por desgracia llegué tarde y casi me dio algo cuando supe que la casa estaba en llamas. —Hizo una pausa antes de añadir con tristeza—: Sabía que te disgustarías al descubrir que alguien había comprado la casa, pero al menos estarías viva. También sabía que me odiarías, pero no podía irme de Amesport sabiendo que estabas viviendo en un sitio tan peligroso. Fui incapaz.

Mara se sintió como si alguien intentara arrancarle el corazón.

—¿De modo que tu objetivo era salvarme? —Cielo santo, lo único que pretendía era protegerla, ya entonces—. ¿Qué pensabas hacer con la propiedad?

—No tenía ni idea. No necesito otra residencia en Amesport. Habría tenido que reformarla de arriba abajo, lo que habría salido carísimo, o bien derruirla. —Guardó silencio un segundo antes de añadir—: Siento no habértelo dicho. Cuando me enamoré perdidamente de ti no quería que me odiaras. Al decirme que me amabas, me aterrorizó la posibilidad de que dejaras de quererme.

Mara se sintió como si su corazón hubiera estallado. La presión era insoportable.

—Siempre te querré, Jared —dijo con voz entrecortada. Se levantó, dejó la taza de café a un lado y se sentó sobre él—. ¿Tú me quieres? —Mara deseaba oír esas dos palabras más que ninguna otra cosa.

Él le tomó la cabeza para que lo mirara a los ojos.

—Si aún no lo sabes, no sé cómo demostrarte lo mucho que te quiero. Cuando te has ido del banquete, he tenido tanto miedo de perderte... Nunca me había sentido tan asustado. Te necesito, Mara. Te quiero tanto que me falta el aire.

—No voy a irme a ninguna parte. Yo también tengo miedo. Da miedo querer tanto a alguien —susurró acercando los labios a los suyos.

Jared deslizó una mano hasta la nuca de Mara, se hizo con el control de la situación y la besó con tal ferocidad y desesperación que ella solo pudo rodearle el cuello. La había conquistado. La controlaba. La adoraba. La amaba.

Jared se apartó un segundo y gruñó:

—Te quiero, maldita sea. Te quiero.

—Demuéstramelo —le pidió ella entre jadeos.

Jared se levantó sin soltarla y Mara bajó los pies. Él la desnudó rápidamente, le bajó la cremallera del vestido y lo dejó caer al suelo.

—¡Maldita sea! —se maldijo con voz sensual—. De haber sabido que era esto lo que escondías bajo el vestido, te habría arrastrado a la cama antes de salir de casa.

—¿Te gusta? —le preguntó ella, provocativa.

Se alegraba de que a Jared le gustara la lencería sexy, el tanga negro con medias y ligas a juego. Le llegó el turno a ella y empezó a desvestirlo: le quitó la chaqueta, la camisa y los demás accesorios del esmoquin. Una vez desnudo de cintura para arriba, le acarició los pectorales hercúleos, recreándose con el tacto firme de los músculos.

—No —gruñó él cuando Mara intentó bajarle la cremallera del pantalón.

Jared dejó caer de cualquier manera las tazas de café en el fregadero, la puso a ella sobre la mesa de la cocina y le acarició de inmediato los pechos desnudos.

—No he dejado de pensar en ellos todo el día. Lo único que quería era arrancarte el vestido para que ningún otro hombre pudiera ver lo que era mío. —Le dio un suave mordisco en el pezón y acto seguido alivió el dolor con la lengua.

Mara lo agarró del pelo. Quería más. Jared, siempre atento, se lo dio. Su boca alternó entre ambos pechos, estimulándolos hasta alcanzar un grado de excitación tan elevado que rozaba lo insoportable.

Al final, Jared se levantó sin apartar de ella sus ojos ávidos de sexo. Mara se sentía deseada y bella, sentada sobre la mesa de la cocina y vestida con un conjunto de lencería erótica. Jared la devoraba con la mirada.

—Eres preciosa —le dijo de forma descarnada, acariciándole las bragas de seda—. Y ya estás mojada.

—Nada de provocaciones —le suplicó—. Te necesito hoy.

—Me tendrás para siempre —le prometió él con voz ronca—. Espero que no te gusten mucho estas braguitas. —Se las arrancó de un fuerte tirón y la prenda cedió al desgarro y la fuerza de Jared.

Sin perder ni un segundo, le acarició el clítoris con los dedos.

—Por favor, Jared —suplicó ella, retorciéndose de gusto en la mesa.

Él se bajó los pantalones para liberar la potente erección que asomaba bajo los calzoncillos. Acto seguido se acercó a ella para incitarla con el roce de su miembro erecto.

—Eres mía, Mara. Dímelo —le ordenó él.

—Sí. Sí. Te quiero y soy tuya —gimió ella.

—Te quiero —gruñó él, embistiéndola con una arremetida hasta el fondo. La agarró del trasero para acercarla al borde de la mesa.

—Oh, Dios. Qué gusto. —Mara movió las caderas hacia delante, deleitándose con la sensación de sentirlo dentro de ella. Le rodeó la cintura con las piernas para facilitarle aún más la tarea.

—Eres mía. Se acabaron todas esas estupideces sobre nuestra relación —dijo él con voz gutural, arremetiendo de nuevo.

—Tú también eres mío —gimió ella.

—Siempre, nena. —Jared aumentó el ritmo y la intensidad de las acometidas.

Mara empezó a sucumbir a la espiral de placer que se formó en su vientre y se fue extendiendo por todo el cuerpo.

—Sí. Dámelo todo. Sin piedad.

Jared la estaba penetrando con una intensidad que la dejó sin aliento. Con la respiración entrecortada, lanzó un gemido al notar los primeros espasmos del orgasmo. Y el clímax llegó mientras él la embestía sin piedad, acompañando las arremetidas con sus dedos de seda. No paró de acariciarle el clítoris hasta que ella gritó su nombre.

—¡Jared!

Entonces la ayudó a levantarse y la abrazó en gesto protector y de cariño.

—Te quiero, cielo. Nunca lo olvides. Nunca lo olvides —insistió, con los músculos del cuello en tensión al lanzar un gruñido torturado.

Ella lo abrazó con fuerza y le clavó las uñas en la espalda, arrancándole hasta la última gota de su esencia, ambos temblando de placer.

—¡Déjame tu marca! —gritó él. Entonces la agarró del pelo y ocultó su rostro entre sus rizos.

Ambos sucumbieron a un instinto primitivo hasta que Mara dejó de clavarle las uñas y apoyó la cabeza en su hombro, agotada.

Permanecieron en esa postura, intentando recuperar el aliento, un buen rato, quizá horas. Mara tuvo la sensación de que el tiempo se había detenido.

—Te quiero —le dijo ella sin resuello y sin apartar la cabeza de su pecho.

—Yo también te quiero, nena. Pero a partir de ahora, cada vez que vea esta mesa se me pondrá dura —dijo Jared con un deje de alegría.

Mara se rio y lo abrazó con fuerza.

—¿Podemos ir a la casa de invitados? Aquí no tengo ropa.

—No. Se acabó la casa de invitados. Podemos trabajar allí, pero quiero que duermas en mi cama, que es el lugar que te pertenece.

Mara no cabía en sí de alegría.

—Sí. Por favor.

—Qué demonios, ya traeremos tu ropa aquí más tarde. Te aseguro que no la vas a necesitar durante un buen rato.

Jared levantó en brazos a Mara, que aún tenía las piernas entrelazadas en su cintura, y la llevó al piso de arriba, a su cama.

Mara lanzó un suspiro, consciente de que el vacío y la soledad que había sentido desde la muerte de su madre habían desaparecido para siempre.

—Vas a casarte conmigo. Dentro de poco —le comunicó, dejándola suavemente sobre el lecho.

A Mara se le aceleró el pulso y lo miró.

—Creo que esta conversación ya la tuvimos. No me lo has preguntado. —Le estaba tomando el pelo, tal y como había hecho la primera vez que él había ido al mercado y le había exigido que pasaran el resto del día juntos, pero vio de nuevo un destello de vulnerabilidad en sus ojos verdes. Se preguntó si a Jared simplemente le gustaba exigir las cosas por temor a que le dijera que no—. Te garantizo una buena respuesta si me lo pides —le dijo en voz baja.

—De acuerdo, ¿quieres? —dijo, tal y como había hecho el día del mercado, esbozando una sonrisa que se fue haciendo más grande.

Mara sonrió de oreja a oreja.

—Será un placer. Gracias —contestó, repitiendo las mismas palabras que le había dicho.

Jared se subió a la cama con una sonrisa radiante, en busca de su presa. Mara no pudo reprimir un grito cuando él saltó encima y la inmovilizó bajo su musculoso cuerpo.

—Ahora que sé que dirás que sí, voy a pedírtelo de verdad. ¿Quieres casarte conmigo, Mara? Te juro que dedicaré el resto de mi vida a intentar hacerte feliz.

No había dejado de sonreír, pero su mirada era depredadora y llena de adoración. Y amor.

—Claro que quiero casarme contigo. Te quiero. —El corazón de Mara latía desbocado. No podía dejar de mirar a su prometido—. Ya me has hecho más feliz de lo que podría haber soñado jamás. —Le apartó un mechón de la frente con un gesto cariñoso—. Me quieres y eso me da más dicha que cualquier otra cosa.

Mara notó el aliento cálido de Jared, que agachó la cabeza.

—Pues prepárate para tocar el cielo, porque sé que te amaré más cada día, cada vez que te acaricie o que vea tu sonrisa.

Mara le lanzó una sonrisa trémula.

—Pues aquí te espero, porque nada me haría más feliz. —Si había algo que deseaba era que la colmara de atenciones.

—Voy a empezar ahora mismo —le advirtió Jared, que le dio un beso tan apasionado que le llegó a lo más profundo del alma.

Mara no solo era feliz, sino que llegó al éxtasis cuando Jared empezó a demostrarle cuánto la amaba. Ella se entregó sin reservas para corresponder a su amor irrefrenable.

Ninguno de los dos había conocido el amor auténtico, pero a Mara eso dejó de preocuparle, ya que pasaron el resto del día y la noche juntos, intentando recuperar el tiempo perdido. Tenían toda la vida por delante. Una vida llena de amor.

EPÍLOGO

Seis meses más tarde

Mara suspiró al ver a su marido clavando una tabla de madera en el interior de la que había sido su antigua casa. No podía apartar la mirada, embelesada ante el espectáculo de sus poderosos músculos en acción. Estaba sudando a pesar de que era invierno, e iba sin camisa debido al trabajo físico que estaba realizando.

Jared no era consciente de su presencia y siguió trabajando mientras ella lo observaba. En ocasiones tenía que pellizcarse para convencerse de que cuanto estaba viviendo era real y no un sueño idílico.

Mara esbozó una sonrisa al ver el destello del diamante de la alianza cuando levantó la mano para quitarse el gorro. Acababa de llegar de la sede de su empresa, situada a las afueras de la ciudad, un enorme almacén y tienda que producía y vendía los productos de La Cocina de Mara. El pequeño negocio que Jared y ella habían creado se había convertido en un monstruo en poco tiempo, y sus productos recibían muy buena acogida en todo el país. La lista de clientes no paraba de crecer a diario.

Tenía más empleados de los que podía contar y una enorme tienda dirigida por una mujer encantadora con la que trabajaba a diario. Jared ya estaba buscando un nuevo emplazamiento para el negocio, que crecía a un ritmo increíble. La demanda empezaba ser demasiado elevada para una única fábrica. En esos momentos los productos se elaboraban en una cocina especial que disponía del equipo industrial necesario, situada en un enorme almacén separado de la tienda. Aunque tenía muchos empleados, Mara seguía supervisando la zona de producción y la tienda a diario. No quería que sus mermeladas y salsas perdieran el sabor ni el atractivo original por mucho que las elaboraran con maquinaria industrial.

La presencia de una nueva y gran empresa había provocado un gran crecimiento de Amesport, gracias a la creación de muchos puestos de trabajo. Para Mara, ese era uno de sus mayores logros.

Mientras observaba a su marido con avidez, sabía que él era y sería siempre su mayor activo, por mucho que creciera el negocio. Podía vivir sin la empresa, pero no sin él.

Tal y como le había prometido, cada día la amaba más. Era un sentimiento tan intenso que no les resultaba nada fácil separarse por la mañana, ya que él había empezado a reconstruir su antigua casa y se encargaba personalmente de algunos trabajos.

Jared había tenido que hacer algunos viajes para atender las obligaciones de su empresa inmobiliaria y la separación temporal había sido una dura prueba para ambos. Quizá era la novedad del amor, o quizá se habían convertido en adictos del otro y no podían estar separados. Ahora que contaba con un personal tan competente, cuando él tenía que viajar, Mara intentaba acompañarlo siempre.

Hoy te quiero aún más. Te echo de menos.

Recibía ese mensaje a diario, sin falta, cuando estaba trabajando en la empresa. El corazón le latía con fuerza cada vez que lo veía y a continuación siempre respondía.

Yo también te quiero. También te echo de menos.

Ese día el mensaje había sido distinto, algo que la descolocó.

Hoy te quiero aún más. Te necesito.

Era la primera vez que se lo enviaba, y la pequeña diferencia la había puesto en alerta. Lo dejó todo en manos de la gerente y salió de La Cocina de Mara antes de tiempo. Tenía la necesidad irrefrenable de ver a Jared, de asegurarse de que todo iba bien.

Ahora que por fin había llegado, vio que su marido estaba muy bien, en más de un sentido, y se preguntó si se había asustado por nada.

Se quitó la chaqueta y los guantes y los dejó en la nueva encimera, situada junto a un precioso ventanal. Jared había derribado por completo la estructura calcinada y había empezado de cero para construir una réplica de la casa antigua. Gran parte de la estructura ya estaba terminada y habían acabado también la instalación eléctrica y de calefacción, pero aún quedaban muchos detalles del interior. Jared quería convertir la antigua casa en un museo y exponer antigüedades para explicar la historia de Amesport. Mara no había podido contener las lágrimas el día en que él le mostró la placa que había diseñado para dedicar el museo a la memoria de su madre y su abuela, como muestra de reconocimiento de todo el tiempo que había vivido su familia allí.

Mara no podía apartar la mirada de su musculosa espalda mientras se dirigía hacia él. Sentía la necesidad de tocarlo.

«Te necesito».

Era algo que Jared le decía muy a menudo, pero nunca le había enviado un mensaje distinto. Llevaban cinco meses casados. Habían planificado su boda más rápido aún que Sarah y Dante. Evan había regresado a Amesport para asistir a la ceremonia, al igual que Hope y Jason. Al cabo de unos meses la hermana de Jared se instaló definitivamente en la ciudad y ambas habían forjado una estrecha amistad. De hecho, también se había hecho muy amiga de Sarah, Emily y Randi, incluida Kristin, que ya se había recuperado. Se reunían todas tan a menudo como les permitían sus obligaciones.

«Vuelvo a tener familia. Una gran familia y amigas».

No le importaba que entre ellas no hubiera lazos de sangre. En efecto, Mara no había tardado en descubrir que cuando una mujer se casaba con un Sinclair, el resto de la familia la acogía con cariño y pasaba a ser una más. Y, oh, era fantástico tener hermanos y hermanas, toda una novedad para ella. Gente con la que podía contar en cualquier momento.

Mara abrazó a Jared con fuerza por detrás cuando dejó el martillo.

—Hola, guapo —le dijo con un ronroneo.

—Hola, preciosa. Llegas temprano. —Se volvió y la estrechó con fuerza—. Estoy sudado y no creo que huela a rosas —le advirtió.

—No me importa, me gusta cuando estás sudado.

Le vinieron a la cabeza las imágenes de Jared empapado en sudor y agotado después de hacerla gritar de placer. Se impregnó de su aroma a almizcle y las imágenes eróticas se volvieron más vívidas. Tenía un gran número de recuerdos gracias al apetito sexual insaciable de Jared, algo de lo que no se quejaba.

—Tú también me gustas sudada. ¿Te apetece que sudemos juntos? —preguntó Jared deslizando las manos por su espalda.

Ella se apartó y lo miró a los ojos.

—¿Te ocurre algo? —Vio en su mirada que estaba bien, pero no podía apartar la sensación de que algo le preocupaba.

Jared dudó unos instantes y respondió:

—Sí, estoy bien. ¿Por qué lo preguntas?

«Te necesito».

Mara negó lentamente con la cabeza y se dio cuenta de que había reaccionado de forma exagerada.

—El mensaje que me has enviado hoy era distinto. Me ha parecido que me necesitabas y por eso he venido antes.

Jared dio un paso atrás y sacó el teléfono que llevaba en el bolsillo. Lo encendió y releyó el mensaje.

—Supongo que he escrito lo que sentía en ese momento. Era distinto y ya está. —Frunció el ceño y la miró fijamente—. No puedo creerme que te hayas dado cuenta.

Volvió a guardar el teléfono. Mara intentó explicárselo.

—No ha sido solo por las palabras que has elegido. Después de leerlo, he tenido la sensación de que... pasaba algo.

Jared lanzó un suspiro masculino.

—Estaba pensando en una idea a la que le había estado dando vueltas justo antes de enviarte el mensaje.

—¿A qué te refieres?

—Desde que empecé a reconstruir el edificio, me he dado cuenta de lo mucho que echaba de menos todo esto. Sé que solo estoy construyendo una réplica y que no hago el trabajo yo solo, pero me gusta la idea de recuperar la historia. Y se me ha ocurrido una locura: voy a dejar de lado la inmobiliaria para crear una nueva empresa.

A Mara le dio un vuelco el corazón. ¿Quería recuperar su antigua pasión?

—¿Has decidido dedicarte a la restauración de edificios antiguos?

Jared se encogió de hombros.

—Solo es una idea, y sé que no es muy realista. ¿Cómo voy a ceder el control de una empresa que genera miles de millones para crear otra mucho más modesta?

—Pues muy fácil —replicó Mara, abrazándolo del cuello—. Ya tenemos miles de millones. No necesitas más dinero. ¿Estás preparado para dedicarte a restaurar casas?

Quería que la respuesta fuera afirmativa, pero solo si eso le hacía feliz.

Jared le sonrió.

—¿Te gustaría que dejara mi vida de empresario para dedicarme a la restauración arquitectónica?

Mara sonrió.

—Me encantaría. Estás muy guapo así, sudado y descamisado. Además, estos pantalones ajustados te realzan mucho el trasero —bromeó. Durante años Jared se había dedicado a los negocios para parecerse a su hermano Evan. Había llegado el momento de que fuera él mismo—. ¿De verdad es lo que quieres?

—Sí. Supongo que por fin me he dado cuenta de que mi gran pasión y las muertes de Selena y Alan no tienen por qué estar vinculadas. Solo lo estaban en mi cabeza, debido al sentimiento de culpa.

Mara le acarició la mejilla con ternura.

—Entonces, adelante. Quiero que seas feliz.

Mara estaba exultante de alegría porque Jared por fin iba a ser libre. Después de haber estado atormentándose durante años, había decidido dejar atrás su pasado.

Él la estrechó con fuerza y apoyó la cabeza en su hombro para olerle el pelo.

—Yo ya soy feliz porque te tengo a ti. Poder dedicarme a la restauración de casas antiguas no sería más que la pequeña guinda de un delicioso pastel.

—Pues pon la guinda —murmuró Mara antes de darle un dulce beso—. No hay mejor forma de acabar una tarta.

—Eres increíble. Ya ves, creo que sí necesitaba hablar contigo.

Mara opinaba lo mismo. Si Jared no hubiera estado preparado para dar el gran salto, se habría convencido a sí mismo de que su implicación en la empresa no le permitía hacer realidad su gran sueño. Lo último que necesitaban era más dinero. Jared ya era uno de los hombres más ricos del mundo.

Ambos se sobresaltaron cuando sonó el teléfono y él frunció el ceño al sacarlo del bolsillo.

—Es Jason.

Respondió de inmediato.

Mara escuchó con atención. Jared parecía más nervioso.

—De acuerdo, enseguida vamos. Me da igual que no podamos hacer nada. Quiero estar ahí. Es mi primer sobrino y quiero estar a su lado cuando nazca —gruñó.

Mara sonrió. Hope se había puesto de parto y era probable que tuvieran que esperar muchas horas en el hospital, ya que era su primer hijo, pero ella tampoco quería perdérselo por nada. Sabía que Hope estaba muy emocionada y nerviosa. Y si iba a tener que esperar, quería estar a su lado.

Jared colgó.

—Hope está de parto. Jason dice que va para largo porque las contracciones son muy espaciadas, así que tengo tiempo de darme una ducha.

—Mientras tanto yo prepararé algo de comer —dijo Mara mientras se ponía la chaqueta—. Qué emoción. Me muero de ganas de ver a mi primera sobrina.

—Sobrino —gruñó Jared—. Es el primer Sinclair de la siguiente generación. Será un niño. Por si no te habías dado cuenta, los Sinclair somos una familia de hombres.

Mara se rio.

—Sabes que Jason y Hope no han querido saber el sexo del bebé. ¿Tu afirmación se basa en que históricamente ha habido más niños que niñas?

Jared sonrió después de ponerse la camisa y la chaqueta.

—No solo en eso.

—A ti lo que te pasa es que esperas que sea un niño —le dijo Mara entre risas, mientras él la arrastraba hacia la puerta. Estaba contentísima de que llegara un bebé a la familia—. Es perfectamente posible que sea una sobrina. ¿Te sentirías decepcionado?

—Qué va. Me da igual que sea niño o niña.

Mara se detuvo en la puerta para mirar a su marido.

—Entonces, ¿por qué no paras de decir que será niño?

—Porque me lo dijo Beatrice. Sus espíritus se lo han confirmado de forma rotunda.

Mara estalló en carcajadas.

—Sí. Y hace unos días también me dijo que Evan se casaría en menos de seis meses con una mujer que sería su pareja perfecta. Y ten en cuenta que nuestra bruja conoció a Evan en la boda.

—Predijo lo de Sarah y Dante. Por no mencionar lo nuestro. —Jared sacó las llaves para abrir la puerta y las hizo tintinear para mostrarle la lágrima apache que Beatrice le había regalado—. Llámame loco, pero empiezo a preguntarme cómo logra acertar con sus predicciones.

Mara se vio forzada a admitir que tenía razón. En los últimos tiempos Beatrice había hecho una serie de predicciones bastante inquietantes con las que había acertado.

—Ya veremos si acabo teniendo un sobrino o una sobrina —le dijo Jared, sujetándole la puerta.

Corrieron hasta sus respectivos vehículos debido a las gélidas temperaturas y Mara siguió a Jared hasta la península para que él pudiera ducharse y ella preparar algo de comer antes de ir al hospital a esperar la llegada del primer sobrino... o sobrina.

Fue una noche muy larga, pero disfrutaron de la compañía del resto de la familia Sinclair reunida en la sala de espera. De hecho, Hope no dio a luz al bebé hasta el día siguiente.

Mara salió del hospital por la mañana entre bostezos, con la cabeza apoyada en los fuertes bíceps de Jared, después de dar la bienvenida a la familia al recién nacido.

—Ha sido un niño —dijo él con aire de suficiencia.

—¿Una coincidencia? —preguntó Mara, adormilada.

Jared se encogió de hombros y la rodeó con un brazo para protegerla del frío viento que los recibió a la salida.

—Supongo que tendremos que esperar para ver si Evan se casa dentro de poco. Eso sí que me convencería definitivamente de los poderes paranormales de Beatrice —dijo Jared conteniendo la risa.

Mara asintió y se arrimó más a su marido. Esa última predicción de Beatrice le parecía una posibilidad muy remota, pero, en el fondo, esperaba que se hiciera realidad, por muy improbable que fuera.

De algún modo ella había acabado casándose con un Sinclair, algo que no dejaba de parecerle un milagro. Mara lanzó un bostezo cuando su Jared le abrió la puerta del todoterreno.

—¿Cansada? —le preguntó él con voz preocupada.

—Mucho. —Ahora que la emoción del bebé había pasado y que Hope y el recién nacido estaban bien, el cansancio acumulado cayó sobre ella como una losa.

—Vámonos a casa para que puedas dormir un poco. —Jared la ayudó a subir y le puso el cinturón antes de sentarse al volante.

Mara sonrió cuando su marido subió al todoterreno y le dirigió una mirada de adoración antes de cerrar los ojos y entregarse al sueño. Para ella el hogar ya no era un lugar ni un edificio, sino un estado mental. Siempre que Jared estuviera con ella, se sentiría en casa.